一〇〇年前の女の子

船曳由美

講談社

一〇〇年前の女の子

装丁　木幡朋介
装画　小林　豊

——母と、高松村に捧ぐ

はじめに

これは、一人の女の子の物語である。

女の子の名前はテイ、寺崎《てらざき》テイである。明治四十二年（一九〇九年）八月十日に生まれた。テイは平成二十一年（二〇〇九年）百歳になった。この一〇〇年を生き抜いたのである。

生まれた村を高松《たかまつ》村という。関東平野を西から東に流れる利根川、その北に群馬県館林《たてばやし》の町があり、県境の矢場川を越えて北西に栃木県足利《あしかが》の町がある。この二つの町の間にいくつかの村があった。栃木県足利郡筑波《つくば》村大字《おおあざ》高松。この高松という小さな村が、テイの故郷、終生その想いが戻っていく村なのである。

テイはゆえあって、生まれてすぐに実の母親と引き離された。そして、寺崎の家のヤスおばあさんにおぶわれて、もらい乳《ぢち》をして生きのびた。二歳にもならないころからあちらに預けられ、こちらに里子に出された。そして、五歳のときに養女にやられた。

しかし、テイにとって帰るべき場所は、どんなことがあってもおばあさんのいる寺崎の家であり、高松村が絶対の父祖の地であった。養女の家からまた高松村に戻ることが出来たテイは、筑波村の小学校に通い、足利の女学校に行った。そして東京に出てきた。

テイは米寿を過ぎたころから、高松村と自分の生い立ちについて語り出した。それまでは重い石で心の奥に封印しているかのように、村のことや幼いときの思い出をけっして話さなかった。けれども、年を取ってこらえる力がなくなったのであろうか、養女に出されたときの淋しさ、哀しさ、辛さと、母恋いの想いを語りはじめたのである。

しかし同時に、高松村の四季おりおりの暮らしについても話した。正月にはお正月様をお迎えし、お盆には御先祖様が戻られる。節分には鬼を追い払い、十五夜には、庭先に家中で出て満月に拍手《かしわで》を打った……。

誰もが神を畏《おそ》れ、仏を敬う心を持つことが出来たのである。村は子どもの声に満ちあふれ、激しい野良《のら》仕事の合間に、人びとはつましいごちそうをつくっておおいに楽しんだ。

テイの記憶はどんなに切れ切れであっても、ハッとするほど鮮やかであった。桑の木の芽吹きの色から屋敷林を吹き抜ける空《から》っ風《かぜ》のうなり、石臼《いしうす》をひく音、ヨシキリの鳴き声、馬や牛、ネコやニワトリ、イタチといった日常の中での近しい生き物たち……。

そして村人が日々交わす話をよく憶《おぼ》えていた。何よりもテイを守り抜き、さまざまなことを教えてくれた人、その人の存在なくしてテイの生涯はないといっていい、偉大なヤスおばあさんの言葉を心に深く刻みつけていた。

こうして、ときに笑い、ときに胸ふさがりながらテイの記憶の断片を構成していくと、かつての日本のどこにでもあった昔なつかしい村のすがたが立ち現れてきたのだ。

このテイが私の母なのである。

いま私は、〝口寄せの女〟となって母の言葉を語り、その記憶を通して、百年前の高松村に生まれた一人の女の子が、何を感じ、何を学び、いかに生きていったか、という物語をここに綴《つづ》っていこうと思う。

一〇〇年前の女の子◆目次

はじめに

第1章　実の母は家に戻らなかった……13
カミナリの落ちた日に生まれた赤ん坊
お父っつあんの嫁さがし
固い背中がどこかに連れていく

第2章　継《まま》っ子《こ》は養女に出された……28
おカクおっ母さん
もう五歳なんだから
ナスのテントウ虫退治とギンナン拾い
白い雲の向こうに高松村がある
おばあさんの家に駈《か》け戻《もど》る

第3章　筑波尋常小学校にあがった……42
空《から》っ風《かぜ》に吹かれて学校へ

わたなべせんせい
高根山《たかね》の遠足
カエルの千代紙
「弁当」に詰まる村の暮らし
道草とイナゴ捕り
線路の土手のキャラメル
紀元節《きげんせつ》の日の丸のお菓子
はじめて食べたカステーラ
ひとりで村芝居を見にいく
「右総代、寺崎テイ」のはずが……

第4章 柿若葉のころ、村は忙しくなる…………73
八十八夜の茶摘み
井戸替えで真新しい井戸水が満ちてくる
早乙女《さおとめ》とサナブリ
田の草取りとお湿《しめ》りの祝い
おカイコさまと白い繭《まゆ》
ウナギとヨシキリ

地獄の釜っぷたが開く日
お盆様を迎えに

第5章 秋が深まり、コウシン様の夜がくる…………109
お月見と秋のお彼岸
栗の山分けには意味がある
十日夜《トオカンヤ》のワラデッポウ
黄金色《こがねいろ》の稲の穫り入れ
子どもと大人のコウシン様

第6章 お正月様を迎える…………126
一年分のすす払いともちつき
鮒《ふな》の甘露煮が正月料理の殿様
暮の市で買った絵本
大晦日《おおみそか》の祝い膳
拍子木ではじまる元日の初風呂
元旦の式には一張羅《いっちょうら》を
正月の「縁起」

お正月の終わりのぼんぼ焼き
村道を走る里帰りの嫁たち

第7章 冬、街道《カイド》をやってくる者たち……149

節分のイワシは目刺しだった
出征した馬と惣さんの牛
妹ミヨの牛乳を飲んだネコ
ニワトリとイタチの話
女たちの夢を運んでくる小間物屋
越中富山《えっちゅうとやま》の薬売りと寒紅《かんべに》売り
ごぜさんが一列でやってきた
金がいいのか、飯《マンマ》がいいのか……

第8章 雛《ひな》の節句の哀しい思い出……176

妹キイの跡継ぎのお披露目《ひろめ》
草餅《くさもち》を作る石臼《いしうす》の音
遊廓《ゆうかく》で見た桜とお女郎

第9章 懐かしい人びと……191
ハトのお父っつぁんとカラスのおっ母さん
観音寺のおじやんの赤いチャンチャンコ
川音で眠る水場のコウさん
火の用心の照やんの極楽浄土
第10章 修学旅行のあとには受験勉強が待っていた……208
修学旅行——品川ではじめて海を見た
細島先生の受験ベンキョウ
合格の知らせを待つ十二歳の春
第11章 足利女学校で何を学んだか……231
五時四十四分発の汽車で通学
制服の袖丈
実のおっ母さんとの幻の再会
校長先生の話す〝嫁入りの心得〟
四年間の夢のあとで

第12章　十六歳で東京へ、そして独りで生きた……………247
東京で身を立てるということ
女子経済専門学校の夜学にはいる
新渡戸稲造や森本厚吉に学んだこと
一人の青年に出会った……
終　章　その後のテイと寺崎の家……………270
あとがき　282
高松村周辺地図　12
参考文献　286

高松村周辺地図

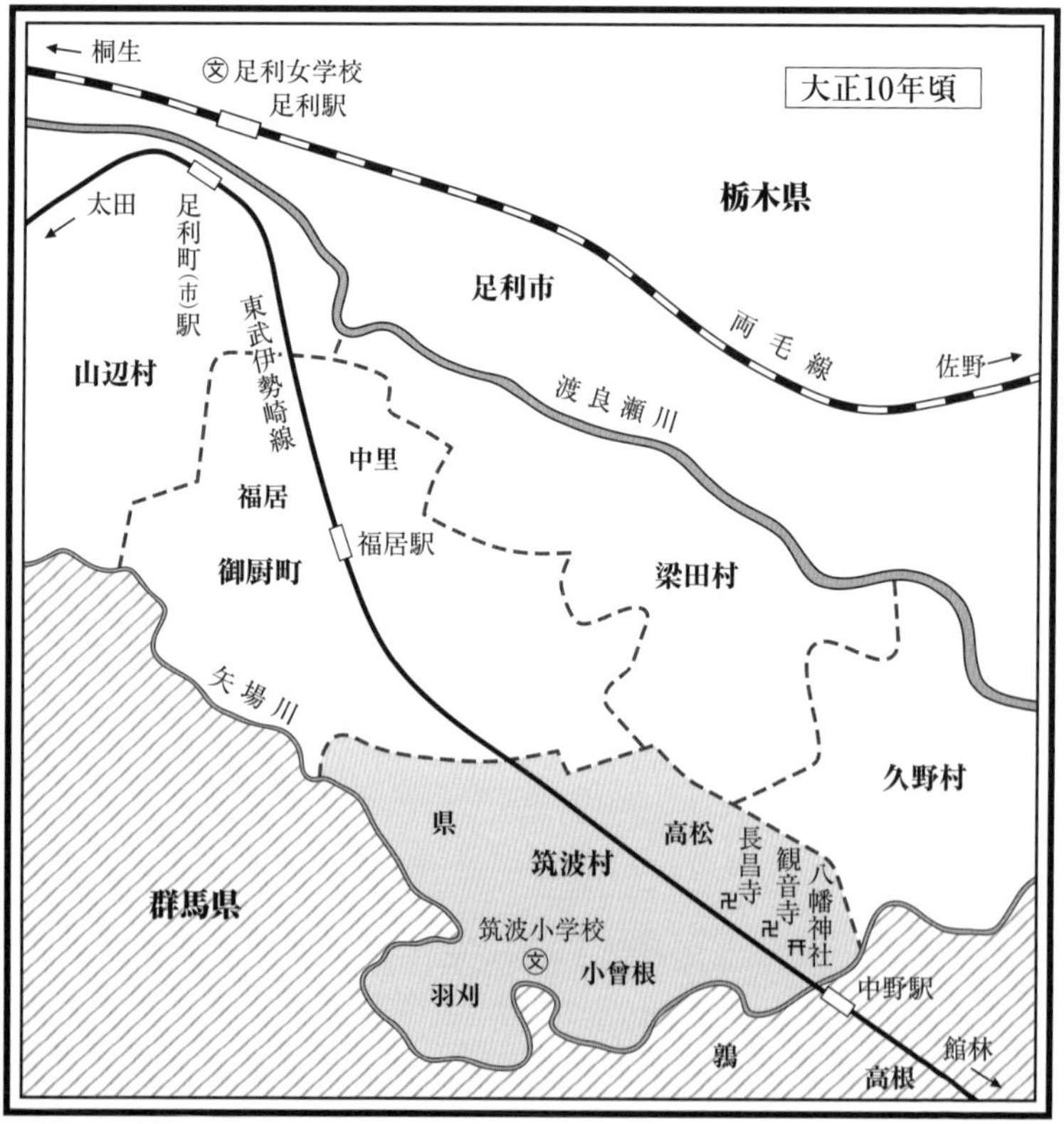

地図製作／岡崎泰朗

第1章　実の母は家に戻らなかった

カミナリの落ちた日に生まれた赤ん坊

明治四十二年、八月十日。

その日は、朝から雷がとどろいていた。そしてどしゃ降りの雨となり、昼前に上がったかと思うと、午後は猛暑となった。一日中騒然としていて、なにやら不吉な感じさえする日であったという。

高松《たかまつ》村は栃木県であったが、館林《たてばやし》に近い群馬県との県境にあり、生活圏は館林であったから、本当のところ、上州《じょうしゅう》といってもよかった。上州には自慢するものなんか、ありゃあしない、でも、名物はある、それは、

——カミナリ、カラッ風、カカア天下

だよと、村の人はよくいっていた。空《から》っ風《かぜ》は、赤城山《あかぎやま》の方から冬中吹きつけてくる強い西風《にし》で、その寒さといったらない。それでも、神鳴りのように天からの威力を示すものではない。

八月十日の午前中、隣村のじいさまがカミナリに打たれて死んだ。その午後の暑いさなかに、

赤ん坊は生まれてきた。

〝テイ〟と名付けられた。寺崎《てらざき》テイである。だから、寺崎の家の〝テイ〟は、あのじいさまの生まれ変わりだ、いやそれより、カミナリさまの赤ん坊かもしれないと村の人びとはいった……。

ものごころついてから、この話をよく聞かされたが、あまりウレシクない話である。

これが、立派なお坊様の生まれ変わりとか、足利《あしかが》か館林のどこぞの大家の、美人のおっかさまの再来とかいわれたのなら、少しはありがたいかもしれない。しかし、テイは、顔は男の子みたいでちっともかわいくない、といつも大人たちがいうのを聞いて、やっぱり隣村のじいさまか、カミナリさまの血筋なのかなァと思ったりした。

じっさい、高松村のあたりは、雷様の通り道であった。

〝三苣稲《さんばいね》〟という言葉がある。遠くの山の峰でピカッと光り、ゴロゴロッと鳴り出したら、田んぼにいたものはすぐさま走りだす。

――サンバイネが来るぞー

稲束を三苣もくくり終わらぬうちに、もうこちらの田んぼまでカミナリが来て、嵐となって荒れるというのだ。

水不足になるほど何日も日照りが続くと、近隣の村々では、人びとが神社に集まって太鼓を打ち鳴らし、麦藁《むぎわら》をうずたかく積み上げて燃やし、必死に雨乞《あまご》いをした。しかし、そんなときでも高松の村には暗雲が広がり、カミナリさまが通られて、ザアザアと雨を降らせてくれたのだ。

――この家にはカミナリさまの申し子がいるから……
とヤスおばあさんは、かしこまっていったという。

テイの母は、里方に戻ってお産をした。その里は高松から歩いて小一時間ほどのところである。嫁いで間もない若い娘が里の親元で手足をのびのびとさせ、辛いヨメの立場からいっときでも解放されたとき、寺崎の家には、なんとしても戻る気が失せてしまった。姑《しゅうとめ》のヤスは、名字《みようじ》帯刀御免《たいとうごめん》の名主《なぬし》という家柄のところから嫁に来ていて、野良仕事はもちろん、機織《はたおり》から家事いっさい、見事なほどによく出来た。どう見習ってもあんなふうには出来ない、これ以上はムリだと、テイの母は里の親に泣きついたのである。

夫であり、テイの父でもある進《すすむ》は、このとき、徴兵されて宇都宮《うつのみや》師団にいた。母が、夫との仲が悪かったわけではない。ただ、父も若く、若い妻の弱音や泣き言をすくい取る余裕もなかったのであろう。そして、寺崎の家には父の弟たちもまだいたし、妹のワカもいた。このワカ叔母がまた何でも出来て、とくに裁縫は誰よりも手が早かった。そのうえ、意地っぱりで、若い嫁さんにとっては、じつに気の重い小姑《こじゆうと》であったのだ。

テイの実の母は結局、高松村には戻ってこなかった。赤ん坊だけが、わずかの産着《うぶぎ》とおむつの包みを付けて、生後一カ月で寺崎の家へ送り届けられたのである。

寺崎テイはその後、「おっ母《か》さん」に会うことは一度もなかった。

赤ん坊に乳《ちち》をのませるのは待ったなしである。放っておけば死んでしまう。

ヤスおばあさんは背中に孫のテイをくくりつけ、乳飲み子のいる家をたずね歩いた。村のたいがいの姑《しゅうとめ》さんとは付き合いをよくしていたから、快く引き受けてくれた。でも、実際に乳をくれるのは、その家の嫁さんである。

村では、あのヤスおばあさんがしっかり者でキツイから、嫁が居つかなかったんだ、と蔭《かげ》でいわれていたにちがいない。おばあさんは百も承知で、あちらの家、こちらの家と、暑いさなかから空《から》っ風《かぜ》の吹き通る真冬まで、もらい乳をして歩いたのだった。

とくに、テイがまだ生後一カ月の九月から十月は、秋の穫り入れの忙しい時期であった。どこの家でも嫁さんは昼飯時はもちろん、十時とか三時の小時飯《こじはん》にも、田んぼから家に走って帰ってくる。座敷の小さな布団に赤ん坊を寝かせている。まだハイハイなどする前で動き回らないから、安全なときだ。嫁さんはわらじも脱がず、そのまま、上《あ》がり端《はな》から座敷に身を入れて、寝かせた赤ん坊におおいかぶさって上から乳をくれるのだ。

そのころを見はからって、ヤスおばあさんもその家に行き、テイを背中から下ろして待っている。そこの家の赤ん坊が男の子で元気だと、いっぱい吸うから、乳の残りも少ない。また嫁さんの身体が細くて弱かったりすると、乳の出が悪い。おばあさんは、いつも、嫁さんの精がつくようにと、米や卵などの包みを持っていった。お礼ももちろん十分していた。

赤ん坊のテイは、若い嫁さんに抱かれると、おっぱいにほおを寄せて、安らいだ顔をする。そして、乳を吸うことも忘れて寝入ってしまったりする……なんとも不憫《ふびん》なことであったという。夜は、乳が足りないからか、よく夜泣きをする。米のとぎ汁を温めてのませたり、葛湯《くずゆ》をふくませてなだめた。

こうして、この赤ん坊は、うえ死にをすることなく、生きのびたのである。

お父っつあんの嫁さがし

父がほどなく、宇都宮師団から戻ってきた。当時、死病とおそれられていた結核にかかったからということであったが、幸いなことに病は軽く、助かった。

しかし、百姓仕事の重労働はあまり出来ない。ヤスおばあさんも赤ん坊を背中におぶっての野良仕事には限度がある。そして慶応元年生まれだから、四十五歳にもなっていたのだ。

とにかく、新しい嫁さがしのことが、第一であった。

寺崎の家は、田畑を小作に貸しつけるほどの大地主ではない。また田が三町歩《ちょうぶ》もある、いわゆる本百姓《ほんびゃくしょう》でもなかったが、田は一町四、五反《たん》（四千五百坪）はあったろう。他に畑も何反かあった。そして、道から母屋までの両側に広がる畑から裏山まで、屋敷回りが一町歩、坪数にして三千坪もある大きな家であった。だから、この家に絶対になくてはならぬものがまず〝嫁〟であったのだ。

村の人びとはこの家を北ん家《きたち》と呼んでいた。村でいちばん北の広いところにあったからだ。その〝北ん家の嫁さん〟をということで、親戚や隣村の主だった人たちもいろいろ走り回って探してくれた。

それでは、北ん家はどんな家であったろうか。

東武伊勢崎線の館林駅から一つ目、中野《なかの》駅（いまの多々良《たたら》駅）を降りて線路を越え、北に進むと、高松村にはいる。村といっても、筑波村に属する小曾根《おぞね》、羽刈《はかり》、県《あがた》といった大字《おおあざ》の一つであったが、誰もが村と呼んでいた。その村の中を一本、道が西へと回りこんで通っている。ごぜん橋と呼ばれる、三歩も歩けば渡れるような小さな橋を越して右側二軒目に、この北ん家があった。

道の入り口から北を眺めると、堂々とした茅葺《かやぶ》きの家がはるか向こうに見えた。その母屋の玄関まで、一本の道がまっすぐ通っている。七、八十メートルもの長さがあった。この道を〝街道《カイド》〟と短く呼んでいた。日光《にっこう》街道のような公の街道《かいどう》ではない。私有地だからか、カイドなのである。

街道の両側は野菜畑や茶畑、桑畑である。

前庭にはいると、東側に二階建ての物置小屋、西側には農具などを収める納屋《なや》が建っている。物置小屋も納屋も小さい家一軒分くらいある。母屋の裏には道具蔵と、穀物蔵があった。大切なものをしまうこれらの土蔵は、母屋の北側の、竹林に面した涼しいところに建てられていたのだ。井戸も裏にあった。

母屋の西側には、上州名物の空《から》っ風《かぜ》を防ぐために、まず杉が十数本、一列に植えられ、さらにカシの木でぴっしりと防風林が出来ていた。樫垣《かしぐね》といわれるこの防風林の西側は畑で、畑の北側には栗の大木が十数本、枝を広げていた。

井戸や土蔵の北に竹林が広がっている。竹林の中には、クヌギやナラなどの落葉樹が何十本とあり、この枝や落葉が一年分の薪となる。松やケヤキの大樹も竹林から大きく、高く伸びていた。これは家を建て直したりするときの建材にするのである。

竹林の中の小道を行くと、やがて下り坂となり、裏の川に出る。水辺まで下りていくと、石組みの洗い場があって、大きな鍋、釜、野菜はここで洗った。洗《あら》い張《は》りの反物なども、水の流れに浮かせてすすいだ。シジミもここでとった。

川の流れの真ん中に頑丈な棒杭《ぼうぐい》が立ててあり、二枚の板で互い違いに橋がかけられていた。この小板橋を渡ると、岸辺の湿地帯になり、ヨシ（茅《かや》）場が三反《たん》ほど広がっている。何十年に一度の屋根のふき替えのためにここで茅を育てておくのだ。

ヨシ場をかき分けて進むと、田んぼに出る。その田んぼは東西南北、見わたすかぎりの平野で、誰かれとなく、関東一広い御厨田圃《みくりやたんぼ》と呼んでいた。

晴れた日に、この田んぼに立つと、北西にかけて浅間山《あさまやま》、榛名山《はるなさん》、赤城山と見える。北には日《にっ》光男体山《こうなんたいさん》、東の遠くには筑波山《つくばさん》さえ見えた。それぞれが神の坐《おわ》す山である。寺崎の家では、この田んぼのあちらの一画、こちらの一画にと、稲田をつくっていた。そして、こういう田んぼを持つ農家の暮らしは、主人《あるじ》がいて、姑《しゅうとめ》も嫁もいる、さらに労働力になる子どももいる、という大家族の形があってこそ、はじめて成り立つのであった。

鉦《かね》と太鼓で探して、新しいお嫁さんがようやく決まった。イワという名前である。中野駅から足利駅に向かって次の福居《ふくい》駅の近くに中里《なかざと》という村がある。村といっても、遊廓《ゆうかく》がある福居に近く、活気に満ちていて、高松のような村よりずっと町場に近い暮らしぶりであった。イワさんの杉山家も、田は少ないが、畑からとれる野菜を売りさばいたり、織物で、現金収入の生活をしていた。

だから、米とわずかばかりの養蚕《ようさん》の寺崎の家に、よく嫁にきてくれたものだとみなありがたがった。しかも同じ明治二十一年生まれであったが、父より一歳近く上である。一つ上の姉《あね》さん女房《にょうぼう》は、金《かね》のわらじをはいてでも探せといわれていた。悋気《りんき》が少なく、気働きがいいのだという。

お見合いはこんなふうにすすめられた。

父が中里の近くに所用があって出かける。イワさんの家の縁側には仲人のおじさんが坐ってい

て、

——あれえ、高松の北《きた》ん家《ち》の進さんでねえかネ
と父を呼び止める。そして、まあ、ここにきて、お茶でもよばれようではないかと誘う。

父は仲人の手前、

——では少しだけ、ごめんなすって
と、はいってきて、縁側に腰をかける。そこにイワさんがお茶を出してくる、という筋書きなのである。

父はもちろん、相手をジロジロと見てはいけない。あくまでも威厳を持ってチラと見やるのだ。丸顔のかわいい女《ひと》だった。

イワさんは娘だから顔を伏せたままである。それでも一瞬は見た。好《い》い男だと思ったという。

さて、ここで父が出されたお茶に口をつけると、

——これは願ってもない、いい娘さんだ、よろしく……

ということになる。そこで仲人さんは、

——今日はまあ、なんていいお日和《ひより》だろう、まあお茶を、まあお茶を一口どうぞ……

とさかんにすすめるのである。

父は、もう少しようすを見てからと思っていたが、その日は本当にいい日和で、暑かった。で、つい茶碗に手が伸びて、ゴクリとお茶を飲んでしまったのだ。

縁談はこの一度のお見合いで、その日にまとまったのだった。

寺崎の家に、とうとうお嫁さんがやってくる。

村中がうきうきとこの日を待っていた。花嫁姿の女の人ほど美しいものはないからだ。

その日、まず仲人がお婿さんである父と親戚の叔父さんを連れて、中里村に行った。嫁迎えである。そして、先方の村の人たちが集まって、かんたんな婿披露《むこびろう》をする。この一行が帰ってきてから、夕方、お嫁さんの一行が来るのだ。

近いところならお嫁さんの両親とお伴を、仲人さんが提灯《ちょうちん》の火で先導して歩いてくる。少し遠くの村からの嫁入りは、馬でやってきた。馬の背中に鞍《くら》を置き、掛け布団をかけ、さらにきれいな布で被《おお》って、その上に花嫁が乗った。この花馬《はなうま》が歩くと、荷鞍の鈴が鳴る。それで、シャンシャンウマといったという。北《きた》ん家《ち》の嫁もそうやって、シャンシャンとやってくるのだと村の人は思っていたら、なんとお馬車で来たのだった。

館林から西方に何里《り》も進むと、太田《おおた》という大きな町に出る。その道を太田街道といった。太田には、浄土宗太田大光院《おおただいこういん》という立派なお寺があって、呑竜《どんりゅう》様と呼ばれていた。開山の呑竜上人《しょうにん》は、江戸時代のはじめ、間引《まび》かれて殺されそうになった赤ん坊や親のない子を引き取って育てたという。七歳になるまで、子どものぼんのくぼに少しだけ毛を残して、あとはまるまる剃《そ》ってしまうのを呑竜坊主《ぼうず》にするといった。この頭だと麻疹《はしか》にも疱瘡《ほうそう》にもかかりにくいのだという。だから、太田の呑竜様は関東一円であつく信仰されていたのだ。そのお参りの人びとを、太田の駅からお寺まで運ぶ馬車が二台あった。杉山家ではこの馬車の一台を借り切って、それに花嫁の一行が乗ってきたのである。

——ヨメが来たぞー

村中の子どもが追いかける。花馬《はなうま》ならお嫁さんを振り落とさないようにゆっくり歩かせるのだが、馬車の馬は力強く走るので追いかけられなかったという。

寺崎の家の入り口に馬車が着いた。そこから折れて街道《カイドウ》にはいる。ここでは馬車はゆっくり進む。花嫁にとって、もちろん、はじめて見る家である。その街道の長いことに、まず肝が冷えたという。花嫁姿の角隠《つのかくし》の下から両側に広がる畑を見やって、ああ、明日《あした》からは自分でこの畑を耕さなければならないのか、とまず思ったのだ。

夜の祝言《しゅうげん》もすんで、翌《あく》る朝、イワさんが雨戸を開けた。南に前庭が広がっている。どうやら西にも庭があるらしい。こんどは、この広い庭を掃除しなければならないのかと、また、ガッカリしてしまったという。花嫁気分など、どこかに消しとんでしまっていた。

イワさんの家からの、絶対に守ってほしいという条件が一つあった。

それは、先妻の子であるテイには、けっして寺崎の家を継がせないこと、イワが産んだ子を跡取りにする、そして、テイはかならず他家に養女に出す、ということである。

仲人のことを〝仲人のゾウリキッラシ〟といった。いろいろの条件を取りまとめるために、まず、くれ方の嫁の家に行って話を聞き、つぎにもらい方の婿の家に走って相談する。そしてまたくれ方に行って、そこをマア、なんとか、わしの顔を立ててくれヤ、となだめる……。そんな行ったりきたりで、草履が何足もすり切れてしまうのだという。このときも、仲人さんが〝ゾウリキッラシ〟になって説得したというが、中里のイワさんの家は頑として譲らなかった。

姑《しゅうとめ》のヤスおばあさんも後妻であった。まず姉のヨシさんが寺崎に嫁いで一男一女をもうけた。しかし病気で若死にをしてしまったので、妹のヤスおばあさんが後添《のちぞ》えとして来て、姉さんの子も育て、自分も七人の子どもを産んだ。先妻の長男が寺崎を継ぐはずであったが、柿の木から落ちた事故がもとで二十一歳で亡くなっていた。そして、明治三十六年、夫の清三郎《せいざぶろう》が癌《がん》で五十歳で死に、明治三十七年、二男の進が十六歳のとき、跡目を継いだのである。

だから、先妻の子を一人くらい置いてもいいではないか、という思いがおばあさんにはある。しかし、息子の進が兵役に行って留守のうちに、嫁さんが実家の里から戻ってこなかったのは、姑としては恥である。ここはだまって先方の条件をのむほかはなかったのであった。

こうして、イワというお嫁さんが来たことは来たが、テイにとっては、胸に抱きとめてくれるおっ母さんではなかった。〝おっ母さん〟と呼ぶこともならなかったのだ。このとき、テイは生まれた年を一歳とする〝数え〟でいって、三歳になっていた。

固い背中がどこかに連れていく

テイの里親探しがはじまった。

それまでも、まだ小さくて歩けないうちから、ほんの少し、ほんの短い間でいいからと、何軒もの家をたずねて預かってもらっていた。

しかし、テイはものを食べさせようと思っても口を開けない。キッと口を結んで、ジッと、仔《こ》ウマのような大きな目で見つめているだけだ。こげな子は見たこともない、とすぐに送り返されてくるのであった。

遠縁にあたる源《げん》おじやんの家にも里子に出された。寺崎の家から五分くらいのところである。源おじやんは籠《かご》を編んで生計《くらし》を立てている。大きな背負《しょ》い籠《かご》から養蚕《ようさん》のときにつかう籠、それに魚籠《びく》から味噌《みそ》こしまで、何でも編む。しかし、一間《ひとま》しかない家なので、マダケやモウソウチクを細く割り裂いた竹ヒゴや、藤やアケビのつるの束が、むしろを敷いた板の間いっぱいに占領している。それで大きな籠を作るときは、おじやんは縁側に坐って編み始める。材料の竹ヒゴの半分は家の中に広げ、残りの半分は外の庭に広がるようにしなければならない。だから、テイは家の中にはいられない。長い竹ヒゴで目を突っつかれないように、庭先の道《みち》っ端《ぱた》近くに、ゴザを敷いて乗せておかれる。

ヤスおばあさんが昼前、そうっとようすを見にいく。

テイは丸いゴザの上にチョコンと正座して、おじゃんが籠《かご》を編むのを見ている。

昼過ぎにおばあさんがまた行く。

源おじゃんは籠の底を編み終わり、胴の立ち上がりの部分に取りかかっている。竹ヒゴの一本一本が、大きな菊の花びらのように上に広がって、ゆさゆさと揺れている。テイは、その籠の編み上がっていくようすを、正座したまま、だまって一心に見つめている。

夕方、またどうにも気になって出かける。

テイはさすがにくたびれたのか、両足を投げ出していた。ホレ、これでアソベ、とおじゃんがくれたのか、竹ヒゴの切れっぱしを手に持っていたが、それでも籠が出来上がるのを眺めていた。

おじゃんは無口な人である。まして、籠を編みはじめたら、テイに声をかけることなど、ほとんどしない。だいたい、〝喋《しゃべ》る方はカカアにまかせてる〟という人なのだ。しかし、そのおばやんの方は昼間は賃働きに、あちらの家、こちらの家と出かけている。おばやんが帰ってくるころは、テイは眠くなってしまう。

おばあさんは首を振り振り、ためいきをついていった。

――これでは、覚えたコトバだって忘れちまうヨ
そして、テイをまた連れ戻したのである。

寺崎の家に、イワさんという、なくてはならない、よいお嫁さんが来たかわりに、こんどはテイがますます寺崎の家にあってはならないものになっていった。

そのあとも、また方々に、里子に出された。ヤスおばあさんは辛いからといって、ついていかない。

——サ、おぶされ

と出入りの男衆《おとこし》がしゃがんで背中を出す。近くの家だと、テイが道を憶《おぼ》えて帰ってきてしまうかもしれないと、わざわざ桑畑の間を歩いていく。

おんぶされたその背中は冷たくて固い。おばあさんのように温かく柔らかい背中ではない。だから、固い背中だと感じるときは、かならず、どこかの家に連れていかれるときなのであった。

大きくなってからも、寝床でうつぶせに寝ると、夢の中で、下の布団があの固い背中に変わっていく。テイはどんなときも、けっしてうつぶせに寝ることが出来なかった。

第2章　継《まま》っ子《こ》は養女に出された

おカクおっ母さん

数えで五歳になった。

イワおっ母さんの里から、テイを早く養女に出してほしいとさかんにいってきていた。父の後妻として嫁いでくるときの条件で、これはいちばん重大なことであった。イワおっ母さんは、先妻の子をうまく育てることは出来ないし、何よりも自分の子を正式の跡取りにしたいということなのだ。おっ母さんにはすでに一番目の娘のキイが生まれていた。

向野《むかいの》という在《ざい》から話が来た。おカクさんという一人娘が婿養子をとり、じいさまと三人で暮らしている農家である。ばあさまはとうに亡くなっていた。

寺崎の分家——新宅《しんたく》と呼んでいたが、うどん屋ともいわれている家が三軒隣にあった。百姓仕事の合間に乾麺《かんめん》を作って館林の店に納めていた家だからうどん屋なのだ。養女に行く日、まずこの新宅に連れていかれた。うどん屋のおばあさんがテイを抱きしめてくれて、いった。

——かわいがってもらえや、ナ

ヤスおばあさんは、悲しく、切ないといって来なかった。

新しい継母のおカクさんが、

――はなれず、ついてくるんだゾ
といって、歩き出す。早足で歩くおカクさんのあとをひたすら走った。

……藤屋《ふじや》の店の前を通る、お地蔵様の前を曲がる……

もしかして高松に戻れることがあるかもしれない、テイはそのときのためにと幼な心に考えて、必死に道筋を憶《おぼ》えながら走ったのだ。


新しい家は寺崎の家とはまったくちがった、つくりの小さな家であった。ただ庭には一本、これは見事な銀杏《いちょう》の木があった。

おカクおっ母さんは四角い、いかつい顔つきをしていた。

最初の晩はいっしょに寝てくれたが、翌《あく》る朝、

――ったく、一晩中、アッチ、コッチと動いて眠れやしない、今晩からは、じいさまと寝ろ
といわれた。このじいさまだけはやさしかった。

テイは例によって、一言も口をきかなかった。何か小言をいわれても歯をくいしばり、涙いっぱいの目で上目づかいに見るだけだ。かわいげのないことこの上ないから、かわいがられるワケがない。

おカクおっ母さんも、本当は自分の子が欲しかったのだろう。ヒステリーをおこして、夜にはよくお酒を呑んでいた。お父《と》っつあんはいい人だったが気が弱い。ムコ養子で女房が怖いからいいなりで、何ごとにも口を出さない。

あるとき、どっちのお父っつあんがいいかと聞かれた。

テイは、このときだけはハッキリと口をきいた。

——高松のお父っつあんの方がずっといいオトコだ……

おカクおっ母さんに、思いっ切り、口をツネられた。

もう五歳なんだから

もう五歳なんだからと、テイの仕事はいっぱいあった。

朝起きると、まず座敷を掃く。朝御飯を食べてから、台所を掃く。茶碗も洗えといわれた。その水汲みがいちばんたいへんだった。

大人が畑に行っている間、昼前に御飯も炊いた。釜には麦とほんの一握りの米がはいっている。水を入れて、カシャカシャとかき回してとぐのだ。五歳の子がとぐのでは力がはいらないから、炊き上がった御飯は糠《ぬか》くさかったのではないか。

火燃《ひも》しも一人でした。火事を出す心配はなかったのだろうか。それでも、ふきこぼさずにちゃんと炊けたのだ。そのうち、大人たちが帰ってくる。お膳を出して茶碗を並べる。午前中はこれで終わってしまう。

午後、みんなが昼寝をする。昼寝から起きると、畑に行く。テイは、豆をもぎ取ったり、草むしりをする。重いバケツで井戸から汲んでいって野菜に水をやる。


家の西側に、大きな杉の木が三本あった。

夕方、日が傾いて、杉の幹に光が当たりだす。ひぐらしが鳴きだす。カラスもカア、カアと鳴き交わして飛ぶ。テイはこの時間が、なんともいえずいちばんカナシイ。胸がキューッと締めつけられてくるのだ。井戸の底に引きずりこまれるような、不安な気持ちにかられる。

赫《あか》い夕日に顔を向けて、ひとりで涙を流していた。

この、夕暮れ時のなんともいえないやるせない感情は、いくつになっても変わらなかった。

ある日、遠い村におつかいに出された。どこの家でも、生糸《きいと》に縒《よ》りをかけて紡《つむ》ぐ仕事を内職にしていたが、その糸を受け取りに行ったのだ。見たこともないほど大きな家で、そこに大きな犬が待ち構えていた。
――ワン、ワン、ワオーン
怖くて立ちすくみ、こちらもワァーンと泣いたら、中から女の人が出てきた。髪を高く結った美しい人だ。丸髷《まるまげ》というのだという。みんなから〝おっかさま〟と、ていねいに呼ばれていた。

歯が痛かったのか、片《かた》っ方《ぽう》のほっぺたをはらし、アンマ膏《こう》を貼っていた。

そのおっかさまが、これ、吠えるな、と犬を叱ってくれると、こわかったかといって、テイを

抱きしめてくれた。はだしで髪はぼうぼう、ボロの着物を三尺の帯で巻きつけた女の子を、汚い

ともいわずに抱きしめてくれたのだ。養女にくるとき、うどん屋のおばあさんに抱きしめられて

から、はじめてである。人の肌は温かいものだと思った。

ナスのテントウ虫退治とギンナン拾い

文字は誰も教えてくれないから、読めなかった。おカクさんの家には、本などない。新聞をとることなども考えられない。何か書かれているものといえば、柱にかかった日めくりだけである。テイはそれを見て覚えたのか、不思議に数は百までも数えられた。

やさしいじいさまが、この子はカシコイとほめてくれた。それで、いつも水を汲みながら、ひとーつ、ふたーつと数えていた。

夏、ナスの虫退治をするときも、葉っぱにいっぱいたかっているテントウ虫をつまんで足で踏みつぶしながら数えた。赤い背中に、お星様が六つか七つある、あのかわいいテントウ虫ではない。茶褐色の地に黒い丸い紋がいっぱいついているやつだ。二十くらいも星がある。放っとくと、この虫が葉っぱを食いつくし、筋だけにしてしまうのである。

子どもだから、大きなナスの株だと目の高さくらいに葉っぱがある。葉を一枚、一枚、表にも

裏にも目をこらしてこのテントウ虫をヤッツケた。

ジャガイモをつくると、その葉にもこのイヤな虫が来た。朝から晩まで、このニクタラシイ虫と闘って、足で踏みつぶすときも、四十三びき、四十四ひきと、口の中でいっていたのだ。

秋になると、銀杏《いちよう》の木が燃えるように色づいてくる。樹によりかかって上を見あげると、大きな黄色い傘の下にいるようであった。黄色い葉がハラハラと落ちてくる。風がゴーッと吹くと、パラパラ、パラパラ、ギンナンの実が痛いほど頭に当たる。

このギンナンも黄色い落ち葉をかき分けて、丸いのを一ツ、二ツと笊《ざる》に入れていく。でもあまりにたくさんありすぎてすぐに百になってしまう。

これには困った。テイはまだ百までしか数えられなかったのだ。


ギンナンを笊に拾うと、それを目籠《めかご》に入れて、裏の小川の流れにつけておく。二晩も水につけると、外側の皮がふやけてぶよぶよになる。その肉厚の皮から、中の粒を指でギュッと押し出す。なんともいえないイヤな臭いがする。この粒を小さな笊に入れ、川の流れの中でガラガラとかき回して、すべすべになるまで洗い上げる。ギンナンの粒の先っぽについているぬるぬるも、きれいに手で取りのぞく。

むしろの上に一並《ひとなら》べして干し上げる。まっ白な粒々が広がっているのを見ると嬉しかった。

しかし、ギンナンにかぶれるのは辛かった。テイは山芋にもかぶれたぐらいだから、ギンナンはもっとひどい。手も顔もかぶれてまっ赤になる。まぶたがはれあがって、右目が見えない日もあった。おっ母さんはそれでもやらせる。ギンナンは、館林の町へ持っていって売ると大事な現金収入になったからだ。

テイが養女にやられた家の近くに、高松の村から子守に来ていた娘がいた。その娘が里の家に帰ったとき、北《きた》ん家《ち》のおテイちゃんは着のみ着のまま、一日中働かされているゾ、メシもろくに食わせてもらっていないんではないか、と報告した。

あるとき、おカクおっ母さんがいった。

――一度くらい、高松のババァに見せに連れていくか、ウルサイから

おカクおっ母さんは新宅《しんたく》のうどん屋で待っていることになった。寺崎の家ではぼたもちを作ってくれていた。しかし、食べている間も、テイがモソモソと身体をよじっているので、これはおかしいということになって、ヤスおばあさんが着物をはいでみた。全身が虫にくわれていて、かきむしって血がにじみ出ていた。着物の縫い目にはびっしりとシラミがいた。シラミも子どもの柔らかい肌が気に入ったとみえる。

盆、暮はもちろん、季節の変わり目には、ワカ叔母さんが縫ってくれた着物や下着から、赤い布を綯《な》いこんだ小さな草履まで届けていたのに、とおばあさんがしきりに涙をこぼしていたという。

養女に行った家は田畑も少ない百姓であった。それでも田仕事のために、十歳くらいの男の子が一人、奉公で働きにきていた。涙金《なみだきん》に近い金で売られるようにしてきたのだ。日光のさらに奥の、会津の方から来ていたらしい。村では、こういう少年や小娘たちを奥州《おうしゅう》っ子《こ》と呼んでいた。自分たちの貧しさはさておいて、東北の奥州っていうところは、とにかく寒くて、ビンボウ人の集まりと見下していたのだ。

あるとき、庭の畑から野菜をとっておけといわれた。大人たちが田んぼに行ったあと、テイが菜っ葉を摘んで運びこむと、外の光も届かない土間の暗がりでその子が何かをしている。お釜から御飯を小さな箱に詰めていたのだ。

それまで、ろくに口をきいたこともなかったのに、

——逃げるのか

と聞いた。奥州っ子がウン、と小さくうなずいた。

——待ってろヤ

テイは大きな、手にあまるほどの握りめしを夢中で三つ作った。梅干しがどこにあるか分からなかったので、味噌《みそ》をぐるりとなすりつける。そして二重に竹皮に包んで持たせてやった。

——ダマっていてくれナ

こんどはテイがうん、とこっくり、うなずく。

その夜、おカクおっ母さんに、いろいろ聞かれた。例によって口をキュッと結んだまま、テイは下を向いて、じっと坐っていた。

白い雲の向こうに高松村がある

おばあさんはどこにいるんだろう。寺崎の家はどっちなんだろう。

じいさまに聞いてみた。じいさまは裏の畑を突っ切ってテイを空き地に連れ出し、

――あっちの方だ。高松の北ん家《きたち》はずっとあっちなんだよ

といった。昼間で、二人の背中にお日様が当たっていたから、北の方角が高松の村なのだ。北のまっ蒼《さお》な空に、まっ白な雲が浮かんでいた。

テイはそれからはよく、裏口に出て北の空を眺めた。いつも雲がふうわりと綿のように浮かんでいた。白い雲は高松の村の上からわき出て、空に上がるのだと思えた。

誰もいないとき、畑を突き抜け北へ、さらに北へと歩いていく。枯れ草の土手にぶつかる。這い上がってみると、東武線の線路があった。レールが二本、冷たく光っている。大きな川のように見えた。ここは越えられないのだ、けっして渡ることは出来ないのだ、寺崎の家には絶対に呼び戻されることはないのだ……。テイはそう考えて、涙をためて、また南の方の家に帰るのであった。

おカクおっ母さんには、あいかわらず馴染《なじ》めない。

でも、このころになると、ときどき、ほめてくれることもあった。

——この子はもの覚えが早い
——よく仕事が出来る
しかし、おっ母さんは一人娘でわがままに育てられ、感情の波がはげしかった。どだい、他人の子どもを育てることなど出来る人ではなかったのだ。いったい、お風呂には入れてもらっていたのだろうか。夜は昼間の着物を着たまま、三尺の帯を解いて、一本の細紐でくくりつけ、寝床にもぐりこむだけである。

自分のいうことを聞かないとすぐおこる。テイも意固地でガンコな、かわいくない子どもなのだ。ただ、たたかれたり、蹴とばされたりはしなかった。これはありがたいことであった。

一度だけ、おねしょをしたことがある。寒い夜で冷えたのだ。ガラリと雨戸を開け、庭に放り出された。雪が降り積もっていて、テイは身体ごと深々と埋まってしまった。このときの恐怖は身体中に染みつき、二度と布団をぬらすことはなかった。

おカクおっ母さんはそのころ、いっぱいお酒を呑むようになった。お父っつあんは小さなオチョコだが、おっ母さんは茶碗である。そして、しきりにいっていた。

——やっぱり、自分の腹を痛めねばダメなのかねえ……

——あの家なんか小作で貧乏なのに十人も子がいる。なのにオレときたら……

子どもを授からず、跡取りがなくて家を潰《つぶ》してしまうことの焦りと無念さ。おカクさんは、子無しの女の悲しみに打ちひしがれていたのだ。

テイは、座敷の隅に小さくちぢこまって、「ハラをイタメル」とはどういうことだろうかとただ考えていた。


数えで七歳になった。秋も終わり近いころ、かまどで火燃《ひも》しをしていたとき、戸口に誰かが立った。寺崎のお父っつあんだった。風呂敷包みを抱えている。ワカ叔母さんが縫ってくれた冬物の着物らしい。お父っつあんが縁側に回り、腰をかけた。

土間の茶釜から湯を汲んでお茶をいれて出した。そして、お盆を脇に置き、にぎりこぶしを二つ、膝の上に置いてキチンと坐っていた。どちらもだまっている。

しかし、お父っつあんが見ると、そのテイのにぎりこぶしの上にぽたぽた、ぽたぽたと、涙があとからあとから落ちていた。親の前でも声をあげて泣くことはしなかったのである。

父は、家の者が田仕事から帰る前の昼時をわざと選んで、ようすを見に来ていたのだ。そして、ああ、これはやはり、テイは連れ戻してやらなければ、と決心した。


もうじき小学校に上がるときが来ていた。

おカクおっ母さんが、寺崎の家から百両つけてくれ、そうしたら籍を入れる、といった。百円といったのではない。千両箱とはいわないが、百両ということは、あるまとまった大金を持参金としてよこせということである。さらに田んぼも、畑も、ということであった。

これで、父の決心はさらに強まった。いま金をわたせば、さらに後々までなにかと要求してくるであろう。テイがもう少し大きくなってから、また別の家を見つけて養女に出そう、それまでは引き取る、めんどうはヤスおばあさんが見るから、という話になった。

しかし、これには、イワおっ母さんの実家が承知しない。イワおっ母さんは嫁に来てから、キイのあとに、二人目のミツも産んでいた。そして、三人目は男の子であったが、不幸なことに死産であった。

明治、大正の時代、長子相続が原則である。イワおっ母さんの実家にしてみれば、結局、長女のテイに寺崎の家を継がせるのではないか、それでは何のために嫁にやったのか、ということである。まったくもっともな話なのであった。

しかし、村の役場からあるとき、これは念のために、と伝えてきた。男子がいない家の長女は、たとえ何があっても他家に籍は移せないという法律がある、と。

なんというありがたい御法《ごほう》があったことか……。

この法律があったればこそ、テイはおばあさんのいる高松の家にまた戻れることになったのだ。

おばあさんの家に駈《か》け戻《もど》る

——今日から、お前はもう家《うち》の子ではない

ある日、おカクおっ母さんがいった。風呂敷包みを一つ持たされて、ついてこい、という。またどこかよその家にやられるのかナと足が進まなかった。

裏の畑を過ぎ、北へ歩く。アレ？　もしかしたら、と思って小走りになり、おっ母さんの顔を見上げた。口をキッと結んで、怖い顔をしている。

土手を上って線路に出た。

――ここを渡って高松に帰るんだ。まっすぐ行けばいい。もう、ここからならひとりで帰れるだろ

くるりと後ろ向きになり、おっ母さんはテイのすがたを見届けもせず、帰っていった。

線路を越えてもいいのだ。

ありがともサヨナラもいうどころではない。走りに走った。風呂敷包みが邪魔なので、肩から斜めにくくりつけた。

途中に堀《ほん》の内《うち》と呼んでいる大きなお屋敷がある。昔はお代官様がいたようなところで、堀を廻《めぐ》らせてある。いまは空堀だが、そこを逆落としのように駈け下り、また斜面を駈けのぼる。

垣根があった。くぐったとたん、何物かに捕まった。

あ、ダメだ。おカクおっ母さんがまた連れ戻しにきたのかもしれない……。

無茶苦茶に身体をよじって振りほどく。着物が破けた。垣根の木はヒイラギで、その葉のギザ

ギザにひっかかっていたのだ。

捕まらないうちに、とまた、駈《か》けに駈けた。テイは、一生のうちであんなに走ったことはない。他人様《ひとさま》の庭でも、表口でも、裏口であろうとも、そんなことにかまってはいられない。

七歳の秋、一度も通ったことがないのに、どうしてそんな道を選べたのか不思議である。

どこかの家の梅林を過ぎ、寺崎の家の街道《カイド》の入り口に出た。

あとはまったく憶《おぼ》えていない。あんなにも会いたかったヤスおばあさんに抱きついたのか、泣いたのか、これが完全にテイの記憶にはないのである。

第3章　筑波尋常小学校にあがった

空《から》っ風《かぜ》に吹かれて学校へ

大正五年の春、小学校にあがった。ついに高松の寺崎の家から学校に行くことが出来たのだ。筑波尋常小学校は六年を終えると、さらに上に、二年の高等科もある。

高松の村から約一里、四キロはあった。子どもの足で小一時間ほどかかる。冬の間と春のはじめは、村の子どもたちがそろって通う。まず、村の外れの観音寺《かんのんじ》の前に一度集まる。そして、高等科の男の子が号令をかけて一列に歩いていく。

学校までは、村も小さな林も森もいっさいない。ただ、みくりや田んぼが広がっているだけだ。この何もさえぎるものがない平野に西風《にし》がようしゃなく吹きつける。空っ風の吹きが激しいときは、どんなに足を踏んばって歩いていても、ズルッズルッと風下の田んぼに転げ落ちてしまう。そういうときは、

——よし、中道《なかみち》を行こう

とリーダーの男子が重々しく決める。

学校までの田んぼの中の一本道は外道《そとみち》といっていた。中道は、高松の隣村の小曾根という村の中の道を通らせてもらうのだ。日ごろは他所様《よそさま》の村の道など通り抜けたりするものではない。ブラブラと歩いていようものなら、

——アレ、お前《め》、どこの子だっけ、なんの用かネ

と聞かれたりするものだ。

小曾根の村にはいると、それぞれの家の屋敷林が風を防いでくれていて、一歩、足を踏み入れただけで、もうフワァーッと暖かかったものだ。

小さい一年生が、途中で歩けなくなると、六年生の子がおんぶして行く。そうやって列の前の方に男子の一かたまりがまず歩き、続いて女子の一かたまりが行く。男の子と女の子は、喋《しゃべ》り合《あ》わなかった。ようやく学校にたどり着く。学校が大きく、お城のように思えた。

雨の日はもちろん、はだしだ。道がぬかるんでいて、下駄などはいていようものなら、足をとられて歩けない。学校に着いても、足の洗い場が校庭の遠くの方に一カ所あるだけだから、洗わず、泥はだしのまま教室へはいった。帰りもまたはだしである。

午後から晴れそうな日には、下駄の鼻緒に紐を通して腰にくくりつけて行く。行く道々、

——ホラ、赤城山から浅間の方へ雲が流れているから、昼から晴れてくるゾ

といい合ったものだ。雨が上がって晴れたときは、その下駄をはいて帰った。

雨具は番傘である。太い竹の骨に油紙が貼ってあり、肩で支えていなければ、させないくらい重い。もっとも、雨の上がったあと、田んぼ道の小川にこの傘をつけて、水車のように回して遊んだりするから、あちこち破れて紙が貼ってあるところの方が少ないくらいである。仕方がないから、わずかの油紙が残っているところを頭の上に持ってきて、雨をよけた。

学用品はお道具といっていた。一年生のときはノートでなく、石板である。それに白いロウセキで字を書く。テイは二重丸をもらってほめられると、おばあさんに見せたくて、捧《ささ》げるように持って帰ってきた。風呂敷に包むと、書いた字も二重丸も消えてしまうからだ。

二年生になるとお帳面が一冊配られた。これに、月、火、水、木、金、土と書いておき、その日に習ったことを何でも書いた。両端が赤と青の二色のエンピツもあった。小学校の小使いさんが足利の町まで行って学用品を買い、大きなザマという籠《かご》で背負ってくるのである。

お道具はいつも風呂敷に包んだ。一くるみ二くるみして、男の子は腰に巻きつけて縛る。女の子は肩から斜《はす》がけに背負う。そして風呂敷の隅と隅をチョウチョのように結び、胸のところでその三角形の端が見えるようにする。そこに〝寺崎〟という文字が白く染め抜かれていた。

学校から帰ると、お道具は床の間に置く。床の間は神様の居場所だから、けっして上がったり、そこに置いた物をさわったりしてはならない。小さいときからよくよくいい聞かされているから、妹のキイやミツが教科書や帳面を見たがっても、ここに置けば安全である。だから教科書なんか、翌日、学校で開くまで見なかった。復習とか予習とか宿題とか、聞いたこともない。家ではランプの火屋《ほや》掃除とか風呂の水汲みとか、子どもの仕事がいっぱい待っていた。

テイが学校から帰ってくると、ランプが三つ、入り口の土間に置かれている。ホヤ掃除は手の小さい子どもの仕事で、台所仕事のおっ母さんたちは、手が油くさくなるといって、けっしてランプにさわらなかった。

農具を入れる納屋《なや》の木箱にボロ布が入れてある。布を手に巻きつけてホヤの内側の油煙を取ってから、そうっと磨く。二番目の妹のミツは元気がよく、ほどを知らないので、よく壊した。

夕日にガラスをすかしてみて、ヨシ、と思うまで一心に磨いた。さらに下の油壺《あぶらつぼ》に油を足しておく。以前はこの油も菜種油でぼうーっと明るいだけだったが、石油ランプに替わって、三倍も明るくなったという。新潟で石油が少し出るようになってからは、マスの量り売りでなく、たいていの家が一斗缶《とかん》で買った。けれど、油を小出しにするポンプは村に一個しかないのだ。誰かが借りにくると、ああ昨日、金《きん》さんが持っていったヨ、という具合である。

夜、ランプの灯が消えたりすると、大事《おおごと》である。とくに冬はカラッ風が吹きこむので、裏の戸口を開けるときは、「出るぞッ」とかならず声をかけて出たものだ。

ランプの掃除が終わると風呂の水汲みをする。井戸水を汲み上げる桶《おけ》を長い竹の竿《さお》の先につける。竿《さお》を静かに下ろして、桶《おけ》に七分目ぐらいまで水を入れる。全部入れると、重くてテイの力にはあまるのだ。下駄を脱いではだしにならないと踏ん張れない。ようやく竿を引き上げて、桶の把《と》っ手《て》をはずし、水をブリキのバケツに移す。

井戸から裏口の風呂桶まで運び、水を空けるのがまたたいへんであった。石の流しの上に風呂桶が据えてあり、その前に大きな平たい石が踏み台に置いてある。まずその石の上に乗ってから下のバケツを引き上げ、風呂桶に水を空ける。これにもコツがあって、下手するとせっかくの水をこぼしてしまう。まだ小さいのによくやったものである。

夏は風呂桶に首を突っこんで洗い、水を毎日、換える。そして、一日中、田仕事で汗をかいている親たちが帰ってくるまでに沸かしておいた。

秋から冬にかけては風呂に水をつぎ足して、湯を立てかえした。

わたなべせんせい

テイの受け持ちの先生の名前はわたなべせんせいである。

最初の時間に、黒板に大きく「わたなべ」と書かれた。

この先生は子どもに人気があったが、もうずいぶん、年のいった先生であった。いつも低学年を受け持っていたのは、代用教員だからだという。そのころは先生が足りなくて、高等科を出ていなくて小学校六年だけで終わった人までも代用教員をつとめていた。だから、本教員になるための昇進試験がたびたびあった。でも、わたなべせんせいはいつも落ちてしまうのだ。

このせんせいは、イワおっ母さんと同じ学校で、しかも同級生だった。それで、よくイワおっ母さんに会いにきた。というより、父に、なんとか本教員にとり立ててもらえる方法はないかと、頼みに来ていたのだ。代用教員の立場は弱く、せんせいは雨もりのしはじめた藁屋根《わらやね》の家に、年とったおっ母さんと二人で暮らしているということだった。父が宇都宮の県庁まで願いに行ったけれど、やはりダメであった。

このわたなべせんせいは、男の先生だが、よくとおる声がうたうように響き、お話を読んでもらうと楽しかった。ときどき、わたなべせんせいは南側の窓の近くに立って、外を向いて、声をいちだんと大きく張り上げて本を読んだ。

校庭を見ると、窓近くにヤッちゃんが立っている。ヤッちゃんは、少し年上の顔見知りの女の子であった。小学二年でもう学校を下がり、羽刈の村の菓子屋に年季奉公に出されていた。小学校に二年間行ったといっても、ほとんど休ませられていて、字を覚えるヒマもなかったろう。ヤッちゃんは赤ん坊を背負って、ねんねこばんてんを着て、子守のように、髪を手ぬぐいで包んでいた。そして赤ん坊を起こさないように、先生の朗読をジッと聞いているのであった。わたなべせんせいは、文字を書くときも、黒板の窓寄りの端に大きく書かれた。ヤッちゃんは、背のびをして黒板を見てから、棒切れで、地面にその字を書いていた。

奥州《おうしゅう》っ子《こ》と呼ばれた子守が一人、二人、来ているときもあった。背中の赤ん坊が泣きだすと、校庭の外れの鉄棒のところまで走っていき、授業のジャマにならないようにあやしていた。テイは養女に行っていたときのことを思った。あのままだったら、たぶん、同じように、こういう子守に出されていたのではないか……。

ある日、ヤッちゃんにひらがなばかりの絵本をあげた。嬉しそうに、本当にウレシソウに八重歯を見せて、ニッコリとした。

わたなべせんせいは、それからもずっと代用教員であった。

でも、大人も子どもも、このせんせいを大好きだった。

高根山《たかねやま》の遠足

一年生の春、はじめての遠足があった。高根山のつつじの花を見に行くのである。

朝からお弁当づくりでイワおっ母さんはたいへんだ。小さなお釜でこの日のお弁当だけのために、白米を炊いて、熱々の御飯でおにぎりを作ってくれた。妹のキイやミツも、白いマンマだァと騒いで、小さなにぎり飯を作ってもらってほおばっていた。

竹皮に包んだお弁当を風呂敷で大事に包むと、肩から斜《はす》にかけ、胸前でキッチリ縛った。今日は遠足でいっぱい歩くから、はだしや草履の方がよっぽど歩きやすい。でも、高根山の小学校でお世話になるのだから、ちゃんとした下駄をはいていく。

まず、小学校に全員集合した。

校長先生が先頭に立って歩き出す。先生は、上着は背広のようなものだが、下はズボンとも股《もも》引《ひき》ともいえないようなものをはいていた。これがよそゆきなのだろうか。

校長先生が歩き出すと、それに歩調を合わせて男子が続く。男子の列の終わりにわたなべ先生がはいり、女子が続く。全部で七十人くらいが一列になって田んぼ道を歩いていく。

小曾根の村を過ぎて矢場川《やばがわ》を渡ると、群馬県にはいる。群馬県の大きな町、館林の北西に多々《たた》良《ら》沼という沼があった。大きなコイやフナが捕れる豊かな沼である。これから行く高根山は、この多々良沼の北東にある低い丘のようなところだ。矢場川を越して、こんどは鶉《うずら》という村を通り、さらに日向《ひなた》村を抜けていく。

高根山はまだまだ先だ。

道の両側に麦畑が広がっている。もう、若緑の穂が出そろっていて、麦の粒々もふくらんでいる。麦の畝《うね》と畝の間に、濃い紫色のそら豆の花が見える。遠くで小さな鳥がとび立った。ヒバリだ。どこまでも空高く上がっていって、澄んだ声で鳴いている。ヒバリはカシコクて、麦畑のどこかに巣を作るのだが、その場所からすぐにとび立ったりはしない。麦の畝間《うねま》をトコトコ歩き、巣から離れてから空に舞い上がるのだ。降り立つときも、遠くの地点にまず降りてから、また麦畑の中をそーっと巣に戻る。敵にサトラレないためだという。

向こうの畑で、小父やんが鍬《くわ》を振り下ろしながらいった。

――はあー遠足かね、高根山のつつじかね……

――はあ、そうでがす。天気もよくて、ええことで……

と小使いさんが答えている。

大きな籠《かご》を背負って、小使いさんは行列のいちばん後ろから子どもたちを見ながら歩いている。お菓子を買ってもらえない子どももいるから、はじめから全員、お弁当の他は何も持ってきてはならなかった。そのかわり、役場から一人三銭とか五銭のお金が出て、小使いさんが前の日、足利の町まで行って、おせんべいやあめといった駄菓子を買ってきていたのだ。


ようやく高根山の小学校に着いた。

こっちの校長先生とあちらの校長先生がヤア、ヤアと挨拶《あいさつ》を交わされた。とても仲のよい友だちなのだ。生徒も全員、並んでおじぎをした。それから校庭の北側にあるお便所を借りた。

高根山はこの小学校の裏の北にある。山の中腹は見事な松林だ。お日様がその赤松の幹の一本、一本に当たって、林全体が照り輝いている。つつじはその松の根元に低く群生して咲き、サンゴ色に近い朱赤の花が松林をどこまでも埋めつくす。これが緋毛氈《ひもうせん》のようにも見えるので、毛《もう》氈山《せんやま》とも呼ばれていた。

草むらに坐ると、南の方に多々良沼が光って見える。流れの速い矢場川とちがって、どこまでも平らに、静かに水面が広がっていた。

さて、お弁当である。待ちに待ったというのはこういうことだろう。

竹皮の包みを開ける。おにぎりの大きなのが二個。一個には黄粉《きなこ》がまぶしてある。もう一個は、梅干しといっしょに漬けこんだ赤紫蘇《あかじそ》の葉を広げて丸々と包んであった。真ん中に梅干しが一かけら入れてある。キヨちゃんもカンちゃんも両手におにぎりを持ってほおばった。向こうの方で男の子が叫んでいる。

――オレ、六個持ってきたゾ。全部食っちまうんダー

六個！　と女の子はみな驚いた。

小使いさんが小学校から大きなヤカンを運んでくる。お茶碗もいくつか借りてきてくれ、お茶を注いで飲み回す。校長先生たちは職員室で話をしながら、お昼にしていた。

それにしても、このつつじの花のきれいなことはどうだろう。館林もつつじの名所で、お城の址《あと》にいっぱい咲くという。でも、そこは丈の高い木になっているそうだ。

高根山のつつじは坐っていても頭の高さくらい低いので、花の一つ一つがよーく見られる。そしてこの山は分限者《ぶげんしゃ》といわれた大金持ちの山なのだが、誰もが見られるように開放してくれているのだという。金持ちに限ってケチで、自分の山になど他人はいらせないものなのに、ありがたいことだヨと、今朝、家を出るときにおばあさんがいっていた。

山の頂上、といっても、すぐ上がれる。丘の上から北の方を見た。東武線の線路が銀色に光って見える。線路のはるか向こうが高松の村だ、その方向の北の空に、白い雲が浮かんでいた。テイが養女のころによく見た白い雲と同じである。じゃ、もしかしたら、おカクおっ母さんの村

は、ひょっとするとこのあたりかもしれない。冷や汗が出た。胸が苦しくなってくる……。

でも、いまは学校にもあがり、こうやって遠足に来ていられるのだ。自分にもこんなタノシイことがあったのだ、とタメ息をついた。泣きたくなるほど嬉しかった。

帰りはまた一列になって筑波小学校まで戻った。来たときよりもっと元気に、グングンと歩いた。そして小学校で解散になり、家に戻る前に、キヨちゃんたちとこんどは小川にはいり、水遊びまでしてから帰った。

カエルの千代紙

四年生の夏休みがもうじきという、七月半ばのことである。

その日は掃除のお当番だった。近くの村同士の子が七、八人くらいで一つの班になって、授業のあと、教室を掃除する。

ホーキを振り回してホコリを外へ出すと、次は雑巾《ぞうきん》がけだ。めいめいバケツをぶら下げて、水を汲みにいく。校庭に井戸が一つあるのに、わざわざ校庭を突っ切り、小さい田んぼを越えて矢場川から水を汲んで運んでくる。

バケツは重いし、らんぼうに歩くから、水がバシャバシャこぼれる。でも、水が足にかかって、とても気持ちいい。キャーキャー、アハハハ、と笑いながら何往復もした。

川岸の草の中に蛙《かえる》を見つける。雨ガエルだ。
――キヨちゃん、カエル、つかまえるか
――そうしよ、そうしよ
バケツに小さい雨ガエルをいっぱい捕まえた。教室の床に置いてやると、ピョンピョン跳びはねる。三、四センチぐらいで、手のひらにのせてみると、大きな目をぐりぐりさせている。かわいいったらない。さんざん遊んで、明日もまた、これでアソボーということになった。さて、どこに隠しておいたらよいだろう。
教室の隅に墨の壺《つぼ》が置いてあった。お習字の残りの墨汁《ぼくじゅう》を入れておいて、また使うのだ。
――カエルをあれに入れよう
やっぱり水気がなくてはかわいそうだと考えて、墨壺に入れて帰った。

翌朝、学校に行くと大騒ぎになっていた。

カエルが墨壺から跳び出し、ぜんぶ逃げてしまっていた。墨をつけたカエルの足の跡が、床といわず、壁といわず、黒々と付いている。カエルの足先は、小さな丸い吸盤が付いているが、その丸が、はっきりとハンコで押したように模様になっていた。これにはタマゲた。壁はちょうど白くぬり直したばかりであった。

先生が大声を出された。

——誰が矢場川に行けといった
——おテイちゃんです……
——誰がカエルを捕まえろといった
——おテイちゃんです……
——誰がカエルを墨壺《すみつぼ》に入れろといった
——おテイちゃん……
〝おテイちゃん〟の大合唱である。
——お前がそういったのだな
——ハイ、いいました
とにかく、自分がいったのだから仕方がない。それにしても、オレもいいました、と一人ぐらいいってもよさそうなのに……。友だちの顔を見た。みんなベソをかいている。ああ、こりゃダメだ、とじつに情けなかった。
こうして、その日は廊下に立たされた。一人ではあんまりと思ったのか、いつもテイと組んでいる副官のキヨちゃんも名指しされて、一日中二人で立ちんぼである。
小学校の隣に役場があって、もうそのころは、父がつとめていた。直ちに通報され、壁のぬり直しは、手前の家でいたします、ということになった。
一年生のときから〝全甲《ぜんこう》〟でとおしてきたのに、これでは〝操行〟が乙《おつ》に下がってしまうナ、とおばあさんが口惜《くや》しがった。でも、そのあと、テイは学校では毎日、お行儀に気をつけて、優等生らしくふるまったから、この年も通信簿に〝全甲〟をもらうことが出来た。

けれども、カエルのことはてんとして恥じていない。これは人にはいえなかったが、カエルの足跡は、いままで見たこともないほどにキレイに思えたのだ。

テイは、大事にしているものをいつも土蔵の一隅に隠していた。その中に一枚、緑色のモミジを散らした模様の千代紙がある。カエルの手に似ているから楓《かえで》というそうだが、教室のあの足跡はまさに、本物の楓の模様なのである。

このときの、壁いっぱいに広がったカエルの千代紙は、誰にもわたさない、テイの一番の宝物となった。

「弁当」に詰まる村の暮らし

テイが三年生になったころ、三番目の妹のミヨも二歳になり、寺崎家はいっそうにぎやかになり、イワおっ母さんの忙しさもましていた。そんななかで、二学期がはじまった。

まだ日ざしがカンカン照りだが、田んぼ道を行くと、青い稲穂の上をわたってくる風が涼しい。もう秋がそこまで来ていた。

夏休み明けだから宿題を持っていく。宿題といってもかんたんなものだ。ノート一冊に書き取りと作文をほんの少しだ。作文など、

「今日はあがたのおばさんが来ました。うらのつめたい井戸水をくんで、おさとうをちょっと入れてさしあげました」

といったことですませてしまった。

だいたい宿題を多く出す先生は、親にキラわれた。子どもが家の仕事をしなくて困るというのだ。でも、野良仕事をサボってトンボを追っかけている子どもはいたが、勉強している子どもなど、村の中ではどこにも見当たらなかった。

学校がはじまって、まず楽しいのは、友だちに会えることだ。お喋《しやべ》りしたりふざけたりできる。もうひとつ、楽しいことはお弁当だった。ただ、高学年になってからの「弁当」はどこの親にとってもたいへんなことである。たとえ自分たちが食べなくても弁当は持たせたい、それも出来たら米ばかりの御飯《マンマ》を持たせたかった。

しかし、どんな家でも、たとえ地主様の家でも、御飯といえば麦メシで、それも七三《しちさん》とか、六《ろく》四《よん》の割合であった。七三とは、七分の麦に三分の米の割合で炊いたものだ。百姓は米作りに汗を流したが、米は食べるものではなかったのである。

カイコを飼っていない家は、米だけが現金収入の道である。米を売ってそのお金で婚礼やお葬式、お祭りやお伊勢《いせ》まいりの費用から、日常の石油ランプの油、砂糖、酒、しょうゆを買い、子どもの学費にも当てていた。だからこそ、白米だけの御飯《マンマ》など、お祭りや祝いごとの他は年に何回も食べなかったし、常の自家用の米は屑米《くずまい》であった。

寺崎の家では、朝、鉄釜をかけて麦メシを炊くとき、味噌《みそ》こしを大きくしたような、竹で細かく編んだ細長いザルに、米が七割と麦三割のものとか、ときには米だけをといでその中に入れ、ザルごと静かに沈めて、いっしょに炊いた。炊き上がると、まずそのザルをそうっと引き上げて、お弁当箱に詰めるのだ。

おかずは何か。梅干し一つ。それだけだ。汁気のあるものなんかないから、包んである新聞紙が、いつまでも使えた。たまにお父っつあんがお呼ばれした家から、折詰をぶら下げて帰ってくる。その夜、子どもたちは、おばあさんに玉子焼きとか焼き魚の切り身を小さいお手塩皿《てしょざら》に分けてもらう。夕食のときには、それをちょっとナメるぐらいにして戸棚にしまっておく。翌《あく》る日、それをお弁当に詰めるのだ。

お昼になって、おかずが豪勢なときは、わざとお弁当箱のふたを向こう側に立てて食べる。隠しているのではない。

——ア、おテイちゃん、今日はゴチソウだ

と、逆に友だちに分からせるためである。

お弁当箱は、瀬戸引きのものである。鉄の地金にホウロウをかけたもので、落とすとすぐにヒビがはいって、厄介《やっかい》であった。だから男の子のおベント箱は、たいがい干割《ひわ》れした田んぼのように見えて、穴もあいていた。お昼のお茶は、小使いさんが、大きなヤカンで弁当箱のフタに注いでくれる。男の子は、その穴に指を当ててふさぎ、

——アジ、アジ、アジ、アチチ……

といって、のんでいた。

——今日は、ぜーんぶ米のマンマだぞー

と別の男の子が騒いでいる。その横で、おベント箱の角に口をつけて、顔にそって立てるようにして、お箸《はし》でかきこんでいる子がいた。お米がまったくはいっていない、アワだけとかキビだけの御飯なのだ。秋の稲の刈り上げの前で、どこの家も米ビツが底をつく季節である。アワだけとか、ヒエやキビだけの御飯が冷たくなると、どんなに上手に箸を使っても、パラパラとして口に運べない。

——いいか、テイ、ベントウ箱に口つけて食べてる子は、行儀が悪いんではないんだヨ、だから見るものではないゾ

と、おばあさんがいつもいっていた。

それでも、お弁当を作ってもらえる子はまだよかった。朝早くから親が日傭取《ひようと》りで出かけて、そんなヒマのない家もあった。いつもガキ大将でイバっているような子でも、そういうときは、だまって教室をスッと出て、矢場川に行き、ひとりで川に石を投げたりしている。家に帰って食べてくる子もいた。アワやキビの雑炊を流しこんでくるのだろう。毎日のお弁当はどうしてもム

りだという家もある。そういう子は、親が学校に願い出て、午前中しか学校にいさせてもらえなかった。

「弁当」には、村の暮らしのすべてが、詰まっていたのである。

道草とイナゴ捕り

田んぼのイネが色づいてきた。学校の帰りに本道から脇道にそれて畦道《あぜみち》を行くと、バタバタとイナゴがとび回っている。楽しそうにイネの葉から稲穂にとび、また遠くのイネに群がってとんでいく。夕日に照らされて、翅《はね》が輝いて、キレイだ。でも、こいつらはイネの害虫だ。

――イナゴ、とろう

――そうだ、イナゴとって帰ろ

とキヨちゃんもエイちゃんもいう。

さて、〝備えあればうれいなし〟である。この時期には、いつもイナゴ用の袋をたたんで、着物のたもとに入れてある。手ぬぐいを二つ折りにして両はしを縫って袋にしたもので、口を縛る紐《ひも》もついている。

畦道からちょっと田んぼにはいる。他所様《よそさま》の田んぼにはいったらいけないのだけれど、イナゴを捕るときは大目に見てもらえる。まず左手で袋の口を開けて、右手でイネの上のイナゴをぽんぽん捕って入れる。イナゴが大騒ぎして肩や頭に止まる。それもすばやく捕まえる。

イナゴは袋に放りこまれると、ちぢこまっておとなしくなる。夢中で捕っていると、イナゴの体の汁が手についてベタベタとしてくる。袋の布で手をぬぐう。ときには着物のお尻でふいたりする。

エイちゃんはこの手ぬぐいの袋を持っていなかったので、片袖を脱いで、自分の着物のたもとにイナゴを入れている。捕り終わると、道《みち》っ端《ぱた》の長い草を二、三本むしって、ぐるぐると袖の上から巻いてイナゴが逃げないようにしていた。

みんな、面白いほど捕れて、ワアワアいって別れた。

家に帰ると、鉄の大鍋を出してきて、カマドの火にかける。鍋が熱くなったところで、袋からザアッとイナゴを全部入れる。その上に木のふたをして押さえる。キイキイ、ガシャガシャとイナゴが大暴れするが、すぐに静かになる。

ふたを取ると、イナゴはみんな、あお向けになって、自滅していた。ザルに広げて、翅《はね》と足の先をもぐ。忙しいときには丸ごと食べるのだが、イナゴの翅はゴソゴソとのどにつかえて、とてもイヤだった。とった翅や足は、さっきから足元で待っているニワトリにくれてやる。

別の平たい鍋に油をひき、きれいに始末したイナゴをいためる。しょうゆで味つけするのだが、それにちょっと砂糖を入れると、いちだんとおいしい。

夕食のとき、こりゃ、うまいナとみんなにほめられる。

イナゴ捕りのこの季節は、毎日毎日、イナゴが夕食のおかずであった。

線路の土手のキャラメル

稲刈りもすんで冬も近い。このころ、友だちと帰り道に線路の土手の下で、汽車が来るのを待っていた。

学校から村までの一本道を東武線が横切っている。高松村にいちばん近い駅は、昭和になってから多々良《たたら》という名前に変わるが、そのころは中野である。その中野駅から足利に向かって、まだ県《あがた》駅も出来てなく、次の福居駅まで五、六キロはあった。

ボーッ。中野駅を出発した汽車の音がまず聞こえてくる。モクモクと白い煙が見え、まっ黒の機関車がこっちに突進してくる。機関車のかまたきの小父さんに、いっせいに手を振る。小父さんも何か叫びながら、キャラメルを一箱放り投げてくれる。

――ワァーッ、アリガトー

――ワァーッ、アリガトー

汽車が見えなくなるまで手を振った。それから土手《どて》っ腹《ぱら》に這い上がり、拾うのだ。夏中生えていた丈の高い草も、牛のえさに刈り取られて、いまは短い枯れ芝が広がっている。だから、キャラメルがバラバラに散っていても探せた。一箱分の十個を見つけるまでは、ぜったいにあきらめたりしなかった。

かまたきの小父さんは、一箱、そのまま落としては一人占めにする子が出てきて、もめごとが起きると思ったのだろう、わざと箱の口を開けて、広い範囲に散らばるように投げてくれる。
——あったァ
——うん、オレも見ぃつけたァ
ようやく十個拾い終わる。
女の子七人が土手の芝草に坐って、戦果を配り合い、まず一人、一個ずつなめた。〝森永キャラメル〟という黄色い箱も回して見て、手ざわりをゆっくり楽しんだ。ふだんはなかなか手にはいらないハイカラなお菓子なのだ。
つぎは残りの三個が問題だ。ジャンケンで勝ち抜いたキミちゃんがまず一個、口に入れる。
——ひとーつ
——ふたーつ
——みぃぃーっつ
他の子が三つ数えている間、思い切りなめてから、キミちゃんが惜しそうに口から出す。次の子がそのキャラメルを口に入れる。
——ひとーツ
——ふたあーツ
——みーッツ
友だちが三つまで数え終わっても、どうしても次の子にわたすのがイヤで、のみこんでしまう子もいた。みんなに、ズルイ、ズルイとおこられた。

あのキャラメルの小父さんには子どもがいたのだろうか……。テイが大きくなってから、もう一度会いたいと思う人は、いつも笑いながら、力いっぱい菓子一箱を放り投げてくれた、あの、かまたきの小父さんなのである。

紀元節《きげんせつ》の日の丸のお菓子

二月十一日、紀元節。

このころは寒さがいちだんと厳しい。夜中、西風《にし》がゴーゴーと吹きまくる。裏山の木々の梢《こずえ》が台風のときのようにうなり、竹林の竹と竹が打ち合って、カーン、カーンと響いてくる。

翌日は抜けるような青い空だ。

元日の四方節《しほうせつ》、紀元節、天長節《てんちょうせつ》の三大節の中でも、紀元節はたいそうものものしかった。式典に出かけるので、いちばん良《イ》い着物《キモン》と袴《はかま》をつけて、厚手の半纏《はんてん》を上に着る。黒の地に白い井桁《いげた》模様で、太い糸をぴっしりと打ち込んで織った布だから、空《から》っ風《かぜ》も通さない。

いつもの朝礼は校庭でするのだが、紀元節には郡役所の偉い人も見えるので、ブチ抜き教室に紅白の幔幕《まんまく》をかけた式場が用意される。

校長先生のお話は長かった。とにかく神武《じんむ》天皇のお話である。ニニギノミコトとかナガスネヒコとか、神様やエライ人は名前が長い。これがテイとか、キヨではいけないのだろうか……。

それにカラスでも、ヤタノカラスは別格でエライんだな、と聞いていた。

長い、ナガーイ式が終わった。生徒がこんどは行列を作る。出口でお菓子がもらえるのだ。「祝紀元節」のお菓子だ。先生がおごそかな顔で一人ずつの手のひらに配る。日の丸の旗が交叉《こうさ》している模様が浮き出た紅白の干菓子で、その二つを包んでいる紙にも、日の丸の旗が印刷されている。先生が念を押す。

——家までちゃんと持って帰るんだぞ

紀元節のお菓子を袂《たもと》や懐に入れるわけにはいかない。両の手に恭しくのせて、ソロソロと歩いて帰るので、くたびれてしまう。ようやく家にたどり着くと、

——テイちゃん、日の丸のお菓子、もってきたかァ

と、妹たちが待っていた。おばあさんがまず神棚に上げる。その後ろに坐って一礼する。下ろして、こんどはお仏壇に上げる。またおじぎをする。それからお菓子を割って分けてくれるのだが、なんとも小さいかけらである。それでも甘かった。神武天皇とかカラスの話はしなかった。

翌日、学校に行くと、緊急の朝礼が召集された。こんどはブチ抜きの教室ではなく、吹きっさらしの校庭だ。校長先生が壇上に立つ。

——昨日、とても悲しいことがありました

一人の先生が、式典が終わって田んぼ道を歩いていると、畦道《あぜみち》に何か白いものが見えた。近づいて見ると紙っ切れである。紀元節のお菓子の紙が千切られて枯れ草にひっかかっていたのだと

いう。畏《おそ》れおおくも、日の丸が印刷されたお祝いの紙を田んぼに捨てるとはなにごとか、それよりも昨日、お菓子は家まで持って帰り、弟や妹たちに神武天皇のお話をしてから食べなさい、とあれほどいい聞かせたのに……ということであった。

阿部先生という男の先生が泣き出してしまった。先生が泣かれたのをはじめて見た。もしかしたら阿部先生が担任の組の子であったのかもしれない。生徒たちは上目づかいに校長先生を見て、空《から》っ風《かぜ》に首をすくめながら、神妙に聞いていた。

しかし、日ごろからお菓子などにあまり縁のない村の子どもに、手のひらに押しいただいて、小一時間も歩いて帰れ、というのがムリムリの話なのだ。キツネに油揚げを持たすようなものだ。弟や妹だって四人も五人もいるかもしれない。一人で食べた方がいっぱい食べられる。それに神武天皇のお話なんか、とうに右の耳から左の耳へ突き抜けている。親も親で、

——今日の菓子はどうしたかネ

——食ッちまったァ

——ったく、しようがねえナ

ぐらいではないか。

何よりも男の子は無邪気なのだ。お菓子を食べたあと、包み紙だけは持って帰って家のカマドに放りこむなどという、悪ヂエは働かないのだ。

お菓子を学校に納めていたのは、羽刈の松風屋《まつかぜや》という菓子屋である。そこのご主人は、商人ら

しからぬ優男《やさおとこ》だと評判であった。そのご主人も職員室に駈《か》けつけてきて大泣きに泣いたという。お菓子に日の丸を押せるということは、たいへんな栄誉である。だから、あれほど本腰を入れてつくったのに、その栄誉をいたく傷つけられたといって泣いたという。

本当にそんなに悲しいことなのだろうか……。

テイにはよく分からなかった。

はじめて食べたカステーラ

四年生のときであったか、学校で二人がけの机に並んでいる子がリュウちゃんといった。リュウちゃんの住んでいるところは高松から離れていたが、その村にはヤスおばあさんがたいへん目をかけていたおばやんがいて、寺崎の裏の竹林から竹皮を持って帰り、草履や笠を上手につくってきてくれていた。そこの村のリュウちゃんが遊びに来い、遊びに来い、という。

行ってみて驚いた。小屋掛けのような家で、土間にムシロを敷いてあるだけである。でもリュウちゃんはそんなことへっちゃらで、いろんなことをして遊んだ。

高松から寺崎の子が遊びに来た、と聞きつけて近所の小母さんもやってきてごちそうしてくれた。五月の茶摘みのときにおばあさんが手伝いを頼んでいる小母さんたちだ。この村は、この地方でもあとから出来たからなのか、他の村とはお付き合いが少ないのだという。

その村で、あるとき、火事が起きた。真冬で、西風《にし》が吹きまくっていた。

――ああ、リュウちゃんの家が燃えちまウ、エイちゃんの家もモエチマウヨ……
ヤスおばあさんも頼んだ。
――行ってやってくれまいか
お父っつあんは、
――よし、出《で》とするか
といった。〝知らせの半鐘《はんしょう》〟が打たれて、村中の人が出てくる。
――どこだんべ
――あの村だ
――こりゃあ大きくなるぞー。空《から》っ風《かぜ》でまるまる燃え広がっちまうヨ
集会所のところに集まった消防団にお父っつあんがいった。
――日ごろ付き合いがなくても火事は別もんだ。見過ごすわけにはいかない、行くぞ
そのお礼に顔役が挨拶《あいさつ》に来た。高松がまっ先に駈《か》けつけてくれた、と村中が泣いて喜んだという。消防団の人たちにはお酒をたっぷり届け、そして寺崎の家には、菓子折りを差し出したのだ。
カステラではない。カステーラである。菓子折りの箱にそう書いてある。そのころ、足利の街は生糸《きいと》景気に沸き立っていた。パン屋も数軒あり、高級洋菓子店も一軒出来ていたのだ。誰がこ

のお礼を思いついたのであろうか、田畑の少ない川《かわ》っ縁《べり》の村としては、カステーラは、とほうもなく気張ったものであった。

家中がはじめて見るお菓子である。大人も子どもも大騒ぎとなったが、そのうちシーンとなってしまった。小さく切り分けたカステーラを手のひらにもらい、全員が正座してかしこまった。誰もが口を手で隠しながら、天井を見上げたりして、お互いに見ないようにして食べた。

はじめて食べるものは何とはなしに、自分自身まで恥ずかしく感じられるのであった。

ひとりで村芝居を見にいく

テイにとって冬の楽しみは何といってもお芝居を見ることであった。ところが家の者は誰も見にいきたがらない。講談本が好きなくせに、おばあさんは村芝居の一座を〝浮かれ歩き〟といって顔をしかめた。

そのおばあさんを拝み倒して、三年生のころからはひとりでもいかせてもらえた。どぶに落ちるから、ちゃんとした道をいけヨといわれても、気がはやって竹の垣根をくぐって近道をする。

お芝居が掛かる金さんの家だけが、二間の座敷をブチ抜いて明かりが煌々《こうこう》と灯っている。テンツク、テンツクと太鼓の音などもして、もうワクワクしてくる。ここは別世界なのだ。子どもだからと、座布団などは遠慮して隅の方に小さく坐る。友だちと並ぶこともある。

金さんの家がなぜ村芝居の座元になるのか、誰もよく知らなかった。昔から関東一円を流して歩く旅芸人一座と付き合いがあったらしい。そして、大人の客はもちろん、子どもが押しかけてきて騒いだり汚したりしても気にせず、ニギヤカなことがこの上なく好きな家風であった。座敷も、厚床の畳などではなく、家中に汚い薄縁《うすべり》を敷き回しただけである。でも、こういう家だからこそ、一座の男の役者も、女も、子方も、芝居がはねたあと、そこらで雑魚寝《ざこね》をし、三食食べさせてもらって、また、どこかの村へと旅立っていけたのだ。

舞台で男たちが刀を振りかざしている。舞台といっても付け舞台を組み立ててつくるのではなく、学校から、使い古して物置にしまってあった教壇を二つ借りてきて並べるだけだ。納戸《なんど》が楽屋である。いま刀を振りかざしていた男の人が、こんどは女になって出てくる。これは七変化といったお芝居の仕掛けではなく、ただ役者の人数が足りないからということであった。

ときどき、周りの見物客が、テイにも重箱のニギリ飯などをくれる。

いつもいつも無料《ただ》で見せてもらっていてはと、あるとき父がお金のはいった袋を持たせてくれた。たぶん一円だったのだろう。でも、御祝儀を出してから床の間を見ると、寄進の花札がずらりと掛かっているところに、「十円　寺崎進」と書いた半紙が貼られていた。そんな大金ではない。

——まちがってる、マチガッテル……

と大泣きしてしまった。「景気付けにこう書くんだよ、テイちゃん」と、金さんが慌ててなだめてくれた。

お芝居の内容はよく憶《おぼ》えていない。上州でいちばん人気の高い博徒《ばくと》の大親分、国定忠治《くにさだちゅうじ》の話なのか、阿波浄瑠璃《あわじょうるり》で語るような話であったのか……。ただ、子どもの役者が、

――おっ母ァ、会いたかったァ

と叫んで、お袋さまにしがみつく、その場面だけはハッキリと憶えている。その声音《こわね》はいつまでもテイの耳の底に残っていた。

「右総代、寺崎テイ」のはずが……

五年生の終わりの春、修了証書を代表でもらうことになった。式進行役の先生に、「右総代、寺崎テイ」と呼ばれたら、大きい声で、「ハイ」と答える。来賓の方々の前を通るとき、まず一礼する。三歩歩いてまたおじぎ。壇の前に進んでおじぎ。校長先生が壇の上から証書をくださる。受け取ってまたおじぎ……。そういう順序をまず教わった。

家でその練習を何度もした。体操のときの跳び箱のような形で二段になっている、古ぼけているが頑丈な踏み台があった。神棚にお燈明《とうみょう》を上げるときなどによく使った。その踏み台の上に、妹のミツが上がって、大きな声で叫んだ。

「右総代、寺崎テイ」

「ハイ」

――テイ、声が小さいぞ

おばあさんが後ろでいう。

ミツは証書のかわりに半紙を上からわたしてくれて、校長先生役になり切っていた。キイとミヨが手をたたいてくれた。

式の日は、たっぷりと時間をかけて髪を結ってもらった。袴《はかま》をつけ、これ以上、凜々《りり》しい姿はないくらいにして出かけたのだ。

終業式がはじまって、式はとどこおりなく進んでいった。順番が来た。ところが、である。進行役の先生は
「右総代、長谷川ナカ」

といわれたのだ……。アッケにとられていると、県村《あがた》のナカちゃんが、

「ハイッ！」

と大きな声で答えて、校長先生のところに進み出た。他の先生はみんな顔を見合わせている。テイには、何がなんだか分からないうちにお式は終わってしまった。

家に帰ると、ヤスおばあさんがおこった。

――そんなバカなことがあるか、あってたまるか
夕方になって、街道《カイド》を、ゾロゾロ、ゾロゾロ、一列になって人が来た。校長先生から担任の先生、それに来賓として出席していた警察署長とか消防署長といったエライ人も来た。式の司会をした先生は恐縮して来なかった。

それにしても、間違えるとはおかしい、あの先生は、県《あがた》の長谷川の家と、何か深い関係があるんでねえか、などとも話していた。お父っつあんも来賓として出席していたから、式のあとにその場で、全員からお詫《わ》びや慰めは受けたのだという。でも、それだけでは何としても申し訳が立たない、とわざわざ打《う》ち揃《そろ》っての挨拶《あいさつ》の仕儀《しぎ》であった。そして、みんな、お酒をしこたま飲んで帰っていった。

――テイの気持ちにもなってみろ、絶対に許さない

おばあさんは日ごろ、何でも大目に見てやれヤ、というのに、このときだけはずっとおこっていた。

テイはおこるとか悲しいというよりも、ナカちゃんが「ハイッ！」と答えて堂々と出ていったことに、むしろびっくりしていた。あんなに家で練習をいっぱいしていっても、お式の間、キンチョウしてドキドキしていたのに……。

自分は気が弱くてダメだな、とそちらの方が情けなかった。

第4章　柿若葉のころ、村は忙しくなる

小学校に通う日々はこんなふうに過ぎていった。しかし、子どもにとって、暮らしの中心は学校ばかりではない。村の暮らしのなかには、大人に交じって子どもたちの担《にな》うものもある。季節のうつろいとともに、喜びも楽しみも、そして激しい労働の苦しみもあった。

新緑の季節となり、裏山のケヤキやクヌギの梢《こずえ》が、濃く、淡く、緑の葉を茂らせた。家々の藁《わら》屋根《やね》を柿の若葉が包んでいく。村全体がみずみずしい緑に染まるころ、本格的な農作業がはじまる。麦刈りを終えて田起こし、代掻《しろか》き、早苗田の水張り、田植え……。その合間におカイコさまを育てて繭《まゆ》をとる。汗水垂らして泥田の中での草取り、そしてお盆迎え。こういう忙しい日々が、秋の稲刈りまで続くのである。

八十八夜の茶摘み

暦は五月、立春から数えて八十八日のころ、茶摘みが行われる。寺崎の家の街道《カイド》の入り口の両側には何畝《なんうね》も、茶畑が広がっていた。

この茶の葉を摘むのには、リュウちゃんの村から毎年、三、四人の小母さんが来ていた。冬に

火事を出し、高松から消火に駈《か》けつけたあの村だ。小母さんたちは打ち連れ立って、楽しそうにガヤガヤと村の道を歩いてくる。そして腰を低く、ていねいにおばあさんに挨拶《あいさつ》をした。

――今日は、まあ、ハア、また呼んでもらって、なんともありがたいことで

それから、お弁当とめいめいのお茶碗を機場《はたば》の外の棚に置く。手ぬぐいを被り、肌襦袢《はだじゅばん》の上に縞《しま》の襦袢を着ている。茶摘み女といっても若い娘ではないからか、赤いタスキではなく、白いタスキを掛け、紺の股引《ももひき》だ。

茶の枝に赤ん坊のように柔らかい新葉が出ている。一日目は枝先の二、三枚の葉をまず摘む。一番茶といって、もっとも上等で、大切なお客様に出す玉露なみのお茶になる。

二日目からは、その枝の下の、まだそれほど大きくなっていない葉を摘む。二番茶である。三日目か四日目からは、もう、細い茎や小枝まで摘んでしまう。このときは刈りバサミを使ってバサバサと大量に刈り取る。三番茶とか、荒茶である。ヤカンで煮出してもかまわないような、ふだんづかいのお茶を、これでつくるのだ。

茶摘み女の手がいっせいにそろって動き、腰にくくりつけた小籠《こかご》が緑の茶の葉で盛り上がっていく。鼻歌のような茶摘み歌をうたい、拍子をとっている。摘んだ茶の葉は庭先の大きな籠にふんわりとあける。小母さんたちが街道《カイド》を何往復もすると、その籠がいっぱいになる。すると、イワおっ母さんが大きな麻の袋に入れて、土間に持っていき、まず、さっと蒸し上げる。それから、火で煎《い》って、手で揉《も》みあげてお茶に仕上げていくのであるが、この茶の葉を煎るのは男の仕

事である。新宅《しんたく》のうどん屋の叔父さんたちが手助けに来てくれた。

納屋《なや》の西側に、タタミ一畳分くらいの大きな炉が切ってあった。カンカンに火を熾《お》こした炉の上に何本も細い鉄の棒をかけわたし、さらに台を置き、その上に焙炉《ほいろ》をかける。炉よりも二回りほど小さな四角い箱で、枠が鉄で、底の面に紙が貼ってある。昔の大福帳《だいふくちょう》の反故《ほご》とか、破れた障子紙や古い手紙などを何枚も何枚も貼り合わせたものだ。新聞紙はダメである。だから、和紙はどんな小さな切れっぱしでも大切に箱に入れて蔵にしまっておいたものだ。

さて、火もよく熾きた。家の中から蒸し上がった茶が運ばれてくる。濃い緑色の葉っぱが焙炉の紙の上にさあーっと広げられる。このときの甘い匂いは忘れられない。

男の人が三人くらい、片側に並ぶ。そして、蒸した熱々《あつあつ》の茶の葉っぱを焙炉の熱で乾かしながら、両手で揉《も》んでヨリをかけていくのだ。焙炉の紙が焦げると、糊《のり》で和紙を貼り継ぎ、繰り返しヨリをかける。熱さとの闘いが良いお茶をつくるのである。

お茶が出来上がると、おばあさんが座敷にゴザと紙を広げ、手早く仕分けた。届け先を決めて、大、中、小のカンに詰めていく。祖父が買ったという瀬戸物の茶つぼもあった。見事なアメ色のつぼで、まずそれに上等のお茶を詰める。つぼの中の葉茶の表面に紙を被せる。それからつぼの口に桐《きり》で作った栓をキッチリとして、さらに上から和紙を被せて、紐でくくり蝶結びにする。まるでお茶つぼ道中の茶つぼのような扱いで、仏壇の上の棚に恭しく置かれた。

ふだんづかいのためには、長い筒の紙袋を作ってお茶を詰め、その袋を、大きな一抱えもあるようなカンに何本もたてに入れておく。カンの外側はまっ黒であるが、内側はカンザシの銀色のようにピカピカに磨き上げられて光っていた。

おばあさんはいっときも手を休めずに、テイや妹たちがはねたりすると、

――ホレ、ホコリ立てるな、茶ァに移《うつ》り香《が》がするのは困るゾ
とさかんにいった。お便所から出てきたばかりの男衆《おとこし》には、よく手ェ洗って、チッタア外の風に吹かれてから座敷に上がってこい、と叱りつけた。

その男衆が炉の前に戻ってこっちを手招きしている。妹のキイやミツと走っていくと、いいか、見てろヨ、とばかりに自分のお尻をつき出して、ペンペンとたたいたり、なで回す仕草をした。それから、大げさな恰好《かっこう》で両手を嗅《か》いでみせたりしてから、その手のひらでお茶を揉《も》むのである。おばあさんが見たら目をむきそうなフザケタ真似に、テイたちは口を押さえて笑いころげるのであった。

こうしてごつい大きな男の手の中で、ま緑色の美しい日本茶が出来ていく。茶畑も緑、焙炉《ほいろ》の男たちのまわりの木々も、五月の若緑にあふれていた。

茶摘みが終わる。小母さんたちは、おばあさんに、また、来年もぜひ呼んでもらいたいと挨拶《あいさつ》をした。そして、出来たてのお茶の包みをもらって、

――茶ァつむのが、年に二回もあればナァ

といって帰っていく。茶摘みの仕事は小母さんたちのたいへんな小づかい稼ぎになったのだ。

新茶が出来ると、まず親戚に届ける。これが天神山《てんじんやま》の家、これはおばあさんの里の中日向《なかびなた》、これはイワおっ母さんの杉山家と、まず紙袋に入れ、さらに茶筒に入れて男衆《おとこし》に持っていかせた。村の中でも茶畑のある家は少ない。だからこの新茶を心待ちにしている家がたくさんあった。何日も前からカラの茶筒が届いている。カンがない家には、前からとっておいた頂《いただ》き物《もの》の袋に入れる。近所の家には、新聞紙に包む。テイ、これを届けてこい、といわれ、

——新しいお茶がデキマシタァ

と大声でいって届けにいくのは、とても晴れがましかった。

ヤスおばあさんはこうやってすべてを終えてから、座敷でひとりでお茶をいれて、ゆっくりと味わってみる。そして、

——おお、今年もよく出来た……

というのであった。

井戸替えで真新しい井戸水が満ちてくる

農家にとって、もっとも大事な行事の一つに井戸替えがある。井戸替えといっても、新しい井戸に取り替えるのではない。井戸の底をきれいに浚《さら》って、新しい井戸水で満たすのである。梅雨入りにはまだ間があり、晴れたお天気が続いて、井戸の水位が低くなっているときがいい。

村には、いろいろな作業でお互いに人々が協力するならわしがあった。田植えのときに何軒かの家々が順に助け合う田植えの結《ゆい》とか、家普請《やぶしん》のときに互いに力を貸す組《くみ》とかが出来ている。お葬式の組はもちろん、お金の貸し借りの仲間とか、そのつど組む家は少しずつちがった。井戸替えも、その家の井戸が深く、何人もの手助けを必要とする家同士の組があった。

寺崎の井戸替えの日、五、六戸から男の人が来た。お父っつあんは裸で、真新しい褌《ふんどし》をつけている。まず蔵から井戸替え用の黒味を帯びた朱の漆《うるし》の水桶《みずおけ》を持ち出してきた。三方の把《と》っ手《て》に真新しい棕櫚縄《しゅろなわ》を通し、頂点でギュッと結ぶ。その先にさらに縄を付けて、幾重にも輪にしてから肩にかけ、桶も担いで、井戸の中へと降りていった。腰には命綱も巻いている。

井戸は直径一・五メートルもあり、十メートル近くも深い穴がまっすぐ竪《たて》に掘り抜かれてあった。地上には穴の四隅に柱を打ち込み、枠板をはめこんで井桁《いげた》を組んである。井戸の竪穴の内側の壁には割栗石《わりぐりいし》や玉石がびっしりと埋め込まれていた。ところどころの大きな角ばった石を手がかり、足がかりにして降りていく。

夏至も近いころなので、太陽は中天高くにあり、光は、ほぼまっすぐ矢のように井戸の底に届く。

――うおーっ、ウォオーッ

と、けもののような声が井戸の底から響いてくる。あれがお父っつあんの声なのだろうか、とハッとする。それを合図に、上にいる男たちが縄を引く。

引き上げた最初の桶《おけ》に、小さな魚が何匹かはいっている。上で用意してあるたらいに移す。目がとび出して、ガリガリにやせた骨っぽい魚で、食べてもうまそうには見えない。しかし、これは井戸神様のお供で、神様扱いであった。暗いところが好きな魚だから、たらいの上にゴザをかけて暗くしてやる。

――うおーい、オーイ

また大声がして、桶が引き上げられる。はじめのうちは井戸の底のぬるぬるした泥を何ばいもかき出す。朽ちた葉や、杉の小枝やゴミもいっぱいはいっている。これを百杯近くもかき出すのだからたいへんだ。やはり新しい褌《ふんどし》をつけた小父さんが交替で降りていく。

田植えのときなどは、みんなで歌ったりしてにぎやかだが、井戸替えはもっと神聖な儀式である。

――ホレ、子どもはジャマだ。アッチに行ってろ

といわれるが、厳粛な気分で、静かに遠巻きにして見ている。テイが何かの拍子に、竿《さお》だの縄やゴザなど、井戸のまわりのものをまたいだりしようものなら、

――バチが当たるゾ、産《さん》が重いゾ

と、真剣におこられた。難産で、ひどく苦しむのだという。井戸神様は女の神様だから、山の神様と同じように、女の人にはとくに厳しいのだろうか。

井戸の水が少なくなってきたのか、底からの声がいっそう反響して大きく聞こえてくる。

そして、桶《おけ》の中にはいろいろな物がはいってきた。井戸水を汲んだり、のぞきこんだりしたとき、つい落とした物だ。さし櫛《ぐし》がいちばん多かった。財布もあった。

日の当たるむしろに並べられると、みんな、かけ寄る。

——あった、あった、ああよかった……

イワおっ母さんがカンザシを手に、めずらしく大声をあげた。子どもたちも自分のものを見つけて歓声をあげる。

しかし、テイがいちばん、へたりこむほど嬉しかったのだ。水汲みがテイの仕事であったが、この冬に手先が凍《こご》えて、竹竿《たけざお》のささくれに、守り袋の紐をひっかけて切ってしまった。養女に出されるとき、おばあさんが呑竜様の守り札を首にかけてくれて、いった。

——何かあったら、ドンリュウサマ、ドンリュウサマと唱えるんだよ
ドンリュウサマは何十人と、親無しっ子を育てたお上人《しょうにん》様だ。養女時代、辛いときや哀しいとき、ドンリュウサマと唱えてお守りを握りしめていた。高松に戻ってからも、テイはそれを首にかけていたのだが、そのお守り袋を井戸の中に落としてしまったのだ。それからは胸元のところをいつも風がスウスウと吹きぬけていた。おばあさんにもこれはいえなかった。ああ、その大切なものが井戸の底から出てきた、井戸神様が預かってくださっていたのだ。女の子にも、井戸神様はやさしいのだ、と涙があふれるほど感謝した。

井戸替えの作業が無事にすんだ。

用意した真新しいむしろを敷き、井戸神様の小さいお祠《やしろ》を飾る。白木《しらき》の三方に御酒《おみき》と御洗米《ごせんまい》をさし上げる。井戸はその家の飲料水から、食事、風呂、いっさいをまかなうので、何よりも大切なものであった。井戸の水が清浄でなければ、一家全員に害悪が及ぶのだ。井戸神様を前にしてみんなであらためて拍手《かしわで》を打ち、今日、助っ人に来てくれた人たちを座敷でもてなした。こちらも御酒と御飯である。

井戸にはお供の魚をまた桶《おけ》でお戻ししてから、きちんとふたをして、丸一日そのままにしておく。井戸底の周りからきれいな水が浸み出して新しい水が満ちてくるまで、けっしてのぞいたりしてはならなかった。

翌《あく》る日、井戸に行って、おそるおそるのぞいてみた。清らかな水が満ちている。声を大きく出してみる。

——ワアァーン、ワアァーン

底からも声が答えてきた。

——わあぁーん、わあぁーん

おばあさんが、人は死ぬとき、そのタマシイは井戸を通っていくのだという。

——井戸の底はもうあの世だよ、だから、井戸はあまりのぞくものではない

突然風が吹いてきた。竹林がごうごうと騒いだ。ドンリュウサマのお守りのお札をいいに来た

のに、井戸の神様がお怒りになったのかと、キモをつぶして家に逃げ帰った。

早乙女《さおとめ》とサナブリ

高松の田んぼは〝みくりや田んぼ〟という、広い平野の中にあった。
みくりやとは、「御厨」で、神様にさし上げる食物を作っているところという意味だ。この地方ではこのみくりや田んぼから収穫したお米を、もう何百年もの大昔から伊勢神宮に納めていたのだ。それがこのあたりの百姓のたいそうな誇りであったという。そして、誰もが、
——こんな広え《ひれ》田んぼは、関東一だゾ
というのだ。この関東一広い田んぼが年に二回、黄金色に染まった。〝麦の秋〟と〝米の秋〟である。麦も米も穫れる二毛作は食糧が豊かになってありがたいことであったが、野良仕事は何倍にもなった。五月の麦刈りのあと、すぐに稲が立派に育つような田につくり替えなければならないからだ。そして、
——米にとって水は命だ
と誰もがいうが、その命の水は、みくりや田んぼの北の渡良瀬《わたらせ》川から、三栗谷《みくりや》用水と呼ぶ灌漑《かんがい》用水でひいてきていた。この用水は水利組合が管理をしていて、足利に近い上流の村から順々に堰《せき》を開けていくのである。いよいよ高松にも水が回ってきた。田植えがはじまるのだ。

田植えの日は、結《ゆい》を組んでいる家から、たくさんの加勢がやってくる。一軒の家を植え終わったら、結の全員がつぎの家の田んぼにかかるという、テツダイッコである。

田植えのときは、田の神様がどこか近くに降りてきて見ておられるという。だから、植え手の女たちは早乙女《さおとめ》と呼ばれて、とても大切にされた。田の神様のお祭りなのだから、この早乙女は、普段着ではなく、笠から装束まで全部新しくする。

そうしないと、

——あれェ、あのヨメさん、去年《きょねん》と同じモン着てるゾ

なんて、すぐに村のばあさまたちにいわれてしまうのだ。

イワおっ母さんも、田植えの前には、一日、里帰りして、ゆっくり骨休めをして、里の親から新調の野良着をもらってきた。おばあさんは、おっ母さんやワカ叔母さんや村の娘たちの菅笠《すげがさ》を用意していた。菅笠の内側には、アタマの坐りがいいように小さい布団を縫い付けてある。そのまっ赤な布団の四つの角には、黒い太い木綿糸でつくった房が縫い付けてあった。

——被りたい、被セテ……

とせがんで、笠をアタマの上に乗っけてもらう。菅笠の中から見ると、いつもの景色がまったくちがって見える。アタマを振って顔の両側の房を揺らすと、さらに身も心も引きしまるような気持ちになるから不思議だ。おばあさんがほう、という顔をした。

——テイも、もうじき、リッパな早乙女サマだ

田植えの前には、まず苗代《なわしろ》から早苗《さなえ》を取る。この仕事は主におばやんたちである。朝早くから苗取り腰掛けを持って田にはいり、腰をかけて、ていねいに苗を取る。右、左と両手を動かし、苗を何本か抜き取ると、まとめて根を洗い、腰に下げている藁《わら》しべで、サッとくくる。

小さい早苗の束は箱や籠《かご》に入れて本田《ほんでん》まで運ぶ。これがテイたちの仕事であった。農繁期には三年生以上の子どもは、学校が休みになる。でも子どもは田にははいれない。慣れない者がはいると足を取られて、まだ若い苗の根を切ってしまうからだ。

真新しい紺がすりの襦袢《じゅばん》に紺の股引《ももひき》をつけ、赤いタスキがけに白手ぬぐいの早乙女《さおとめ》が田にはいると、あたりが明るくなり、お祭りのふんいきになった。おネエさんたちの菅笠《すげがさ》が動くと、赤い布団の黒い房の糸が揺れて、花笠のようにキレイだ。早乙女は何人か並び、早苗の六列くらいを受け持って、前から後ろに下がりながら、植えていく。早乙女がかがめた腰を一度伸ばし、またかがめたときに早苗が手近にあるように、頃合いを見て、テイたちが畦道《あぜみち》から苗束を放り投げるのだ。

昼メシ時になった。男衆《おとこし》が大きな籠に重箱だの竹皮の包みだのをいっぱい背負って、ヤカンをぶら下げてくる。みんな、流れで手や足を洗い、田の畔《くろ》に並んで坐った。重箱を開くと、にぎり飯がずらりと詰まっている。おばあさんが家で、朝から御飯を炊き、昼のお弁当をつくっていたのだ。梅干しのほかに生味噌《なまみそ》をぬった味噌にぎりもある。三角形にキッチリと握られたおにぎりは白米ばかりで、ツヤツヤと光っている。

お菜《かず》はゴボウとニンジンの煮しめである。竹皮の包みは何種類もの漬物だ。たくあんの他に、ショウガやナス、大根の味噌漬けがある。サケの塩びきがつく日もあった。

でも、なんといっても、ぬか漬けがいちばん喜ばれた。一人一人にキュウリ一本、ナスも丸ごと一個ある。前の日に畑からナスとキュウリを籠《かご》いっぱいとってきて、おばあさんがナスのヘタを落とし、十文字に切れ目を入れる。キュウリは両端を切って、全体に斜めに浅く包丁目を入れて漬ける。ヌカ漬けは、かめではなく、古い樽《たる》を使っていた。木の樽の肌は、水や塩を吸ったり、出したりするので、この方がいい塩梅《あんばい》に漬かるのだという。

――こりゃ、うまい、うまいなぁ、どんなお菜よりうまい

と男たちはにぎり飯を片手に、濃紫《こむらさき》のナスの漬物にかぶりついていた。

末の妹のミヨが赤ん坊のときは、田んぼまで連れてきていた。座布団を敷いた籠の中にお坐りして、イワおっ母さんを目で追っている。誰彼となく、つぎつぎとあやしてくれるのでおとなしい。お昼時はおっ母さんに抱かれて、キャッキャッと声をあげていた。

空にはお日様があり、何よりも大ぜいの結《ゆい》の仲間がいっしょに働き、いっしょににぎり飯にか

ぶりつく。大人にもテイたちにも田植えはなんと楽しいことであったろうか。

みんなのおかげでようやく田植えも終わった。

田の神様が田植えの無事を見届けて、今日、天に帰るのだという。この日のお祝いは盛大である。サナブリといっていた。結《ゆい》で手伝いに来てくれた人や、早乙女《さおとめ》たちにごちそうをふるまう。お赤飯やまぜ御飯だ。まぜ御飯はハスやニンジン、ゴボウに油揚げを炊きこんで、これに畑からインゲンやナスをとってきて天ぷらを揚げる。ぼた餅《もち》もつくって、これはまず仏壇に供えた。お膳にはお銚子《ちょうし》もつく。田仕事で腰が伸びないくらい疲れているけれど、みんなホッとしてごちそうを食べた。唄をうたう人もいた。でも明日はまた、他の家の田んぼに取りかからなければならない。折詰にしたお赤飯を持って早々に帰るのであった。

——テイ、田んぼに行くぞ、ついてこい

とおばあさんがいう。田んぼにお供えを上げにいくのだ。細い用水から田んぼに水が流れこむ水口の周りをもう一度きれいにした。そして、ヨモギや畔《くろ》に生えているカヤの葉を刈って水で洗い、水口の両側に敷いた。その上にお赤飯を盛る。御洗米《ごせんまい》も上げた。

おばあさんはしゃがんで手を合わせ、長い間拝んでいた。

——この田んぼは伊勢の神様がとくべつに目をかけてくれているんだ、よく拝めよおばあさんの隣に並んで拝んだ。秋にいっぱいお米が穫れますように、と心をこめて願った。

もうじき夏なので、夕暮れの静かな時間が長い。三栗谷用水の澄んだ水が水口からサラサラと流れこんで、一枚の田をうるおし、また一方の水口から流れ出て、隣の田をうるおしていく。田には、苗の一株一株がしっかりと植えられ、風が吹くと田の水面はさざ波となり、若緑の早苗がさやさやと揺れていた。

チャポン、チャポン……

昼日中の騒ぎを避けていたカエルが田にとびこんだ。

田の草取りとお湿《しめ》りの祝い

梅雨にはいると、来る日も来る日も雨が降る。道はどろんこで、そこらじゅうにカビが生える。田んぼにはアッという間に雑草が生えてくる。元気いっぱいの雑草が、イネの苗よりも早く、空に向かってわがもの顔に伸びてくるのだ。苗と苗の間にはいり、手で泥の中をかき回して、雑草を根こそぎむしり取っていかなければならない。そして、全部の田の草取りをしたと思ったら、いちばん最初の田には、またも図々しく雑草が立ちのびている。そこでまた二番草の草取りとなる。

梅雨の合間には炎天の日もある。こういう晴れた日は、テイも草取りをさせられた。背の高い大人より、ちょっと腰をかがめただけで雑草に近づけるし、力があまりなくても、足さえよく踏んばっていれば、この仕事は出来たのだ。

それにしても、この草取りは辛かった。汗がダラダラと流れ、目にはいる。その目をイネの葉先で突つかれる。手の甲から腕まで被う腕ヌキをはめているのだが、スゲやカヤの鋭い葉の縁で手や足が切られる。その痛さったらない。そして、テイが何よりも嫌だったのは、蛭《ひる》が足にくっついて血を吸うことだった。

こんな田の草取りが続いたある日の夕方、カチカチ、カッチカッチと拍子木が鳴らされた。

——あ、明日はお湿《しめ》りの祝いだァ
と家中、大喜びとなる。

百姓というものは、隣の家が田に働きにいったとなると、自分も田んぼを見に出かけなければ気がおさまらない。しかし、雨の日も風の日も田にはいっていればいいというものでもないらしい。イネが、充分根付くことが出来なくなる。それで、村の世話役の区長が、拍子木を鳴らして、明日は、野良仕事は休みにしよう、と触《ふ》れるのだ。朝からどしゃ降りで、仕事はダメだというときも、拍子木が鳴る。丸一日の骨休めだ。

この〝お湿りの祝い〟の日は、朝もゆっくり起きて、うどんを打ったり、まんじゅうをつくったりする。でも親たちはよくよく眠いとみえて、

——大人は昼寝だ、テイ、みんなを納屋《なや》に連れてけ
と追い立てられてしまう。納屋の土間だけは外がどんなに雨の日でも乾いてつるつるで、おは

じきが出来た。でも、それにもすぐにあきて、

――まんじゅうだァ、お湿《しめ》りのまんじゅうはまだかァ
ミツが納屋《なや》の入り口から母屋に向かって大声をあげる。

――イワや、子どもは放っとけ、今日ぐらい、ちったあ、骨休めしろヤ
とおばあさんがいうが、おっ母さんは起きてくる。お湿りの祝いでも、おっ母さんはカイコの桑の葉をもう朝一番で摘んできている。骨休めどころか、骨惜しみをしない人だった。

まんじゅうといっても、手軽な水まんじゅうだ。あんこなど作っているヒマはないから、藤屋に買いに行く。さらしあんの粉を売っていて、それを水で溶いて煮てつくるのだ。

――水まんじゅうつくるのか。よしよし、雨の中よく来たナ、ほれ駄賃だ、サ、口を開けろ
と藤屋の小父さんが黒砂糖のかけらをテイの口に放りこんでくれた。

おばあさんも起きてくる。うどん粉にお湯を入れてこねる。手のひらで丸い皮をつくり、さらしあんをのせて丸める。それから平たいまんじゅうにして、三本の指でちょっと押さえる。おばあさんのこの三本の指のあとがあるだけで、水まんじゅうが立派に見えてくる。

水まんじゅうはせいろでふかしたりしない。大鍋に湯をグラグラとわかして、この中でゆでるのだ。まんじゅうが湯の上に浮いてくる。それを杓子《しやくし》ですくって、竹で編んだ、大きな平たいザルのようなしょうぎに、外側から円を描くように並べていく。

――テイ、早く、あおいでくれ

渋うちわをバタバタとさせて冷ました。何十個もの水まんじゅうが菊の花のように敷き並べられる。さらしあんには赤ザラメに黒砂糖を少し足して、甘さを濃くしている。

家族みんなで輪になってしょうぎを囲み、うまい、ああ、うまいと食べた。

夜は、白米の御飯《マンマ》だ。昼寝で元気をつけたお父っつあんが、近所の人と酒盛りをしていた。

——毎日がお湿《しめ》りの祝いだといいなァ

といったら、バカ！　と叱られた。

おカイコさまと白い繭《まゆ》

ある朝のこと、

——テイ、起きろ、起きろナ。もうおっ母さんはとうに畑に出ていったゾ。早く行け、おっ母さん、キゲン悪いゾ

おばあさんがさかんにゆすっている。

そうだ、おカイコさまの桑の葉摘みに行かなきゃならない。布団からようやく身体を引っぺがして、籠《かご》を背負って出かける。眠い、ネムイ……。田んぼに落っこちそうになる。田の草取りもキツイ仕事だが、おカイコさまもたいへんであった。なにしろ、生きているのだから、桑の葉を毎日食べる。そして、これをモリモリ食べてもらわないと、よい繭はとれないのだ。

裏のヨシ場を抜けていくと、おっ母さんがひとりで、もくもくと取っている。まだ眠くてフラ

フラだ。お父っつあんだって起きてこない。ゆうべ、寄り合いがあって遅かったらしい。

――テイちゃんは桑摘みが上手《うま》いから助かるんだ。早く摘んでくれナ。キイやミツには、まだムリなんだ……

おっ母さんが近づいてきて、いった。

そうだ、手伝わなきゃいけないんだ。学校に行く前に終えなければいけないんだ、とシャキッとした。桑摘み用の爪《つめ》を右手の人差し指にはめる。親指の側に沿って薄い刃のようなものが出っぱっている。まず、高い枝をぐっと左手で引き寄せて、右手の金具の爪で桑の葉を下の方からかき取っていく。取った葉っぱを手のひらで握りながら摘んでいくのだが、四、五枚もかき取ると、右手いっぱいになる。足元に置いた背負《しょ》い籠《かご》の底に、握ったまま入れる。一時間近くも摘んで、ようやく籠がいっぱいになった。

朝摘みの桑は、露を含んでいるので重い。どうにか籠を背負って、ぬかるみに足をとられそうになりながら帰る。籠を背負って裏の川を渡るときがいちばん怖い。おっ母さんはさっさと先に渡って、急ぎ足で帰っていく。

幅の狭い板の橋の揺れがおさまってから渡る。梅雨時だから、川の水があふれ、渦をまいて流れている。こんなとき、桑の葉で重い背負い籠が少しでも横揺れしたりしたら、小さいテイなど、そのはずみでいっぺんに川に落ちてしまう。

摘んできた桑の葉は、納屋《なや》の一角にあける。桑場と呼んでいた。ザッとぶちまけたりせず、きちんと置く。近くの窓を開けたり閉めたりして、桑の葉の湿り気の具合をうまく調整する。あまりぬれている葉は毒だし、また乾いて固くなった桑は、カイコが食べないからだ。

カイコはいま三回眠って、脱皮して、また起きて食べている。最後の眠りにはいる前の時期だから、食べる量も多い。だから、桑摘みは一日に五、六回もした。テイも学校から帰ってまた一、二回したものだ。

一年のうちに春蚕《はるご》とか夏蚕《なつご》とかがあって、カイコを飼うたびにおカイコさまの部屋に作りかえなければならなかった。このときばかりは、おカイコさまの天下だ。奥座敷と茶の間の仕切りも全部はずし、家中のタタミを上げて、納屋《なや》に運び、人間は、物置と納戸《なんど》と台所だけで暮らす。子どもなど、カイコ棚のいちばん下に布団を敷き入れてそこに寝かされたものだ。寒くてはいけないから、火鉢で温度を上げる。桑の葉の湿った匂いに、カイコのなまぐさい臭いが混じって、部屋の空気がいつもムッとしていた。でも、おカイコさまを嫌だなどと思ったことは一度もない。

カイコの卵は種《タネ》といって、前の年にカイコの親のガが卵を産みつけた種紙を、取り次ぎの小父さんが届けてくれる。ゴマ粒みたいな卵からカイコがかえると、羽根箒《はねぼうき》で、蚕《かいこ》の座紙《ざがみ》の上にそうっと掃き下ろした。これをハキタテといった。「掃き立て」は本当に気をつかう作業である。小さなカイコに桑づけが無事に出来たら、掃き立ての祝いといって、お赤飯を炊いた。

それからカイコは眠りにはいり脱皮する。三日か四日眠ると、また起きて桑の葉に小さな口でかじりつき、また眠りこむ。まるで赤ん坊である。眠ってから起きると、いちだんと大きくなっている。これは本当に嬉しかった。四回眠って脱皮したあと、五齢目に熟蚕《じゅくさん》となって、繭《まゆ》を作るのだ。

当時、絹織物は足利郡のいちばん大切な産業であったので、郡役所から村々へカイコの見回りの人が来ていた。「カイコの先生」と呼ばれていた。先生は掃き立てがすんで小さいカイコが動いている座紙《ざがみ》を一枚、一枚、診ていく。そして、あれこれ注意するのだが、座紙一枚で診断料がいくらと決まっていたから、百姓は、そのうち何枚かを隠しておいたという。〝医者代〟節約なのだといっていた。

あるとき、先生がカイコ部屋に入ってきて、

――うーん、少し空気が足りないかな

といった。カイコが大きくなってくると、風を入れたりするのだが、三眠が終わるくらいまでは戸障子は閉め切ったままである。新聞紙で目張《めば》りをするときもあった。

先生が帰ったあと、末の妹のミヨが何かしている。隣の家に貸してあった、重い自転車の空気入れを引きずってきて、障子のいちばん下のところに穴をあけ、ホースをさしこんで、チーコ、チーコとひとりで押していた。力がないから顔がまっ赤になっている。「空気が足りない」と聞いて、これは何とかしなくてはと、小さいながら考えたのだ。家中、これには大笑いしたが、ミヨがあんまりかわいくて、涙が出た。おばあさんもさかんにほめていた。

カイコの背中を持って、さかさにして光に透かしてみる。上の三分の一くらいに絹糸が詰まって見える。黒い点々が腹の中にある。これはフンだ。これが三つくらいになったときがマブシに入れるときだ。

――テイや、お蚕《コ》様は子どもがキライだっていってるゾ。さわられるのはイヤなんだ

カイコが繭《まゆ》を作るのをジョウゾクといっていた。「上蔟《じょうぞく》」である。ワラなどで編んだ蔟《まぶし》に繭を作る前のカイコを上らせるということだ。

マユが出来上がると、繭買いが村に来た。この繭買いぐらい、口八丁で人をだまくらかせる人間はいないといわれていた。今年はこんなによいマユが出来たぞと大ぶりのマユを見せても、これはどうも中身が薄いという。持ち重りがするマユを出すと、これはマユに少し光沢がないという。どうやってもケチをつけて、安く買いたたくのだ。お父っつあんはそういうとき、

――ほう、そうかね

とだけいって、あとはいっさい、口をきかない。そして空を見ている。これには繭買いの方がまいって、マユに難クセをつけるのをやめて、折れてくるという。

繭の値段はその年々によって変わったから、たいへんであった。ある年に一貫目が五円で売れても、次の年には暴落して二円にしかならず、それこそ家中ガッカリする。足利の街の大店《おおだな》も、生糸《きいと》の相場に左右されて、しょっちゅう、あの店がアブナイなどという噂《うわさ》が立っていた。その

点、百姓は農業とカイコの二本立てだったから、夜逃げなどせずにすんだのだ。

それにしても、繭《まゆ》が籠《かご》に山盛りになって白銀のように光っているのは美しかった。

小正月に紅白のおもちをついて繭玉の形にまるめ、柳の枝に刺して、座敷いっぱいに飾った。あの繭玉が何倍にもなって天上から降ってきたようであった。

白い繭と白い米――。

この二つのまっ白いものに、寺崎の一家の暮らしは支えられている。拝みたいほど、ありがたいことであった。

ウナギとヨシキリ

梅雨明けも、もうじきだ。

毎日、毎日、空から激しい雨が降ってくる。田んぼからもヨシ場からも水があふれ出し、裏の川がおそろしいほどの勢いで流れている。こんなときいちばん元気なのは、ツバメと水の中の生き物である。いちばん元気でないのは、日の出前から夕暮れまで、一日中働きづめの人間様だ。

テイもやせこけて、大きな目がさらにギョロギョロしてきた。

――ヨーシ、ここらで魚でも食って、精をつけるか
とお父っつあんが裏の川に筌《うけ》を仕掛ける。

筌は竹を細く裂いて、縄やツルで筒の形に編んだ、人の背ほどもある細長い籠《かご》である。一方の

口はまとめて縛ってある。もう一方の開いた口から魚がはいりこむと、その口の周辺には竹箒《たけぼうき》をさかさまにしたような〝返し〟が付いていて、魚は二度と外には出られないのだ。

――オレが村一番のものを作ってきてやったぞ

と籠つくりの名人、源おじやんが新しい筌《うけ》を意気揚々と担いできた。

夕方、お父っつあんが川にはいり、裏の川の中に立てた二本の棒杭《ぼうぐい》にこの筌を棕櫚《しゅろ》の縄でくくりつけた。川の流れに乗って、大きな竹の魚が泳いでいるようだ。

翌《あく》る朝、筌を引き上げてくる。ぼとぼと水が滴る籠の中に、フナやハヤがピチピチとはね、大きなコイがなんと五匹もはいっていた。川の上流の方の村で、コイを養殖している家が何軒かある。この大雨で、池からとび出して川にはいり込み、喜び勇んで泳いできたところを、この筌にはまってしまったのだろう。

――でもなァ、どちらさまのコイかは分からねえから、これはイタダクことにしよう

お父っつあんが嬉しそうにいった。

その晩は、コイの洗いや鯉濃《こいこく》を作り、近所の人たちも呼んで、大ごちそうとなった。

裏の川でシジミをとったり、ドジョウを捕まえるのは、テイたち、子どもの出番である。田んぼや小川にはいり、ドジョウよりも泥んコになって、いっぱいバケツにとってきた。これは味噌《みそ》汁《しる》にする。

まず、ドジョウを水やお酒に入れて泥を吐かせる。そしてグラグラと煮立った味噌汁の鍋に入

れるのだが、イワおっ母さんはこれが出来ない。考えただけで、ふるえがくるのだ。それでおばあさんがザルからサッと鍋に放りこむ。木のふたをパッとかぶせて、押さえつける。熱いので、鍋の中でバタバタとドジョウが暴れる。子どもたちも怖ろしくて、そのたびにコワーイ、イヤダアという。おばあさんは顔をさらにいかつくさせ、天井を向いている。おばあさんだって、好きこのんでしているわけではない。そして、この役目はお父っつあんもしない。

そのくせ、鍋の中がようやく静かになると、みんなで鍋をのぞきこみ、

——うまそうな匂いだなァ

と声をあげ、鍋はたちまち空になってしまうのだった。

籠《かご》つくりの源おじやんのところにはテイが数えで三歳くらいのとき、里子に出されたことがある。そんなこともあって、このおじやんは何かと気をつかってくれていた。

——テイ、顔色悪いゾ。ホレ、これでウナギでも捕ってもらって食え

ある日、おじやんがウナギの筌《うけ》を作ってきてくれた。その筌は他の魚のものより二回りも小さく、ウナギのように細くて長い。裏の川にこれも仕掛けた。

翌《あく》る朝、三匹もはいっていた。ウナギはめったに捕れないから、大漁だ。ウナギは、コイやフナとちがって、さばくのがたいへんである。おばあさんが、少しはイワも覚えろ、とおっ母さんにいう。おっ母さんがウナギを持つのだが、すぐにヌルリと手からとび出す。そして、カマドの

上を這い回り、土間の土にヌタくっている。また捕まえる。灰だらけ、泥だらけになったウナギをタライの水で洗う。また逃げる。

——ったく仕様がないな、ほれ、どけ、そんなことしていたら、ウナギが精力使って、滋養もなにもなくなっちまう

そしておばあさんがウナギを両手で捕まえると、不思議なことに、どのウナギも観念して、おとなしくなる。まな板の上に腹を手前にしてのせ、小さな錐《きり》で、アタマをまな板にトンと打ちつけて固定する。それから右手でアタマを押さえ、左手の手のひらでウナギをスーッと、平らに、長くなぜてやる。するとウナギは長く、一本の紐のように伸びてしまう。ウナギはまだ生きている。それが、わしゃ観念しました、とばかりに、まな板の上に横たわっている。

もう一度錐でトンとアタマをしっかりと打ちつけ、細身の包丁を入れ、上半分を静かに尾まで裂いていく。おっ母さんも子どもたちも、口がきけずに見つめていた。

——テイもマネしてみろ、カエル裂くのはうまいんだから

とおばあさんがいう。たしかに、学校帰りによくカエルをとってきてあぶって食べた。でも、カエルは四本も足があるではないか。ウナギは摑むところがない。どう考えても、ヤスおばあさんが魔法を使ったとしか思えない。

ウナギは、コイよりもフナよりも何倍もおいしかった。

ウナギを食べると、翌日から精がみなぎってくると誰もがいう。とくにまぶたのところに脂が

回って、汗をはじくので大助かりだといっていた。田の草取りで下を向いて屈んでいると、いつもは額の汗がやたらに目にはいって困るのだ。ウナギを食べて顔に張りが出てくると、その汗もあまりかかなくなるともいわれていた。

梅雨が明けた。

太陽がギラギラと照りつける。たちまちすごい暑さだ。これなら雨の方がまだ涼しくていい。しかし、この〝梅雨明け十日〟が、米の出来、不出来の勝負となる。この時期にイネがぐんぐんと強く伸びて、よい穂を出す準備をするのだ。でも田んぼの草もまた太陽に当たって、勢いよく伸びてくる。だから田の草取りに一日中追われる。朝の涼しいうちはまだいいが、日中の太陽の強い日ざしの下では、田んぼが煮えたぎって、熱いお風呂にはいっているみたいだ。

ヨシ場を抜けて田んぼに行くとき、テイはヨシキリを見るのが楽しみであった。あまり目立たない灰褐色の鳥だが、ヨシのてっぺんで、太い茎に横向きにつかまって鳴いている。鳴くといっても、スズメのようなチュンチュンでもなく、ウグイスのように美しい声でもない。

――ギョギョシ、ギャッギャッ、ギョギョシ……

鳴くというよりは、どこからこんな声が出るかと思うほど、大声で叫ぶのだ。ヨシの根元に隠れているメスを呼んでいるのである。夜、寝ていると、ヨシキリの声が裏の方から聞こえてくる。ヨシキリは夜中も鳴く。

——ギョギョシ、ギョギョシ

という声のあとに、ケケケケとも鳴いていた。巣づくりが終わって卵をかえすときが来たのだろうか。

ある日、鳴くのをやめる。

——ああ、ヨシキリがピタッと鳴くのをやめる。

とおばあさんがいった。

この土用のあとからお盆の入りまで、暑さにうだる日が続くのである。

地獄の釜っぷたが開く日

旧暦七月一日になると、ヤスおばあさんが重々しくいう。

——今日、地獄の釜っぷたが開くぞ。御先祖様が戻ってくるから、殺生《せっしょう》してはならねえよ

チョウやトンボはけっして捕まえてはならなかった。セミはたくさんいたからか、それともヤカマシクてうるさいほどだったからなのか、大目に見てもらえた。

地獄の釜っぷたってどこにあるのだろう。

隣の伊勢松《いせまつ》つぁん家《ち》との境に卯《う》の花《はな》の垣根がある。卯の花の根は地中深く、どこまでも伸びていて、釜のふたはその根の先に吊り下げられているという。

——墓場の掃除はすんだかや

おばあさんがお父っつあんに声をかけている。墓掃除は一家の主人《あるじ》の仕事だ。テイや妹たちもついていき、草取りをして水桶《みずおけ》を運び、墓石を雑巾《ぞうきん》で洗う。雑草を払ったあとに、山百合の花だけが白いつぼみも重たげに墓を囲んでいる。終わると観音堂の縁《えん》に腰をかけて一息ついた。

寺崎の家の盆棚はどこの家よりも立派であった。祖父の清三郎があつらえたもので、杉の木の組み立て式の棚は、たたみ一枚分もあった。まず四方に柱を立て、腰の高さくらいのところに戸板一枚を置く。裏のヨシ場の一角に生えている真菰《まこも》を刈り取ってきて編んだ真新しいゴザを、戸板の上に敷く。真菰の草の匂いがあたりに満ちる。

この真菰のゴザの上に、ふだんは仏壇に納まっている歴代の御先祖様のお位牌《いはい》をきれいにふき上げて並べるのだ。仏具もお供え物を盛る器も、ピカピカに磨き上げて並べる。この棚組みは奥座敷との間を仕切る漆塗《うるしぬ》りの板戸の前にこしらえるので、板戸にはさまざまな仏様を描いた掛け軸を何本も掛ける。お父っつあんたちが高野山や善光寺にお参りしたときに買ってきたありがたいお軸だ。

四本の柱の先端に、新しく綯《な》ったしめ縄を、四方を囲むように張りめぐらし、杉の葉と紙垂《しで》を縄にはさんで吊す。緑の杉の葉と白い紙垂の間に、まっ赤に熟した鬼灯《ほおずき》の枝をさかさにして吊していく。大きな鬼灯の実が一本に十個もついている枝を、ギッシリと二百本近くも吊す。このお盆様のために鬼灯が早く赤くなるようにと、前から畑の日当たりのよいところに何畝《なんうね》も作っておくのだ。

盆棚が、極楽浄土のようにぱあーっと華やかになった。

棚の前の両側の柱には、ススキの束を立てて、穂先がおまいりする人の頭にかかるように結わえつける。盆棚には、カボチャ、真桑瓜《まくわうり》、キュウリ、ササゲ、ナスなど、御先祖様に馴染《なじ》み深い、畑のなりものを飾る。蓮《はす》や里芋の緑々した大きな葉に、サイの目に切ったナスやキュウリも盛った。西の畑に一本、早生《わせ》の栗の木が植えられていた。小さくて味が悪いが、盆栗といって、お盆には早々と実をつける。それもお供えする。

大きな鉢には水を張って、ミソ萩を束にして入れておく。ミソ萩は禊萩《みそぎはぎ》で、長い茎にシソの穂のように濃い赤紫の小さな花をびっしりとつける。盆花になくてはならない花で、このミソ萩を水にひたして棚の上にふりかけた。それで精霊花《しょうりょうばな》とか水掛け草とも呼ばれていた。


旧暦七月七日、お盆までの間に七夕様がくる。

裏山の竹林の中から、曲がって伸びてきた竹とか、川の崖っぷちなどに生えている竹を、七夕様用に伐《き》ってくる。まっすぐ、天をめざしている若竹は貴重だから使わない。

南に面した縁側の真ん中の太い柱に笹竹をくくりつける。葉がサワサワと揺れる。

――テイちゃん、書いてヨ、書いてヨ
妹たちが口々にいう。赤や青の短冊に「ひこ星さま」「おり姫さま」などと書いて飾る。

妹たちのお願いとして、「おまんじゅうください」というのも書いてあげた。自分のには、「女学校に行かせてください　テイ」と書いて飾りたかったが、やめておく。天の川の方に向かって手を合わせるだけであった。

翌朝、夜も明けないうちに笹竹をごぜん橋まで担いでいって、川に流す。

七夕様は、お盆様の先触れともいった。川から上がられ、また川に戻っていくのだという。ではこの第一陣の御先祖様は地獄からではなく、海からのぼってこられるのかと思ったりした。

お盆様を迎えに

十三日の夕方、いよいよ盆《ぼん》の入《い》りである。

テイを先頭に子どもたちが提灯《ちょうちん》をさげて、大人といっしょにお墓まで迎えにいく。重箱のモチを観音寺のおじやんに届けてから、お墓の前で線香を上げる。そしてくるりと背を向けてしゃがむ。すると、お盆様が墓石の中からソロソロと出てきて、めいめいの背中に乗られるのだ。大人も子どもも両手を後ろに回し、お盆様を背負う恰好《かっこう》をする。

子どもたちは三歩も歩くと、はしゃいで、あとは手を振って行進したりしてしまうのだが、それでもお盆様は自分の力でしっかりとしがみついているのだそうだ。

キチンと羽織を着て下駄をはいたお父っつあんも、道中はスタスタと歩いている。

おばあさんだけは絶対に手を後ろからはなさず、

——ああ、重た……

といって、途中で石に腰をかけて休んだりしていた。

家の前ではイワおっ母さんが迎え火をたいて待っている。

そのあと、みんなで盆棚の前に行き、坐って拝む。おばあさんが背中に、小さく声をかけた。

——下《お》りらっしゃい
お盆様はめいめいの背中からするすると下りて、こんどは盆棚に上がられるのである。二代前までのお位牌《いはい》は黒漆《くろうるし》に金文字の立派なものに造り替えられて、ズラリと並んでいる。お盆様はめいめいこのお位牌の中にはいっていって落ちつかれるのであろうか。

それからお膳をさし上げる。四角い漆塗りの二つのお膳にごちそうがいっぱいのっている。御飯のあとにお茶もかならずさし上げる。いくつもの小さな盃《さかずき》に粉茶をひとつまみずつ入れて、お湯を注いでいく。おばあさんがいう。

——テイや、ムエン仏《ぼとけ》さまも大切にするんだよ
盆棚の下のところには、無縁《むえん》の仏たちが集まってきているのだ。親族ではないが、どうもこの家は親切そうだということで来るらしい。無縁仏はお墓がなく、誰もお迎えに行かないから、集団で地下を歩いてくる。道に耳を当てると、ガヤガヤ喋《しゃべ》っているのが聞こえるそうだ。街道《カイド》の地面《べた》に耳をつけて聞こうと思ったが、やっぱりコワイのでやめた。跡取りがいなくて絶えた家もある。そういった家のお盆様も、生まれた高松に戻りたいのであろう。

ときどきミソ萩を水にひたして盆棚の下にもふりまき、遠い遠いところから歩いてきた亡者た

ちの足を冷やしてあげる。この仏たちにもごちそうをさし上げる。ただし無縁仏《むえんぼとけ》に上げたごちそうは、けっしてそのお下がりを家の者は食べない。送り盆のあと、村の辻《つじ》に捨ててくるのだ。

翌日から十六日の送り盆まで、ごちそうが続く。

ごちそうといっても、盆歌にあるように、

「盆にはぼたもち　昼にはうどん
　夜には米の飯、とうなす汁よ」

ぐらいである。うどんは、高杯《たかつき》に一盛りずつ上げ、おつゆもまた小さい椀によそった。

子どもたちは、おばあさんから、絶えずいわれる。

――行儀よくしないとお盆様にカマドに突っこまれるゾ

それはじつに怖ろしかった。イワおっ母さんもお盆の間は子どもを叱るのを控えたものだ。

御先祖様と縁の深い人がお棚まいりにつぎつぎとやってくる。その家との関係の深さで、昼食に来る人もいれば、午《ひる》さがりに少しの間来る人もいた。手みやげにはうどんを五把束《わ》ねたものを白紙に包んで持ってくる。水瓜《すいか》をぶら下げてくる人もいた。寺崎の井戸は深いので水瓜がよく冷えた。夕方、日がかげり出すとカナカナが鳴く。そのころ冷えた水瓜を切る。ホレ、子どもは着物を脱げ、といわれ、裸で縁側に腰かける。水瓜の汁で汚さないためだ。まっ赤なところをカブリつき、種子を庭にとばす。納屋《なや》で暑さを避けていたニワトリが、コッコッと走り出てきて種子を食べる。ニワトリもお盆様のお相伴《しょうばん》をするのである。

盆の間には婿養子に出た人も戻ってきた。実家に帰ってきて、一日中酒を呑みながら、ゆっくりとしていくのだ。

村の西に天神山と呼ばれる家がある。神官の家柄で、立派な門構えの家であった。祖父の清三郎のいちばん下の弟・茂八《もはち》という人がムコに行った。イヤダ、イヤダというのを無理にやったので、いつも実家の方に顔が向いていて、盆や正月には朝から来ていた。イワおっ母さんがいつもやさしくお酒をすすめるので、「ここのヨメは大したものだ」が口ぐせである。

この天神山のおじやんは、昼ごろになるとようやく懐に手を入れる。四人の子どもたちがそれをじっとかしこまって見ていると、財布が出てくる。五十銭を出して、

——みんなで分けな
テイがおばあさんのところに駈《か》けつけて両替をしてもらい、三人の妹と案分するわけだ。

夜になった。旧暦だから、お盆の十五日前後には、大きなまん丸い月がのぼってくる。駅に行く途中の地蔵様の前の広場では盆踊りの輪が出来た。

八潟《はちがた》の北《きた》やんといえば、めっぽう歌がうまい。風に乗って、太鼓の音とともに、

——ハアー、ちょいと出ました……

という歌が流れてくると、みな、新しい浴衣《ゆかた》を着て、ウチワを持って出かける。この北やんは田植えのときも、田の草取りのときもうたう。田んぼの中でうたうと、水面に声がはねかえり、それは見事であったという。北やんは、オレの歌は、まんズ赤城山まで届いて、それがこだまし

て戻ってくるんだと自慢していた。

妹たちを連れて駈《か》けつけるが、踊りの輪にははいらない。お父っつあんが気取っていたのか、盆踊りなどはダメというのだ。輪の外から見るだけで、あとはそのあたりに戸板を並べて売っている夜店の駄菓子を買うくらいである。

踊りは夜通し続く。冷えた風が吹き通り、澄んだ満月が上天に輝いている。


十六日は送り盆である。帰っていく先の十万億土というのはどのくらい遠いのか分からないが、とにかくお盆様に早々にお昼をさし上げて、また、やはり背負ってお墓に送っていく。

この日、ヤスおばあさんは青ざめてけわしい顔をしている。早くに亡くした夫清三郎と、十二歳で死なせてしまった四男を地獄にまた帰さなければならないのが、ただただ哀しいのだ。家族全員が長生きをして、お盆がまったくめでたく楽しい、という家は少ないのである。

死んだ四男は龍《たつ》といった。おばあさんにいわせればいちばんみめうるわしかった。裏の川に真《ま》菰《こも》を束にして漬けていたのだが、龍がその上に乗ったら束がくるりと回り、身体が真菰の束の下にはいってしまい、水の上に出てこられず溺《おぼ》れ死《じ》んでしまったのだそうだ。

門口で送り火がたかれる。この日はキュウリとナスの馬と牛が控えている。形のよいキュウリに、おがらで四本足をつけ、この馬にはお盆様が乗られる。丸くてでぶっちょのナスの方は、おみやげを積んで帰る牛だ。

送り盆には、また重箱にぼたもちや供え物を持っていく。お墓に線香をたき、盆棚から下げてきた供物の団子やぼたもちを竹皮や蓮《はす》の葉の上にのせる。そして、家から汲んでビンに詰めてきた井戸水を墓石にかける。これは墓を洗うためではない。道中、お盆様のノドが渇かないようにである。人は、どんな食べ物よりも自分の家の水の味が忘れられないのだという。

そのあと、お墓から帰るとき、けっして振り返ったりしてはいけない。

墓石の後ろや、本堂の縁の下には、墓に上げた供物を待ち受けている者がいた。たいがい女で、子どもに持って帰ろうと、息をひそめているのだ。

あるときなど、お墓の前で拝んでからまだ立ち上がらないうちに、墓石の後ろから、サッと長い腕が伸びてきて、お団子をつかんだ。テイはあまりのことにしりもちをついてしまった。心臓が止まるかと思った。

村の者ではない、どこからか来た女たちである。

——ダンゴや供え物を子どもに早く持っていってやりたいんだヨ。顔を見られたくないだろう。だから、けっして後ろを見てはならねえヨ

おばあさんはそう、テイや妹たちにキックいうのであった。

第5章　秋が深まり、コウシン様の夜がくる

お月見と秋のお彼岸

今日は旧暦八月の十五夜、中秋の名月である。

学校から帰って、おばあさんがお月見のお供物を飾るのを手伝う。

縁側に細長い机を持ち出し、折敷《おしき》を置く。その上に、お団子を十五個盛る。大きな箕《み》には、里芋に豆に栗、栗は少し口の開いたイガまで盛りこむ。柿も小さい実のついたのを枝ごと折ってきてそえる。お供物を山のように飾っていくと、ああ、秋が来たのだ、と楽しくなる。畑から、サツマイモ、トウモロコシ、おいしいものを何でもとってきて、大きな笊《ざる》に入れて並べる。カボチャも縁側に転がす。

――お月様は丸いものが好きなんだ。だから、今日の団子はとくにまん丸く作るんだよ。そうだ、テイの好きな月見花をとってきてくれ
月見花は紫苑《しおん》の花。野っ原になどないから、前の畑の隅に咲かせている。この薄紫の花がいちばん好きだ。養女に行った先のおカクおっ母さんのところにもあった。秋の淋《さみ》しい日、この薄紫

の花を一枝持って、畑でポロポロ泣いていたことを思い出す。桐《きり》の花、キキョウ、紫苑《しおん》、リンドウ、野菊……紫の花はみんな哀しい色をしている。でも、しんとして好きなのだ。並べたお供物の左右に大きな酒徳利を持ち出し、紫苑の花とススキを飾る。ススキの穂が風に揺れる。お月様のウサギの長い耳のようだ。

東の空からしずしずとお月様が上がってきた。

おばあさんが庭先に出て拍手《かしわで》を打った。それにならって、妹たちといっしょにパンパンと手を鳴らす。満月はあたりを払うほど金色に輝き、神々しい姿だ。思わず何回もおじぎをしてしまった。

お月見の晩、子どもたちがよその家の縁先からお団子や供物をとってくるのは公認である。むしろどこの家でもお供物を下げてもらわなければ困るのであった。残っていると、お月様が召し上がってくれなかったということになるからであろうか。

男の子が二人か三人組んで、庭をしのび足でやってくる。へっぴり腰で縁側のところまでようやくたどり着き、河童のような手つきでお団子をとろうとするのだが、うまくいかない。遠くからとろうとする子は、竹竿《たけざお》に釘を打ちつけて、その釘にお団子を刺して、釣り上げるようにしてとっていくのだが、なかなかねらいが定まらない。

大人たちは上を向いて知らん顔で、お月様を眺めているふりをしている。しかし、あんまり長い間続くと、もう、首がくたびれて、

――ホレ、モタモタするな。そうだ、そこを突け
などという小父やんもいた。気の短い人は、竹竿の釘にお団子を刺してやったりしていた。
でも、女の子はダンゴツキには出かけない。だから、寺崎の家ではみんなで縁側に坐って、お
月様が中天までかかるのを静かに眺めていたものだ。
その夜はお供物を飾ってあるところの雨戸は閉めずに開けておく。十五夜の月が一晩中、家の
中をのぞきこんでいた。こうして誰もがお月様の白々とした光を浴びて眠ったのである。

お月見が終わるとお彼岸《ひがん》。
いつ伸びてきたのか毎年不思議なのだが、彼岸花がいっせいに咲き出す。矢場川の土手を彼岸
花が埋めつくし、田んぼの畦《あぜ》を赤いリボンが縁取っていくように咲く。
この花は死人花《しびとばな》とかジャンボン花といわれた。お葬式をジャンボンともいったのだ。庭には
けっして植えなかった。牛も食べない。球根だがその下の細い根が地獄まで届いているという。
裏の竹林の中に固まって咲いているようすは怪しげで、なにか背筋がゾーッとした。
秋の彼岸はおはぎ。たくさん作って塗り鉢に山盛りにして仏壇に供える。それを下げてから食
べるのだ。
観音寺のおじやんにも重箱で届ける。おじやんは御本尊の前で、鉦《かね》の横腹を撞木《しゅもく》で思いきりた
たいてくれる。ワオンワオンワァーアンウァーンといつまでも音が鳴り響いている。

墓石のまわりにも彼岸花が咲き満ちている。境内がまっ赤に燃え上がっていた。

栗の山分けには意味がある

秋といえばまず栗だ。西の畑の北側に十数本の栗の木があった。裏の川沿いにあるので、水枯れもないから見事な実がついた。八月ごろから高い栗の木の枝先に青いイガが目立ってくる。それを見るほど楽しみなことはない。

お月見もすむころ、枝の先の大きなイガが口を開き出す。午前中、お日様に照らされると、イガが乾いてきてパカッと開き、日が西に向かうとイガもまたそちらを向くのだ。そこから自然に落ちてくる栗はどれもツヤツヤ、丸々としている。これを粒栗といった。一粒も残さずに草の中から拾う。何日も拾わないでおくと実がやせてしまうからだ。

イガのまま落ちてきたのは目籠《めかご》に入れて運び、玄関先のセメントの三和土《たたき》の上に一個置き、左足でイガを押さえ、右足でこじ開ける。下駄のカカトの方の歯だとよく力がはいった。どうしても口を開かないイガは樽《たる》の中に入れてフタをしておくと、二、三日して自然に開いてくる。

川の流れに落ちたのは長い竿《さお》の先に袋をつけてすくってとる。水の中の栗は、上からのぞくと、ひときわ大きくつややかに見えた。

夕方、イワおっ母さんが栗を大釜で煮る。まだ湯気の立っているのをドンブリに山盛りにして、台所の板の間に敷いた薄縁《うすべり》の上に一杯分ずつあけて、山を作っていく。

栗の山分けなのである。

大人も子どもも、どの山が大きいか、あっちを眺め、坐り直してこっちを見定める。真上から眺めると栗の山の大きさが分かるときもある。どうも、あれが大盛りのようだ。

妹たちとジャンケンをする。勝った者から一山ずつ取っていく。もらった栗はめいめい自分で決めた容れものがあって、テイは漆塗《うるしぬ》りの細長い茶こぼしに入れておく。妹のキイはお気に入りの赤い布の袋に入れる。それをみんなカケスのように、自分の領地にしまっておくのだ。

カケスという鳥は、食物をあちらこちらと土に埋めたり、木の洞《うろ》にためておく。でも、それを忘れてしまうので、突然へんなところから栗やクルミが出てくる。こちらは人間様だ、それにおいしい物だから、けっしてしまい忘れたりはしない。膳棚の奥とか、下駄箱の隅とか……。その領地から栗を四つ五つ持ち出して、庭先に出て空を見上げながら食べるのが何よりの楽しみであった。

三女のミツは体格もよく、一度に二個も三個も元気に口に放りこんでいた。食べ物にあんなにはればれしい顔付きをする子はいなかった。

翌《あく》る日、袖の袂《たもと》にいくつか栗を入れて友だちの家に行き、袂を重そうにわざと振って、

——ナニが、入っているかァ
とみせびらかしたりしたものだ。

山分けのとき、おばあさんがいう。

――おイワも早く一山取れヤ
――ハイ
しかし、嫁のイワは、母親ごころが先に立ち、自分の分け前の一山から子どもたちにさらにやりたがる。おばあさんはそれを許さない。今日は、大人も子どもも、男も女も、同じ分量の栗をもらう楽しみの日なのだ。それが大事だ、それが栗の山分けの意味なのだ、と。
栗拾いは、どんな楽しみにもまさっていた。新宅《しんたく》に子どもが生まれたとき、大きくなって本家の山にはいって栗拾いをするのではかわいそうだといって、父が西の外れに生えている栗の大木を四本、新宅のものにしたという。

十日夜《トオカンヤ》のワラデッポウ

トオカンヤ　トオカンヤ！
トオカンヤ　トオカンヤ！

遠くから近くから、子どもの声が響いてくる。旧暦十月十日の夜は十日夜といった。子どもたちが何人かで組になって、親につくってもらった藁鉄砲《わらでっぽう》を持って村中の家の庭先をたたき回るのだ。ワラデッポウは、よりすぐった藁《わら》を手ごろな太さに束ね、その回りを細縄でぐるぐる巻き上げ、元の方が手を通せるように輪になっている。小さい子の背丈ほどもあるその藁づとで、固く踏みしめられた庭をたたくと、パーンパーンと高い音がした。藁束の芯に芋がらを入れると、いっそう冴《さ》えた音がした。テイも妹たちといっしょに出かける。

　トオカンヤ　トオカンヤ
　朝そばきりに　昼だんご
　夕飯《ゆうめし》くっちゃあ　ぶったたけ

キイの細い声がよく響いた。ミツは裏の堆肥場《たいひば》から街道《カイド》までたたき回っている。

　この日は、〝大根の年とり〟ともいった。ワラデッポウを振り下ろしてたたくと、その勢いで、大根が土の中から青首を出すので、抜くのに手間がかからず助かるといわれていた。前の大根畑に出て、夢中でたたく。

　草履の下からじんじんと夜の冷たさがはい上がってくるが、みんなコーフンして、顔をほてらせ、ワラデッポウを振り上げ、振り下ろした。害虫を土の中に封じこめることも出来るのだという。思いっきり声をはり上げたので気持ちがいい。

――麦も小麦もよくできろ
――大豆も小豆もよくみのれ

と、来年の豊かなみのりもお願いしたものだ。

　空にはもう十日の月が高く上がっている。まだ満月のように丸くなく、ネコの目みたいな形の月が、テイやミツや村の子どもがワアワアいって走り回るのを静かに照らしていた。

黄金色《こがねいろ》の稲の穫り入れ

みくりや田んぼが黄金色に染まった。稲の穂はふっさりと重く垂れ、風が吹くと金色の波となり、お日様に輝いていた。一年でいちばん美しい景色である。

稲刈りがはじまる。これも田植えのときの結《ゆい》の仲間が手伝い合う。田んぼは一カ月も前から、水を落として乾かしてあるから働きやすい。そして、この稲刈りは一年の農作業の総仕上げでもある。もう先が見えているので、どんなに忙しくても気持ちにゆとりがあるからいい、と大人たちは口々にいう。

テイは三時のお八つの小時飯《こじはん》を籠《かご》に背負って届ける。みんな、蒸《ふか》したてのサツマイモを手に畦《あぜ》道《みち》に坐って遠くの山々を眺めた。空は澄み切って高い。はるか遠くに富士山も見えた。

——やっぱり日本一の山だなァ、富士のお山は。なんてったって形がキレイだがな……

そして、富士のお山をちょっとでも望めるところの田んぼは、米がよく穫れるのだという。

刈り取った稲は、田んぼの中に杉の丸太棒で足場を二カ所作り長い竹竿《たけざお》を渡した、稲架《はさ》に掛けて干す。少し青味を帯びた稲束が秋の陽に照らされて、日、一日と黄色が濃くなっていく。秋も末で赤城山からは西風《にし》も吹いてくる。一週間か十日のこの風干しで、米の味はいっそうよくなる。

稲束を下ろして荷車で家に運ぶ。千歯《せんば》こきでもみを落とす。櫛《くし》のような鉄の歯の並びに稲の束をひっかけて、手前に引きながらくるりとひねって稲をこく。子どもには力の要る仕事で、テイも汗びっしょりになって稲こきをした。

脱穀したもみは唐箕《とうみ》にかけた。唐箕は馬ぐらい大きな箱で風車が組み込まれている。一人がもみを、上のじょうごのような口から落とす。もう一人が箱の脇っ腹の把《と》っ手《て》をぐるぐる回す。するともみがらや藁《わら》くずが風で吹っ飛び、重いもみだけが下に落ちてくる仕掛けだ。

でも、この唐箕も村には数台しかない。だから、

——北《きた》ん家《ち》がしまったら、つぎはウチが借りるべ

と順番待ちであった。

もみすりを終えた玄米をギッチリと詰めた二重俵が土間に三角の形に積まれてゆくと、アア、これで来年も一家が無事に過ごせると、ほっとしたものだ。俵の上に大黒様が坐られているのが、テイの目に見えるようであった。

最初に刈り取ったお初穂は神棚の皇大神宮《こうたいじんぐう》様にまず供える。おばあさんはそこから一本稲穂を抜き取って、眺めながらしみじみといった。

——テイや、一粒のもみからこれだけの米が稔《みの》ったのだぞ。ありがたいことだな

みくりや田んぼは土壌が肥えていたのか、一反《たん》に四俵か五俵、ときには六俵も穫れたというが、大沼田山《おんたやま》のさらに奥の、平野が少ない山がちの村では〝五年一作〟という言葉もあったとい

う。他の村の平年並みに米が穫れるのは、五年にたった一回くらいしかないということだ。だから、そこでは麦メシといってもひき割り麦が八にアワやヒエが一、あとは大根やカブを入れて炊いた。

お米がどんなに貴重なものであったか――高松でもお葬式のことを〝米の飯〟という人がいた。お弔いのときは、米の白飯にありつけるからだ。

その山の方の村で、あるじいさまが寝ついた。もう、だめだといわれ、カラスが鳴くようになった。人が死ぬときは、その家にカラスが飛んできて、上空を回りながら鳴くという。

――カアーッ、カアアーッ

いつもよりさらに鋭く鳴き、死にガラスといわれた。

じいさまは、最後に白い米の飯《マンマ》を食ってから死にてェといった。米びつの底をかき集めても、鍋で煮るほども米はない。それで、生米《なまごめ》を竹筒に入れて、耳元で振ってやった。その米粒の音を聞いて、じいさまはニッコリとしてあの世に逝ったという……。

この話を何度もおばあさんがした。テイは聞くたびに胸が痛く、泣けた。

刈り上げのお祝いには、あんころもちもついたが、何といっても炊きたての新米がごちそうである。うまいうまいと、一杯食べる人は二杯、二杯食べる人は四杯と、倍も食べた。

新米を食べると、爪《つめ》の伸びが早くなるといわれていた。

子どもと大人のコウシン様

一年の農作業も無事終えたあとの行事では、庚申様――コウシン様がにぎやかでいちばん楽しい。コウシン様も田植えや井戸替えのときのように組《くみ》があった。寺崎の家がはいっているコウシン組は七軒である。新宅《しんたく》のうどん屋とか金さんの家とかだ。前の植木屋もいっしょだ。そろそろ、自分の家で庚申様をしようかとなると、ごちそうの準備をして、他の六軒を夕食から夜中にかけてのおふるまいに招《よ》ぶのだ。

コウシン様とはいったい、どんな神様か。テイが学校で聞くと、友だちの一人が声をひそめて、

――おサルさんだってサ

といった。

――じゃあ、お稲荷様がキツネで、コウシン様がサルかァ

いや、それはお伴のことだ、と誰もがちがうことをいう。

〝うちでは神様ではなく、仏様の画を掛けて、みんなでお経を唱えてからおふるまいをする、そして大人たちが昔話をいっぱいするのを聞いた〟という子もいた。掛け軸の仏様は六本の手のある青面金剛《しょうめんこんごう》で、お庚申様はこの六本の手で作物づくりの手伝いをしてくれるのだそうだ。ナニがなんだかよく分からなかった。

ヤスおばあさんに聞くと、猿田彦《さるたひこ》の神様だという。

また、それとは別に、これは中国から伝わった話だというが、人間の身体の中には三戸虫《さんしちゅう》とかいう虫がいて、庚申《かのえさる》の日に人が眠りこむと、その間にこの虫が抜け出して天上にのぼっていき、神様にその人の悪い行いを告げ口する、その告げ口で長生き出来なくなるのだという。だからみなで集まって、夜ふかしをするのだ。

〝告げ口〟という言葉を聞いて、冷や汗が出た。テイは日ごろから、イワおっ母さんや誰かれの気にさわらないようにとビクビクしている。そんなイヤな虫が天にのぼって、どうでもよいような、テイの落ち度を神様に告げ口されて、お父っつあんがやっぱり、どこか他所《よそ》の家へやろう、などと考えないかと、この日はそれが心配でならなかったのだ。


しかし、コウシン様の日は何よりも楽しかった。

百姓仕事も一段落した。今年も無事に年を越せます、と神様に感謝しながら、新米を炊いて、たらふく食べる、ただそれくらいのことだから、日取りも、庚申の日、なんて決めてはいない。とにかく、一軒の家に集まって、大人たちが夜っぴて喋《しゃべ》ったり、騒いだりで、お酒もはいり、骨休めをするのである。

明日、コウシン様をいたします、といったお使いは前日に来ることが多いのだが、テイたちが学校に行ったその日に来ることもあった。

学校から走って帰り、まっさきに聞く。
——みなさまもって、いったァ？
——ああ、いったよ
コウシン様に招《よ》ぶ家が手狭だったり、人寄せの手が足りないときには、
——コウシン様に来てください。お父っつあんにどうぞ
といわれる。
〝みなさまも〟といわれなければ、一家の主人以外はお招ばれ出来ないわけだ。
——そうれ、ミナサマだァ
テイが大声を出す。
——テイちゃん、連れていってネ
と、妹たちがいう。
顔をもう一度洗ったり、何度も洟《はな》をかむ。髪もとかし、新しい半纏《はんてん》を着こみ、懐にハナ紙も入れる。ハナ紙といっても、新聞紙を切ったものだ。そうだ、お座敷に上がるんだったと、下駄の歯の間についた泥を急いでこそげ落とす。
子どもぶるまいは夕方の明るいうちにすますのが決まりだ。一列になって出かける。
——あ、北《きた》ん家《ち》が来た、来た
まず、土間から上《あ》がり端《はな》の板の間に上がる。キチンと坐って両手をつき、

――今晩はコウシン様にお招きくださってありがとうございます
と仁義を切っておじぎをする。高松では、礼儀正しく挨拶《あいさつ》をすることを〝仁義を切る〟という。長脇差《ながドス》をさした俠客《きょうかく》の国定忠治の世界だけの言葉ではないのだ。仁義を一人前に切れない子は、他所様《よそさま》の家に行ってはいけない、とおばあさんがやかましかった。

テイがハッキリとした声で挨拶を述べて、深々とおじぎをすると、妹三人も、続いてピョコ、ピョコとおじぎをした。

よし、よし、さあ、上がった、上がったといわれて、座敷のお膳につく。お膳の上のお平《ひら》（平皿）にはゴボウ、ニンジン、里イモの煮付けの上に、冬布団のような厚い油揚げがまるまる一枚、被さっている。豆腐屋に前々から注文しておき、今日はお金をかけましたヨ、と分かるように、ゴマまでふりかけた極上の油揚げだ。甘く煮つけてあるので、これが何よりの楽しみである。

しかし、家を出るとき、残しそうなものから食べなさい、ときつくいわれている。あんまり残すと、うちのはまずかったかネ、と心配されるからだ。だから、油揚げの下のニンジンや里イモから食べる。家によっては、シイタケがはいっていることもある。シイタケがはいるのは、格が一段上である。格といえば、他の家の膳はたいがい置き膳であったが、寺崎の家がコウシン宿をするときは脚付きのお膳で出したものだ。

白米の御飯《オマンマ》が湯気を立てて光っている。米の一粒、一粒がつやつやとして、こんなに美しいものはないと思われた。日ごろは御飯《オマンマ》は七三《しちさん》と決まっていた。もちろん麦が七で米は三である。全部がお米というだけでゴチソウなのだ。これもお代わりは一回だけといわれていた。もっとも、山盛りの御飯である、そうそう食べられるものではない。他にけんちん汁もついてくる。

台所でおばやんたちのにぎやかな声が聞こえる。今日はイワおっ母さんも来ている。お使いが、

――忙しかんべけど、おっ母やんにもちょこっと手伝いをお願いします

といってきたからだ。

だから、ヤスおばあさんが家で一人で留守番である。姑《しゅうとめ》と嫁の両方がいっしょにおふるまいになど出られない。イワおっ母さんは髪もキチンと結って笑ったりしていて、とてもキレイだ。子どもぶるまいが終わると、テイたちはこたつ部屋に追いやられる。

そのころ、白装束の先達《せんだつ》様がやってくる。水ごりをとった主人が出迎え、かしこまった儀式がある。

そして、座敷では大人の宴がくり広げられるのだ。

子どもたちはこたつ部屋で、枕引《まくらび》きという遊びをする。

コウシン様と呼ぶ大きなつづらのような箱の中に箱枕が大小合わせて十個ほどキッチリと納められている。この枕はその夜、大人たちが寝ずに話し合うとき、疲れた者が横になってこれを使

うのだという。そんなことをしたらよけいに眠くなってしまわないのだろうか。
枕引《まくらび》きは、この箱枕を畳の縁《へり》を境にして引っぱり合うのだが、漆塗《うるしぬ》りで手がかりもなく、ただ細長い箱だから、指でつかんでもすぐにすべってしまう。箱を引くのは難しいから、押しっこをするときもある。
――あ、ダメだ、ダメだァ、畳がいたむゥ
と叱られた。
コウシン様の箱は、大きな紺の風呂敷に包んでコウシン宿を終えた家から次におふるまいをする宿に、ハイ、コウシン様です、といって持っていく。そしてその年の最後の宿が、翌年まで大切に保管することになる。
枕引きでさんざん遊んだあと、子どもはそろそろだゾ、といわれ、おばあさんのために温かい御飯《オマンマ》をどんぶり一杯もらって、また妹たちを連れて帰った。
コウシン様を寺崎の家でやるときは、北ん家《きたち》は道から引っこんでいるから羽目をはずしても恥ずかしくない、といって、大人ぶるまいの宴は、ひときわにぎやかであった。
――大将、うたえ、うたえ
――そうだ、大将、踊れ、オドレや、ここはひとつ
と声がかかる。

それではひとつ、酒の肴《さかな》にでも、とお父っつあんが進み出る。うたいだすと、

——あ、やめレ、やめてくレ、酒がマズくなる
と、みんな、シマッタ、という顔で中止させる。お父っつあんはそれほど下手なのだ。田植えのときにうたうと、これでは早苗が枯れてしまうョ、とやめさせられる。あるとき、道を歩きながらうたっていたら、誰かが出てきて、味噌《みそ》がくさるから困る、といったそうだ。

庄《しょう》さんというおじやんが末席にかしこまっている。いつもはニコリともせず、一日に三言《こと》ほど口をきけばよい方だ。しかし、お酒がはいると、急に元気づいてくるのだ。みんなに、

——踊れ、踊れや
といわれると、フンドシひとつになって裸踊りをした。

この踊りがめっぽうおかしくて、毎年、コウシン様もお待ちかねということであった。

テイも妹たちもそれを見たくて仕方がない。ミツがこたつ部屋から障子に穴をあけて見ようというが、おこられるに決まっている。そうっと音をたてず裏口から街道《カイド》に出て、表の道から眺めてみた。桑畑の葉が落ちて、まっすぐ見通せる。座敷は明々として、踊っている庄さんの影法師があやつり人形のように障子にうつって見えた。

第6章　お正月様を迎える

一年分のすす払いともちつき

十二月も二十日を過ぎると、毎日、お正月様の準備である。

大人は誰もが忙しい忙しいといっているが、いったい、何がそんなに忙しいのか……。とにかく、子どもは大人のジャマをしないこと、出来ることはみんな手伝うことである。

まず、よく晴れ上がった日に、家中のすす払いをする。

たんす、長持《ながもち》などは、いつも、土蔵の二階に置いてあったから、母屋には家具は少なかった。

それでも、部屋という部屋からまず庭に荷物を全部出す。最後に、新しいむしろを敷いて、神棚のお祠《やしろ》をおうつしする。このときも、皇大神宮様のお祠を真ん中に置き、えびす様は渡来の神だからといってむしろの端に置いた。仏壇ははめこみだから、戸をきちんと閉じておく。

裏の竹林から細い竹を二本くらい伐《き》ってきて縄でくくり、葉っぱは先端にそのまま残してすす払いの竹箒《たけぼうき》をこしらえる。この箒を煤男《すすおとこ》ともいった。

すす払いは男の仕事だ。父も手伝いの者も、手ぬぐいで顔を被い、目だけキョロキョロさせて、天井裏からすすを払い落とす。こういうときは、ネズミもいち早く察して、影も形もない。畳も運び出し、二枚で支え合うように斜めに立てて、裏を日に干す。その後、細い竹でたたいてホコリを出す。これはテイたちにもやらせてもらえる。大ハリキリでパンパンとたたく。ホコリが出てくると、こちらの胸もスッキリした。

そのころ、藤屋や酒屋から、みかんがいくつも木箱で届く。お歳暮だ。仏壇の前に置いて、おばあさんが管理をする。朝に一個、夜に一個、もらう日もあった。

みかんは、むいた皮をカイコ籠《かご》の上に新聞紙を敷き、その上で干した。乾いた黄色い皮は細かくして風呂に入れる。よく温まるといわれた。

もちつきの日はたいがい二十八日であった。その日に出来ないときは三十日である。二十九日は、九《く》＝苦《く》もちといって絶対につかない。

前の日からもち米を水に漬けたり、せいろを出したり、女たちが準備に忙しい。臼《うす》は土間の東側の機場《はたば》の奥にしまってある。それを横倒しにごろごろと転がして土間に出してくる。横に倒したまま、桶《おけ》で水をかけ、臼の外側も内側も底もきれいに洗う。水をザアザアとかけていくと、その水が土間に浸みこんでホコリもおさまるのだ。

座敷や上《あ》がり端《はな》にのし板を用意するころ、一臼分の米が蒸し上がる。一臼は三升三合である。おばあさんが水にひたしたもち米を、ピチッと三つに分けておく。四斗樽《しとだる》は別として、四升とか、もち四個とか、四《し》＝死《し》のつく数字をおばあさんは嫌った。

せいろに敷いた白い布ごと蒸し上がったもち米を運んで、臼《うす》にひっくり返してあける。蒸気がぱっと上がる。ここで、すばやく杵《きね》でこねて一気につかなければならない。

ところが、朝にめっぽう弱いお父っつあんがまだ起きてこない。

イワおっ母さんがやきもきしていると、おばあさんが、

——一臼や二臼で、男を起こすものではない
と、五十歳も半ばというのに、自分でつくありさまであった。

もっとも、最初の二臼くらいは早く子ども用のあんころもちを作って、口をふさがなければならない。朝から、つばめの子のように口を開けて、モチだァ、モチだァと臼のまわりをとびはねているから危なくってしょうがない。おばあさんがすばやく丸めてわたしてくれる。

このときのあんには、春のぼたもちや秋のおはぎとちがって、黒砂糖をまぜた。黒砂糖がはいると、あんがねっとりとし、こくが出て黒味がちに光る。それを見ただけで、テイは手の千切れそうに寒い井戸端で洗い物をしていても、力が出てくるような気がした。

お父っつあんがようやく起き出してくる。

神様に供えるおもちや鏡餅《かがみもち》は、一家の主人がつかなければならない。じっさい、男の強い力で水を少しにしてつき上げないと、丸い鏡餅はすぐにヒビ割れてしまう。

杵《きね》には横杵と竪杵《たてぎね》がある。いつもは横杵を使う。一斗《と》の米で一枚の鏡餅《かがみもち》を何年かに一度、神社に奉納するためにつくことがあるが、このときは男三人が臼《うす》をかこみ竪杵を両手で上下に振り下ろし、水なしでつき上げるのだ。お月様の中で兎《うさぎ》が持っているのがこの竪杵である。

お父っつあんがつくときは、イワおっ母さんがこね取りをする。杵を振り下ろす、おっ母さんが手に少し水をつけてサッともちを返す。一度手を引いたらけっして二度と手を出さない。つく方も、やたらバカ力《ぢから》を出せばいい、というものではない。

――もちをつく力は親はくれない。自分で養わなければならない

と、ヤスおばあさんがつねにいっていた。間合いのカンが一番大事なのだという。

つき上げたおもちを座敷に並べたのし板に運ぶ。おばあさんがもち粉を薄くつけて、丸くしていく。まず、皇大神宮様の二段重ねの大きな鏡餅。大黒様、えびす様、だるま様……。座敷の鴨居《かもい》の上に二間《りん》の長さの神棚がある。そこにズラリと並んだお祠《やしろ》や神様に全部お供えするのだ。神様には、日本古来の神様と渡来の神様とあって、海の向こうから来たえびす様とかだるま様のは小さいおもちだ。そんなこと、誰が決めたのであろうか……。

さらに、カマド神様、便所神様、井戸神様、お稲荷様……。

おもちはどれくらいついたらいいのか……。家族一人につき五升といっているが、これでは神様が半分以上お食べになるのではないかと心配になる。

神様のおもちがつき終わると、手伝いに呼ばれている男衆《おとこし》と小母さんが、人間のための一臼《うす》をつく。そして、

——ここらで、一休みするか

となる。

あんこに黄粉《きなこ》、黒ゴマ、大根おろしと鉢を並べ、つき立てのもちにつけて食べる。大人は大根おろしのカラミもちが好きだ。

イワおっ母さんは、夜明け前から、立ちっぱなし、働きっぱなしで、ようやく砂糖入りの黒ゴマをまぶしたもちを椀に入れて、竈《かまど》の前の腰かけに坐り、火の番をしながら食べていた。まだまだもちつきは続くのだ。

遠くの村の話だが、若いお嫁さんが姑《しゅうとめ》の目を盗んで、もちつきの合間に一口千切ってパッと口に放りこんだ。熱いもちだったので、ノドが焼けただれ、息を詰まらせて死んでしまった……。

この話には誰もが泣いた。ありうる話だからである。

——おイワや、食べるときぐらい、ゆっくりしろヤ

——ハイ、おっ母さん

座敷では、小さい末っ子のミヨが、まん丸いおもちを両の手に持ってとびはねている。その姿が何ともいえずかわいい。歩き始めのときも丸いおもちを紐で背負わせたものだ。神様と幼い子どもに丸いおもちが似合うのはなぜなのだろう。

座敷の上の神棚には新しいしめ縄がかかり、各々の神様に鏡餅《かがみもち》をお供えする。それからテイはお父っつあんのあとについて、家の内外を一巡りした。

まず、カマド神様。四つあるカマドの脇の柱に手燭《てしょく》を置く台がある。そこにお供えする。風呂神様には窓枠に、便所神様にも外便所と内便所の奥の隅っこに供える。この鏡餅は半紙の四つ切りを敷いてその上に置く。井戸神様は特別に大切な神様だから、厚板を井桁《いげた》に挿しこんできちんと置く。ここではお父っつあんが手を合わせるだけではなく、何かを唱えていた。

裏山に出る。西側の杉木立の突き当たり、西北の一角に、お稲荷様と山の神様の祠《やしろ》がある。以前は藁屋根《わらやね》だったが、いまは杉板を何層にも重ねた立派な屋根を持った祠である。

祠の中はもうきれいに掃除されていて、格子戸からのぞくと、まっ白の陶製の狐《きつね》がだまって二匹向かい合っていた。このあたりは昼なお暗く、シンとしている。いったいこの神様たちはどういう神様なのか……。なんでも寺崎の家が住みつく以前から、お稲荷様よりもっと古い神様がこのあたりに祀《まつ》られていたのだという。

赤城おろしの西風《にし》がゴーッと吹きつけてきた。杉の梢《こずえ》に風が鳴り、クヌギやナラの枯れ葉が舞い上がる。竹林がいっせいにざわめく。骨に沁《し》みるような寒風に、身を縮めて駈《か》け戻《もど》る。

牛と馬を大切にしている家では、小さなおもちを供える。

お稲荷様や井戸神様の前のおもちは、お正月が過ぎてもいつまでもお供えしたまま残っている。でも、馬や牛はどうなのだろうか。

惣《そう》さんの牛を見にいく。テイが袂《たもと》に隠して持っていったもちをくれてやると、まつげの長い目をパチパチさせて、一口でペロリと食べてしまった。


鍬《くわ》や鉈《なた》や鎌《かま》などの農具にももちろん供える。

一年間、本当によく働いてくれたとばかりに、男衆《おとこし》が鍬や鎌の泥を落とし、ピカピカに磨き上げてある。納屋《なや》の東側に、馬小屋の厩栓棒《ませんぼう》のような横木が取り付けられていて、そこに、刃先を上にして鍬がずらりと差し並べてある。

お父っつあんのクワ、おばあさんのクワ、おっ母さんのクワ、男衆たちのクワ……。みんな柄の長さも、刃の角度も少しずつちがうのが肩寄せ合って、一列に差しはさまっているのだ。よく使いこんだカシの木の柄が、汗と脂でアメ色になっている。その前に鏡餅《かがみもち》を飾る。

西側の板壁のすき間からさしこむ夕日に刃先が銀色に光り、納屋は物音ひとつせず、鍬や鉈は静かに眠っているように見える。テイにはどんな神様よりもいちばんありがたく思えて、農具の前で深々と頭を下げたものだった。

鮒《ふな》の甘露煮が正月料理の殿様

村には酒屋が一軒あった。かつての豪農、堀《ほん》の内《うち》の家系に連なる小次郎《こじろ》やんという人が営んでいた。もちつきが終わると、この小次郎やんが館林の酒屋から酒樽《さかだる》を荷車で運んできてくれた。四斗樽《しとだる》の薦被《こもかぶ》りが土間の台の上にれいれいしく置かれると、お正月様がそこにいるような威厳があった。この酒樽にも鏡餅《かがみもち》をお供えする。

酒の肴《さかな》の数の子は、二週間ぐらい前から米のとぎ汁につけて塩出しをした。とぎ汁は毎日換える。三十日に水から上げてしょうゆにつけてから、仏壇の下のひき出しにしまってあるカツオ節と鉋《かんな》を持ち出し、このときとばかりに存分に削って、味をよくした。この正月用のしょうゆも村の藤屋の店からでは間に合わず、館林の商店から届けてもらう。一斗樽を買い、口開けを使うのだ。暮にしょうゆの一升買いをするようでは甲斐性《かいしょう》のない家といわれた。

煮豆は、白インゲンやうずら豆、大豆、ありとあらゆる豆を煮たが、黒豆は自分の家ではあまり煮ない。どこの家からか、シワシワの黒豆にまっ赤なチョロギのはいったものが届いた。白インゲンやうずら豆には赤ザラメを使う。誰も見ていないか確かめてから、鍋に指を突っこんでナメてみると、ほの甘く、上品な味がした。

しかし何といっても、高松の正月料理の最高のごちそうは、鮒《ふな》の甘露煮である。子どもにはダテマキやカマボコの方がずっと豪勢だと思うのだが、いや、〝フナがお殿様で、そんなものはフナの家来だ〟といわれた。

鮒の甘露煮は、ヤスおばあさんの腕の見せどころである。夏、裏の川から父が鮒を捕ってきたり、多々良沼の箆鮒《へらぶな》をもらうと、すべて焼いて正月用に保存しておく。

まず、竹串を作る。細い竹を適当な長さに切る。出刃でツイとなで上げると、まっ白な髄の竹の串が削り出される。その串に鮒《ふな》をつぎつぎと刺していくのだが、おばあさんのその手さばきの見事さといったらない。そして、真夏の暑いときに、銅製の大火鉢にカンカンの熾火《おきび》を移し、その回りにぐるりと串刺しの鮒を並べて、遠火でじっくりと焼き上げるのである。

焼いた鮒は、藁《わら》で作った細長い苞《つと》に何本も刺してかまどの上の梁《はり》から吊るし、さらに乾燥させる。この細長い藁鉄砲のような苞を弁慶《べんけい》と呼んでいた。弁慶は奥州もずっと奥の衣川《ころもがわ》というところで、鎌倉《かまくら》を追われた義経《よしつね》様をお守りして敵の矢を何十本と身体中に受け、全身、栗のイガのようになって、立ったまま死んだという。おばあさんがいつも浄瑠璃語《じようるりかた》りのように話してくれる。鮒の串がいっぱい刺さっているこの苞が、その弁慶の最期の姿に似ているのだそうだ。だからか、ネコもこの弁慶には、かからなかった。

さて、甘露煮である。

まず、鉄の大鍋を持ち出してくる。この鉄の大鍋は寺崎の家宝の一つといってもよい、じつに立派な大鍋であった。

――鉄の鍋は、三里先から借りに来ても貸せ

おばあさんの言葉である。鉄のものを錆《さ》びつかせないためには、誰にでも絶えず使ってもらう方がいいのだという。だから、婚礼とか、秋のコウシン様とか、大人数の人寄せのときなどに、

村中をこの鉄の大鍋が一人で歩き回っていたものだ。

鍋の底に、まずゴボウをよく味がしみるように斜めに切って敷きつめる。その上に焼いた鮒《ふな》をていねいに並べていく。水、酒、しょうゆ、少しのザラメを入れてひたひたにしてかまどにかける。かまどに薪《まき》のゴロ太を二、三本放りこむ。細い燃し木だとすぐに炎が高く立ってしまうが、太い薪は火力が強いのに炎が立ったりしない。燃し木をひいたり足したり、火加減が命である。

——うすのろが火を燃やすように、トロトロと煮るというのがコツだ。けっしてグラグラさせたりしてはいけない。鮒が鍋の中で躍《おど》って尾びれが欠けたりしたら、もう台無しになってしまうからだ。こうやって煮ると骨まで柔らかくなる。火にかけて煮てはまた鍋を下ろして味をしませる。冷めるときに味がいちだんとしみるのだ。

これを三日間ぐらいかけるとようやく出来上がる。仕上げにミリンを入れる。鮒に照りが出て、本当に立派な正月料理のお殿様となる。

料理の合間に土蔵から脚付膳や雑煮のお椀やら皿小鉢を出してくる。出入りの手伝いの女たちが漆《うるし》の膳をふき、高く積み上げる。ますますお正月の気分になっていく。

お正月様を迎える準備は、門松やしめ縄作りなど、男主人のやる仕事が多い。祝《いわ》い箸《ばし》もその一つである。

裏の川の向こうの土手に柳が列をなして生えている。春の芽吹きのころから、もう来年の正月の祝《いわ》い箸《ばし》は、この柳の木で作ろうと、二、三本に目をつける。そしてムダ枝を払って、なるべく長くまっすぐな枝が伸びるようにしておく。暮になると、この枝を何本も伐《き》ってきて、箸の長さに切りそろえる。そして小刀でまっ白な箸先が出るように皮をそぐ。箸先があまり尖《とが》ってもいけない。柔らかな丸みを帯びていなくては、お祝いの箸としてふさわしくない。握るところは、お茶菓子に使う黒文字の楊子《ようじ》のように柳の皮をそのまま残す。その方がまた握りやすいのだ。

お父っつあんはこうやって神棚に上げる神様のお箸から、来客用、家族一同まで、百膳以上を削るのである。

子ども用のは短い箸だが、箸先の白いところをあまり汚さないようにと、食べるときに注意される。握りしめながら、柳の焦げ茶色の皮のところを目をこらして見ると、プップッと点になって盛り上がっている。もうこの柳の枝には春の芽が出来ていたのである。

十五日のぼんぼ焼きまで、お正月中、めいめいがこの祝い箸を使うのだ。

暮の市で買った絵本

高松のような村でも、暮の市が立った。テイには何よりこれが嬉しい。もっと小さな村には店が出ないので、そこの友だちにわざと、

――お前《め》のとこ、市、立った？　オレのところでは十軒も出たゾ

なんて自慢したりする。

藤屋の店の前から、床屋、酒屋の前の通りにかけて、正月用品の店が並ぶ。まず、神棚に上げる〝お白木《しらき》〟と〝おつづけ〟を買う。お白木は薄い白木の一枚板である。おつづけはやはり白木の板の上に、幅三センチばかりの経木《きようぎ》で直径八センチほどの輪を作り、それを二つ、樺《かば》の皮を細く切った紐で板にとじつけてある。メガネのように輪が続いているので〝おつづけ〟なのだ。元日から三日間、おせち料理やうどんを、この輪っかの中に盛って神様にさし上げる。

——今年も、去年と同じように、つゞけて、平穏で暮らさせてください

とか、

——代々、この家をつゞけさせてください

と願うのだともいう。

台所で使う新しい笊《ざる》や、大小の籠《かご》などもこのときに買う。

赤いテントの店には子どもが群がっている。お手玉とかアメや駄菓子が、ため息が出るくらいきれいに並んでいる。テイは、暮市に行くのだからとおばあさんに交渉して、お年玉の先取りをした。店番の小母さんがこっちの財布をのぞきこんで、買いナ、買いナ、という。

一冊十銭の絵本を買う。大きな日のかわいらしい子が描いてある。両親がいない子のお話で、とっても悲しい絵本であった。

大晦日《おおみそか》の祝い膳

お正月様はいつ、やってこられるのか。どうやら、大晦日の真夜中、年を越すときに、山から降りて里に来られるらしい。だから祝い膳は大晦日の夜であった。お膳の上にお雑煮とごちそうのお皿が並んでいる。お雑煮は大根、人参にネギ、そして鶏肉。小松菜は使わず、かき菜と呼ばれる菜っぱが、白いおもちの上に緑あざやかにはいっていた。

ごちそうのお皿は、もう何代も前のおじいさんが買いそろえたものだ。誰もが〝シンカン皿〟と呼んでいた。そして誰もどういう意味かを知らなかった。白地に藍《あい》でアヤメを描いた、径二十センチ以上もあるこのシンカン皿に、まず一番に鮒《ふな》の甘露煮を盛り付け、そのまわりにカマボコやダテマキや昆布巻きを並べる。

甘露煮の鮒は、ランプの光を照り返して堂々と横たわり、なるほどこれは〝殿様〟である。

——お正月様、いただきまぁす

柳の祝《いわ》い箸《ばし》で鮒を突っつく。これほどうまいものはあるかという感じだ。少し食べて明日にとっておく。そして、

——お正月様、ごちそうさまでしたァ

といって、早々に寝床に追いやられるのだ。

拍子木ではじまる元日の初風呂

朝、三時ごろ、父が起き出す。井戸端に行き、まず、水垢離《みずごり》をとる。真新しい褌《ふんどし》ひとつの裸姿で手桶《ておけ》三杯の水を被る。

その音を布団の中で身を縮めて聞いている。正月は男正月といって、男がすべて仕切る。だから元日の朝は女は男より先に起きてはいけない。身仕度を整えてから、父がまず年の初めの若水を汲み、風呂に運ぶ。何ばいも、何ばいも井戸のつるべを上げて風呂桶をいっぱいにするのだ。そして、初風呂をたく。

このときの火はその年のはじめての火である。大晦日《おおみそか》のカマドの熾火《おきび》から移したりはしない。初めから、きちんと切火《きりび》で火を点《つ》けたものだ。

ようやく湯が沸く。東の空が白みだす。その頃には、女、子どもも起き出す。

父が庭に出て拍子木を打った。カーン、カーンという高い音が、凍てついた朝の空気の中を響きわたっていく。

――あ、北《きた》ん家《ち》で初風呂が沸いた

と、この拍子木の音を聞きつけて、分家のうどん屋とか金さんとか、近所の家々の主人が、まっ新《さら》な手ぬぐいをさげて集まってくる。

正月行事を仕切る先達《せんだつ》様も白装束でやってくる。

朝日がキラキラとのぼってきた。庭にみな出て、いっせいに拍手《かしわで》を打って拝む。大人の後ろにキイやミツたちも一列に並び、日の出を拝んだ。お日様は東の空を染めながら、ぐんぐんとのぼってくる。テイはまん丸い、まっ赤なお日様をよーく見つめてから、目をつぶってみた。まぶたの裏にまっ赤なお日様が広がり、目から温かくなってくる。お正月様とは、このお日様のことをいうのではないだろうか……。

大人は座敷の神棚の前に居並び、また拝み、それから順番に風呂にはいる。そして、

——あけましておめでとうございます

と挨拶《あいさつ》して、めいめいの祝い膳につき、お酒となるのだ。

この初風呂にはいるのは十五軒ぐらいであろうか。昔の昔、何軒かの家がこの高松に住みついた。そして、嫁にいったり、婿にとったり、分家したりした。また遠いところから伝手《つて》を頼って近くに移ってきた家もあった。そうやって、何百年の間に付き合いの深い関係の組《くみ》が出来ていったのだろう、とヤスおばあさんが話してくれた。

——一《ひと》つ鍋《なべ》の物を食べることよりも、一つ風呂にはいるのは何倍も大切なことなんだよ

だからこそ、父が若水を汲んでたてた正月元日の朝風呂にはいる家同士は、みそ、しょうゆといった細々とした物の貸し借りから、その家に一大事が起きたりしたら、絶対に助け合うのだということ。そして、何かあったとき、すぐに駈《か》けつけられるような場所は、この樫《かし》の木の拍子木の音が聞こえる範囲なのである。

元旦の式には一張羅《いっちょうら》を

学校では元旦の式典がある。元日は三大節の一つだから、晴れ着を着ていく。

十月のはじめ、松原のおばあさんという染物屋が風呂敷包みを背負ってくる。いろいろな見本の反物を縁側に何本も広げる。目の前にお花畑が広がったようであった。子どもはさわったりすると汚すから、縁側の端で目を丸くして見ている。ワカ叔母さんが、

——テイ、こっちさ来い

と呼ぶ。近くに立つと、肩から反物を流して当てて、見てくれる。ぱっぱっとすべて決めて、白絹から染めてもらう。染め上がった反物が届く。

ワカ叔母さんはいつも、

——オレは裁縫で身をたてる、ヨメなんかにはいかない

といっているくらいだから、手が速く上手である。四人の姪《めい》のものを全部仕立てる。

元旦の晴れ着でほめられたのは、青紫の地のお被布《ひふ》であった。リンドウの細い茎が、裾《すそ》からすっ、すっ、すっと、たてに描かれ、花の一つ一つもくっきりと染め出されていた。テイのお気に入りの一張羅である。袴《はかま》はえび茶で、裾には内側から緑色の布を表に折り返したふきがついていた。

袴をつけた子はクラスでも三人ほどであった。下駄も赤い鼻緒のを新しくおろす。

お年始の式は十時で、村議会議員や来賓が入場する。父も、朝からの酒飲みたちを家に残して

自転車で来ていた。

校長先生がはいってくる。白木《しらき》の三方の上に恭しく載っている「教育勅語」が読み上げられる。みんないっせいに頭を下げて聞いた。終わると、こんどはみんながいっせいにハナをすすりあげた。小学一年生から六年生まで、それに高等科の生徒も合わせて五百人ばかりいたろうか。ハナをすすりあげなくてもよい子まで伝染してすすりあげるのだ。

ようやく落ちつくと、こんどはお話である。天皇陛下がいかにお偉いか、軍人とはいかに立派な人たちか……。いつも決まって同じお話であった。

学校から帰ると、朝から風呂にはいり、ごちそうを食べているお客様が、まだお酒を飲んでいる。膳の上には例のシンカン皿が出ていて、その上で殿様の鮒《ふな》の甘露煮がイバっていた。四斗樽《しとだる》から片口の器に酒を受け、樽の栓をキュッとひねって戻す、その音がひときわお正月らしく聞こえた。

正月の「縁起」

「縁起がいい」とか、「縁起をかついで」とか、日ごろよく大人が使う言葉である。しかし、高松ではちょっと変わっていた。どこの家も、その家に決まった「縁起」があった。寺崎の家の「縁起」は、

「正月三ガ日は、もちを食べない」

ということであった。大晦日《おおみそか》にお雑煮を食べてから、四日までもちを食べず、うどんと御飯だけなのである。

だから、神様だってうどんなのだ。神棚に暮市で買ってきた白木《しらき》の〝おつづけ〟にうどんを盛ってさし上げる。家の前に立てた門松にも、うどんを掛けた。松の緑の枝にゆでた白いうどんがぶら下がっているのは、なんだかまことにヘンな景色であった。

この「縁起」はそれぞれの家でちがった。三日間お粥《かゆ》の家もある。ひどいのは七日間おもちが食べられず、お粥で過ごす、だから七草ガユなどバカバカしくて食べられるか、という家もあった。

いったい、なぜ、どういう神様がそれを決めたのか……。これを誰も知らない。

――とにかく百姓は正月からガマンしろというんだろう

ということであったが、たいがいの人はこういっていた。

――もちが早くなくなるのが怖かったんでねえか

暮のうちに親のカタキのようにしておもちを食べたけれど、お正月こそ食べたいと子どもたちがせがむ。ヤスおばあさんも、さすがにこれだけは理由《わけ》が分からないといって、

――子どもにだけは一日一回焼いてやれ

と改革を断行してしまった。

この「縁起」を破って、もし隠れてもちを食べたりしようものなら、顔に疱瘡《ほうそう》のような吹き出

物が出来る、と昔からオドされていた。テイはおもちを食べたあと、毎朝、こわごわと鏡を見る。でもオデキは出来ていなかった。ああ、よかったァ、とホッとした。

お正月の終わりのぼんぼ焼き

七草も過ぎた。お鍬入《くわい》れもすませた。お鍬入れは十一日ごろ、はじめての農作業として鍬を畑に入れて、今年の豊作をお願いするのだ。お盆に紅白ののし餅《もち》を乗せて、お父っつあんについていく。前の畑に一クワ、二クワ、三クワと鍬を振りおろして、形ばかりに三本の畝《うね》を切る。テイがその上におもちを細かく砕いてまく。柔らかい黒々とした土の上に紅と白のおもちが散った。さっそく鳥が来てくわえると、空高く飛んでいった。

十四日には、繭玉《まゆだま》を飾った。蚕《カイコ》の神様に、今年もよい繭が出来ますようにとお願いするのである。大ぶりの柳の枝を大黒柱にくくりつけ、細い枝が座敷いっぱいに広がるようにする。紅白のおもちをつき、まだ柔らかいうちに繭や俵の形をつくって、柳の枝にくっつけていく。満開のしだれ桜のようである。

――冬の花見だなぁ

家中で座敷に坐り、傘のように広がった繭玉飾りを下から眺めた。黒くすすけた天井や柱に白や薄桃色の繭玉が映えて、春が来たようだ。テイの大好きなお正月の行事であった。

一月十五日前後を小正月といった。ぼんぼ焼きが行われる。

お正月のあいだ中、一に神様、二にも神様であったのが、今日、このぼんぼ焼きの炎とともにお正月様は山に帰っていかれるらしい。

夕方から、しめ縄飾りや、大きな門松をはずしたのを、八幡《はちまん》様の境内に高く積み上げて燃やすのである。おせち料理を入れて神棚にさし上げた、お白木《しらき》や、おつづけ、祝《いわ》い箸《ばし》などを山のように抱えて、どの家からも総出で、駈《か》けつける。

もう、夜空に高く火が上がっている。よその土地では〝どんど焼き〟とかいうそうだが、炎がいいいいぼんぼんと燃え上がるので、こういうのだ。高松の〝ぼんぼ焼き〟の方が、なんだかイセイよく聞こえていい。

長い竹の先におもちを刺して火で焼く。おもちがぷーっとふくらむ。その割れた間に火の粉や灰がはいる。アチチ、といいながら灰をはたくのだが、まるで黄粉《きなこ》をまぶしたような灰もちが出来る。もちを食べているのか、灰を食べているのか……。それでも熱い火に顔をあぶられながらハフ、ハフ、といって食べるおもちはおいしかった。

このぼんぼ焼きのおもちを食べると、風邪を引かないという。とくに大人がこの火で煙草を吸うと風邪を引かないそうだ。また、燃えさしを持って帰り、かまどのそばに置いておくと、火事を出さないともいった。

小さい男の子が焼いたおもちに顔を押しつけて、

——わあ、あったけェ

それから、ムシャムシャと食べて、いった。

——オレのハナがひっついたんだな、ショッパクてうめえヤ……

この男の子たちも十五歳になれば、小正月に若者小屋に集まり、大人から褌《ふんどし》の締め方を習う。そして、はじめて一丁前の若者になるのだという。

ぼんぼ焼きはますます勢いよく燃えさかり、炎のてっぺんが、この間テイが習った〝炎〟という字に見える。フーン、ととってても感動した。

赤々とした火の粉が、闇の空に舞い上がっていく。神様は力強く天に戻っていかれた。

村道を走る里帰りの嫁たち

——イワや、おイワや、身体を休めに行くんだから、子どもはおいていけヤ

——ハイ、おっ母さん

今日は一月十六日、イワおっ母さんの里帰りの日である。

——イワや、朝行っても、夕方に行っても、一日は一日だぞ、早く行きナ

——ハイ

そうはいっても、台所をもう一度片付けたり、末っ子のミヨが障子を破くのではないかまで気にかける。杉山のおっ母さんの顔がもうそこに見えて、どんなにか早く行きたいだろうに、あれ

をして、これをすませてからと、なかなか出られない。ようやく、
——行ってまいります
と両手をつく。
——二つ泊まって帰ってこいナ
——ハイ

イワおっ母さんが出かけたころ、街道《カイド》を走ってくる女の人がいる。県村《あがた》に寺崎から嫁に行った伯母さんだ。父の腹違いの姉である。寺崎の家の先妻でヤスおばあさんの姉の娘だ。

伯母さんは十六でお嫁に行った。毎晩、裏の田に出ると、県村から遠くの遠く、高松村の方向に灯がポツリと一つ見える。それを見てから前掛けで涙をふいて、また家にはいったという。もう年もいって貫禄《かんろく》もある伯母さんになっていたが、それでも里帰りには心が急《せ》くのだ。早く早く、という思いで、まず伯母さんの丸髷《まるまげ》が戸口にとびこんできて、足はまだ外にあるという恰好《かっこう》である。

里帰りの日は村々では、どの道もヨメというヨメがとぶように走り過ぎるので、どんなときにもまず、ヨメに道をあけたという。

二晩たった。三日目、こんどは街道《カイド》を若い衆がいんぎんなようすで歩いてくる。

——ア、来た来た、やっぱり来た……

と家中がいう。イワおっ母さんの里からの使いなのだ。〝どうぞ、もう一晩、こちらに泊めさせてくださいい〟という若い衆の口上である。

——ようがす

おばあさんが答える。

里帰りは、小正月に、お盆、それから春と秋のお彼岸である。そして、里にもう一晩、泊めてほしいという延長の願いの使いが、そのたびごとに来たのだ。イワおっ母さんの働きぶりは村でも評判であったから、おばあさんもかならず許した。じっさい、お父っつあんは村の仕事で年中家を空けていたから、田から畑からイワおっ母さんの仕事であった。

里帰りから戻るときには、お姑《しゅうとめ》さんに、と実家でおみやげを持たせる。イワおっ母さんの家に嫁いできている兄嫁は、イワちゃんの、人一倍何でもよく出来るあのお姑様のいる寺崎の家に持たせるまんじゅうなんかとても満足には作れない、と尻ごみをしたという。それで、杉山家ではいつも佃煮《つくだに》とか高級なお菓子をわざわざ足利の店に注文しておいて、それをヤスおばあさんにと、おっ母さんは持って帰ってきていた。

第7章　冬、街道《カイド》をやってくる者たち

節分のイワシは目刺しだった

二月になった。

二月一日は〝次郎の朔日《ついたち》〟といって、ぼたもちをつくったり、お赤飯を炊いたりした。一月のお正月が兄貴分の〝太郎の正月〟で、二月は弟分の〝次郎の正月〟である。

お正月は、小正月にぼんぼ焼きの炎に乗ってお正月様が帰っていかれたといっても、その後もたくさん行事がある。繭玉《まゆだま》をはずす繭かきとか、二十日の恵比寿講や二十八日のしまい正月とか、そのたびにごちそうをつくり、また神様にお供えするのだ。だから太郎の正月は、一カ月間というもの、家の外でも中でも、神様がどこかで目を光らせているかと思うと、それは気が疲れたものだ。

けれども、弟分の次郎の正月は、鬼を追っ払う節分や、かわいがっている馬を飾り立てる初午《はつうま》といった行事があって、楽しく、明るい気分であった。

二月四日ごろは立春、その前の夜が節分である。朝から教室中が大騒ぎだ。

――お前《め》、オニ、見たことアッカ？

――ヤダ、ヤダ、そんなオッソロシイ者《もん》
――アカとアオとどっちが怖かんベネー
大晦日《おおみそか》と七草の前の日も年越しといっていたが、この節分のときも年越しという。

館林の街から荷車を曳《ひ》いて枡売《ますう》りが来る。節分の枡には真新しいのを使うのが決まりだ。杉の柾目《まさめ》が清々しい枡に、大黒様が袋をかついだ絵姿が、焼き印であざやかに押されている。杉のよい香りもした。神棚には小さい一合枡、家中の豆まきには一升枡を使う。

鰯も売りにくる。イワシといっても、そう呼んでいるだけだ。このあたりの村は海から遠いので、まるまる一匹のとれたての青いイワシなど無理な話なのだ。だから、高松の節分は目刺しである。目のところを藁《わら》しべで刺し連ねたものを、夜のごちそうのために何串も買う。

夕方、まだ明るいうちから、鬼がはいってこないように雨戸を閉める。そして、テイがまずメザシを一串だけあぶって、その頭を柊《ひいらぎ》の棘《とげ》に刺した。とってもうまそうな匂いがするが、鬼は、この魚を焼いた臭いが嫌いで、たまらなくなって、退散するのだ。

ヒイラギの枝をよく見ると、その葉の棘は凄《すさ》まじいばかりだ。もし鬼がイワシの臭いにもめげず、はいってこようとしたら、こんどは鬼の目を、この棘で突くのだという。テイが養女にやられていた村から高松へ走り戻ったあのとき、ヒイラギの枝に着物がからまって身動き出来なかった。それほど強い棘《とげ》なのだから、戸口に来た鬼どももやられてしまうにちがいない。

おばあさんが焙烙《ほうろく》を持ち出してくる。鬼打ち豆を炒《い》るのだ。

ほうろくには〝どろぼうろく〟と〝かなぼうろく〟がある。どろぼうろくで豆を炒ると、ふっくらと柔らかな味になるという。どうして、どろぼうがつく方がよいのか不思議であった。よく聞いてみると、どろぼうろくとは泥で作った焙烙のことで、かなぼうろくは鉄製なのだった。

炒り豆の香ばしさが家中に流れた。ていねいに炒った豆を一合枡《ます》に山盛りにしていくつも神棚にお供えする。裏山のお稲荷様と屋敷神様にも上げてくる。

豆マキは、その家の年男か、主人がするものだ。

遠くの家々から、男の子の甲高い声が聞こえてくる。

――福わあーウチ！　福わあーあウチ！

お父っつあんが毎年のことながらためいきをついた。

――家《うち》ときたら女《おんな》っ子《こ》ばっかり、年女《としおんな》ばっかりなんだから……

そういえば、男といったら、お父っつあんとオンドリだけだ。ネコのミイもメスである。

奥座敷から納戸《なんど》まで家中に豆をまいて、いよいよ〝鬼〟の番だ。

縁側の東の雨戸が一枚、細目に開けてある。お父っつあんが景気よい声をあげる。

――福はァ内、福はァ内！

――鬼はァ外！

ここで間髪を入れず、ピシャリと雨戸を閉める。そうしないと、鬼がまたはいってきてしまう。末っ子のミヨが顔をまっ赤にして、雨戸を押す。しっかり閉めてさらに、上と下の桟《さん》の猿《さる》まで鴨居《かもい》と敷居《しきい》に挿した。それから、みんなようやく、ほうーっと、ためいきをついたものだ。

こういうとき、雨戸を閉めるのは、幼い子がよい。七歳までは子どもは神様に近いものだから、鬼どももおこらず、あまり恨みに思わないだろうというのだ。

——オニって一ぴき？

——いんや、鬼どもっていうから、もっとたくさんいるんでねえか
庭にまだウロウロしているのではないかと、テイはもう一度念入りに雨戸を確かめた。

夜のごちそうがはじまる。けんちん汁にめいめい一串のメザシだ。小っちゃいけれど尾頭付《おかしら》きのイワシがお膳の上に七匹も並んだのだ。豪勢なものである。

このメザシを網の上にのせて焼くとき、

——他人様《ひとさま》の悪口をいう口を焼きます
と、かならずいった。しかし、脂の乗ったメザシはすぐに焦げて、細い尖《とが》った口など火に落ちてしまう。これでは、他人様の悪口をいおうにもそれどころではないだろう。

夕食のあと、目をこらして座敷から一粒残さず豆を拾い集め、また一升桝《ます》を山盛りにする。それから枡を真ん中に取りかこみ、めいめい手を伸ばして、自分の年の数だけ食べる。年取り豆といって、長生きを願うのだ。

――オレもテイちゃんの数だけ食べるんダ
とミツがいうと、四粒だけ手のひらにのせたミヨも、
――オレももっとタベルゥー
と、むしろ孫たちの方がおばあさんの年の数ほども食べたのであった。ヤスおばあさんは、
――でも、あまり早く、年は取るなヤ
と、ミヨのおかっぱ頭をなぜながらいっていた。

出征した馬と惣さんの牛

節分が過ぎて最初の午の日が初午《はつうま》である。

馬は家族といっしょどころか、人間より神様に近い動物だといわれた。寺崎の家には牛も馬もいなかったけれど、確かに牛と遊んだりさわったりするときは友だちのようだ。でも、馬に触れるときは、テイはいつもおごそかな気分になった。

だから、初午には、どの家も、せいいっぱい馬を飾り立てて、稲荷神社におまいりし、馬の無事息災と、その年の五穀豊穣《ごこくほうじょう》を祈願するのだ。

裏の川を渡り、北へ北へとどこまでも田んぼ道を行くと、向こうに大きな街道が見えてくる。村ではこの街道を〝レイヘイシ〟と呼んでいた。〝徳川様のころ〟――おばあさんは江戸時代をいつもそういうのだが、毎年四月、日光東照宮《にっこうとうしょうぐう》の例大祭に、京都の朝廷からお使いがつかわ

されたという。そのお使いを例幣使《れいへいし》といい、行列の通る道中を日光例幣使街道といった。中仙道《なかせんどう》から高崎《たかさき》で利根川を渡り、足利の南の八木宿《やぎじゅく》から梁田宿《やなだじゅく》を通り、佐野《さの》の方へと抜けていた。そのレイヘイシの道を、初午《はつうま》の馬が何頭も歩いている。

頭から尻《し》っ尾《ぽ》まで、赤や青や黄色の房や布で飾ってもらい、鞍《くら》には「正一位稲荷大明神」と書いた旗を立てている馬もいた。馬はかしこいから、今日は特別なんだと分かっていて、誇らしげにぱかぱか、ぱかぱかと歩くのだ。

馬のいない家でも、自分のところのお稲荷様をお祀《まつ》りする。裏山のお祠《やしろ》に小さな幟《のぼり》を立てて、お赤飯と油揚げを供えた。木のお椀にスミツカリも盛ってさし上げる。

スミツカリは初午の日に作るごちそうだ。

まず、大根を何本も鬼おろしですりおろす。鬼おろしは金のおろしがねではなく、子どもの羽子板のような形の板に木釘が植えられていて、それでおろすと、ザックリと粗い大根おろしが出来る。それを大鍋に入れて、節分のときに残しておいた豆を入れる。細切りの人参や油揚げに塩ジャケの頭を入れ、酒粕《さけかす》も入れる。そのあたりの残った野菜なども手当たり次第に放りこむ。砂糖もちょっとはいったしょうゆ味の鍋が出来上がる。外では雨戸をガタガタと鳴らして赤城おろしが吹きまくっている。こんな晩に食べると身体が温まるといって、みんな喜んだものだ。

冷たくなってもまた、味わいがあった。この大鍋は台所の隅に何日も置いてある。テイは学校から帰って、ひとりでお椀によそい、縁側に腰かけて暖《あ》ったかぼっこをしながら、冷たいスミツカリを食べるのが楽しみであった。

馬ほど利口でかわいい動物はいないという。昔は高松でもよく馬を飼っていた。しかし、日清、日露と戦争がはじまるたびに、どの家も馬を召し上げられた。

前の日から馬が好きなものを、それこそ餅《もち》までついていっぱい食べさせて、ひき手の男たちと馬が中仙道を一列になって歩いていく。別れてから村へ帰る道で、男たちは全員、顔中グシャグシャにして泣いた。男が男泣きに泣くのは、こういうふうに馬と別れたときだな、と誰もがいったという。

何日かたってから村の男衆《おとこし》が聞いてきた。

——あの馬は将校さんが乗るんでねえゾ、雪のシベリヤに送られて、軍の荷物《にもつ》曳《ひ》きだとヨー

——そりやァ、そうだ、百姓の野馬《のうま》なんか、そんなもんだ……

村中、ガッカリして、それから馬を飼う家がめっきり減ってしまったのだそうだ。

馬は利口だけど、牛はダメだとよくいわれていた。

でも、牛は性質がやさしくて、テイは大好きだ。春にレンゲの花を摘んで輪っかをつくり、近所の牛小屋に行き、二本の角に数字の8の字を横にした形にかけてやった。それからなま温《あ》ったかいお尻をぽんぽんとたたくと、牛もふーっと息をはいた。

ところで、村では惣さんの家の牛が特別であった。なにしろエライのである。

惣さんは瓦屋《かわらや》だ。寺崎の家のすぐ近くに住んでいる。新潟の方から流れてきたというのだが、いつ村にやってきたのか、百姓仕事はせず、ただ瓦を焼くだけで暮らしが立っているのか、まったく不思議であった。村の家の屋根は大方、藁《わら》か茅葺《かやぶ》きで、瓦は使わないから注文はない。しかし、惣さんの瓦は館林の街で評判であった。瓦に黒の深い色がある。それは、瓦を一度焼いてから、松葉でていねいにもう一度燻《いぶ》して味を付けるからだという。惣さんはその松の葉や小枝を大沼田山《おんたやま》の松林から集め、牛に荷車を曳《ひ》かせて運んでくる。その材料置き場に、寺崎の家では畑の隅を貸していた。

瓦が焼き上がると館林の棟領のところへ運んでいく。代金がはいるから、もちろん帰りは呑《の》み屋《や》で一杯やる。その間、牛はおとなしく荷車の前で待っているのだ。さんざんゴキゲンになって出てくると、

——頼んだゾ

といって、荷台の上に大の字になって寝てしまう。

この茶色の牛は心得たもので、高松村までの道を、また小一時間もかけて、ガーラ、ガーラと荷車を曳いて帰ってくるのだ。月ももうのぼっていて、道は明るい。

ごぜん橋のところまでくると、

——もおうーっっっ、モオォーッッ

空に鼻面を上げて家に知らせる。待ちかねていた惣さんのおかやんが走り出てきて、牛の首筋をたたき、冷たい鼻をなぜて、エライ、エライとほめてやる。

惣さんはそのまま家に上がって寝入ってしまう。おかやんは、温めたうどんのゆで汁を牛にゆっくりのませて、ねぎらうのであった。

妹ミヨの牛乳を飲んだネコ

村で動物といえば、まずネコにネズミにイヌである。

末っ子のミヨが小児結核にかかった。ヤスおばあさんが、少しでも精がつくようにと牛乳をとった。

館林から自転車であちらの村、こちらの村と配り、最後に寺崎の家に来る。荷台にくくりつけられた牛乳箱の仕切りに一本だけ残っている。一合ではない、たった五勺《しゃく》の牛乳がれいれいしくビンに詰められ、金具の栓がしっかりとしてある。牛乳は小鍋に移し、七輪にかける。藁《わら》シベを三本ほど燃やすと人肌くらいに温まる。牛乳くさくなるといって、茶碗は一個特別に決めてあった。

ところが、妹のミヨは牛乳がキライだ。ミヨが坐ると、ネコのミイがとんできて、右膝の横にピタリとくっつく。ミヨは正面を向いてキチンと坐り、左の手のひらに牛乳を一、二滴たらす。そして、右の袂《たもと》の下に隠しながら左手を伸ばして、ミイに手のひらをソッとなめさせるのだ。四歳の子にしてはたいへんな知恵である。テイたちはそれを告げ口したりせず、知らん顔をしている。ミイも心得たもので、ニャーともいわずにおとなしくしている。しかし、顔の前に牛乳が来るとダメなのだ。グルル、グルルとノドを鳴らし、ピチャピチャと音をたててなめるので、結局、大人に分かってしまう。

それで、ミヨもミイも叱られる。

——おばあさんが、自分の小遣いで、あんなに苦労して牛乳をとってくれているのに……とイワおっ母さんはガッカリしていた。

ネコは三毛もいれば茶色いのも白地に黒いネコもいる。でも寺崎の家のネコの名前は、代々、ミイと決まっていた。ネコは自分の食べる分は稼ぐといわれている。ふだんはトカゲやカエルで自分の食べ物をまかなうし、それにネズミを捕まえるからかわいがられた。しかし、牛乳をなめるミイは甘やかされていて、元気に走り回る大きなネズミにただおびえる始末で、あまり役に立たなかった。

夜、灯りが消されて寝静まると天井裏で物音がする。ネズミの運動会だ。ネズミが走り回るのはいつもの暮らしの中の音で、みんな何とも思わない。しかし、米蔵にはいるのは許せない。それで、俵と俵の間にいっぱいワナを仕掛けておく。ネズミがちょっと板の上のエサをひいただけで、パチンと針金に首がはさまってしまう。あんなに簡易なワナで、ネズミも一生を終わってしまうのかと思うと、テイは複雑な気持ちになったものだ。だからネズミも蔵にはあまり近づかなかった。ネズミだってバカではない、命をかけるほどのことはしない。

——テイや、百姓の分際《ぶんざい》ではイヌは飼えないんだヨ

とおばあさんがいう。犬一匹で、人間の大人一人分食べるからだという。それに、番犬を必要とするほどの分限者《ぶげんしゃ》は、高松の村には一軒もなかったのだ。でも、男の子のいる家で、どうしてもとせがまれて、犬を飼っている家があった。どういうわけか、犬は暴れん坊の男の子に似合っていた。

ニワトリとイタチの話

——ニワトリも家族だよ

おばあさんはニワトリをよくかわいがっていた。昼間は一日中、陽を浴びて庭を走り回っている。卵を産むときは、木小屋とよばれる納屋《なや》の一角に造ってある鶏かごの中にいく。そして夕方にはいっせいに庭から母屋に帰ってくるのだ。夕飯の仕度をしている足元にまつわりついてくるのを、おばあさんは、コラ！　といいながら、ちょっと足で蹴とばしたりするが、それでも刻んでいる菜っ葉の切れはしをくれてやったりする。

土間の上に大きな箱が吊され、ハシゴが掛けてある。夜にはそこにニワトリが駈《か》け上《あ》がって、真ん中に渡してある横木につかまって寝る。箱には簀《す》の子《こ》が敷いてあり、箱に落ちた鶏糞《けいふん》を畑の

肥料とするのだ。暑い夏の夜、ニワトリがいっせいに口を開けて、アーハー、アーハーと息をしているのが聞こえた。

ニワトリを飼うのはどこの家も女の隠居仕事である。卵をためておくと、五日に一度ぐらい、卵買いの小父さんが館林の街から来た。この卵の収入がおばあさんの小遣いなのだ。一個二銭ぐらいにしかならなかったが、卵はおばあさんの売りものだから、めったに食べられない。お客があるときに、吸い物に入れるくらいだ。

朝早く、ケケーッ、ケケッとニワトリの声が聞こえてくると、ああ、お父っつあんがニワトリをつぶしているなと分かった。裏の川に下りていく途中の、二本の杉の木に竿《さお》を渡し、ニワトリの足を紐でくくり、さかさまに吊してあった。ニワトリはこうやってよくよく血を抜かないと、まずいのだ。吊す杉の木はいつも決まっていた。

——今日、家はトリメシだョ！

テイは学校に行く道で友だちに知らせる。ゴボウやニンジンと炊きこんだトリメシは最高だ。臓物は臓物で、ネギといっしょに煮る。これもまたおいしいものだった。

ニワトリにとっていちばん怖いのはイタチである。タヌキやキツネも危ないが、村にはあまりいなかった。イタチは夜目がよくきく。そして〝獣《じゆう》〟だから目は二つしかないはずなのだが、人間には分からないところにいっぱいついているらしい。家中が寝静まったころ、どこからか家の中にしのびこみ、ハシゴをスルスルとのぼり、一羽の喉笛《のどぶえ》に咬《か》みつく。ニワトリはキーともいわず、息絶えてしまう。

それからイタチは血を存分に吸って満足して、また音もたてずに外に出ていく。ふだんちょっとでも何かあればすぐにバタバタ騒ぐのに、隣で寝ているニワトリも、いっさい気づかない。

ときに人間が何か緊迫した気配を感じることがある。しかし、ソレッと追いかけても、イタチはゆうゆうと帰っていく。そして間合いをとって、後ろを振り返り、前足で弧を描くようにして頭の上に小手をかざし、人間を黒い大きな二つの目でジーッと見るのだという。

女たちの夢を運んでくる小間物屋

大寒《だいかん》のころから春まで、村は農閑期となる。

こんなときこそ骨休めをするのだというが、それでも、女たちは一時も手を休めない。村を歩くとどこの家からも賃機《ちんばた》を織る音が響いていた。

冬は、女たちが家にいるので、寺崎の家にも街道《カイド》の入り口からいろんな人々がやってくる。こちらも、年に一度か二度来る物売りや越中富山《えっちゅうとやま》の薬売りや、ごぜさんたちを楽しみに待っていたのだ。

まず、小間物屋が街道を曲がってはいってきた。女たちがいちばん待っている物売りといってもよい。大きな荷車を曳《ひ》いてやってくる。

——来た、来たァ、コマモノヤだア

テイたち子どもが走り出て、後ろから荷車を押す。荷台の上にはいくつもの小さな箪笥《たんす》が乗っかっている。それをぐらつかないようにはさみつける大きな二枚の板が、車輪の上に左右に立てられていた。

板の一枚には、丸髷《まるまげ》に黒い襟をかけた着物姿の女の人の絵が描かれている。もう片側の板は、なんだかモノ凄《すご》い絵だ。鏡台の前で、まっ赤な長襦袢《ながじゅばん》を半分裸になるぐらい、うんと襟をこかして脱ぎ、首に白粉《おしろい》をぬり、黒くて長い髪を梳《す》いているお姐《ねえ》さんである。まるで福居の遊廓《ゆうかく》の女の人のようだ。

庭に荷車を引き入れると、小間物屋の小父さんは、手ぎわよく小箪笥を縁側に下ろし、さらに中のひき出しを並べていく。

——わあー、キレイだァー

子どもたちが大声をあげる。まげの根元を飾る、赤や桃色や若緑や水色の絞りの手がらが、ひき出しからふわーっと盛り上がり、婚礼の花嫁衣裳《いしょう》を広げたようだ。

——どれ、ワシらもみせてもらおうかネ

と、近所の小母さんや若い娘さんが駈《か》けつけてくる。

櫛《くし》のひき出しには、つげの櫛から漆塗りの赤いさし櫛などがていねいに並べてある。かんざしのひき出しもある。メッキだが銀色や金色のかんざしが、お日様にキラキラと光っている。

イワおっ母さんが縁側に鏡台を出してきた。みんな、好みの色の手がらを自分の髪に当ててみている。女たちがそれぞれ、自分の夢と格闘している間、小間物屋の小父さんは弁当を使う。おばあさんがお茶をいれながら、何か頼んでいる。

——あの水色の手がらを、おイワにすすめてくれないかネ

——ようがすとも

イワおっ母さんはヨメの身分だし、つましいから、けっして自分から高いものを買ったりしない。おばあさんは自分の懐から買ってやりたいのだ。

小父さんがおっ母さんにすすめる。おっ母さんは鏡に向かい、その水色の絞りの手がらを髪に当ててヤスおばあさんの方をちょっと向く。おばあさんは、

——いいよ、とても似合うヨ

というのであった。

イワおっ母さんの中里村は、昔の八木の宿場の近くで、福居の遊廓《ゆうかく》のそばにあったから、髪結いの人も多かったのであろう。杉山のおばあさんはどんなときでも丸髷《まるまげ》をキッチリと結い上げていた。イワおっ母さんの髪もつやつやかできれいだから、手がらもよく似合うのだ。ヤスおばあさんの頭は、後ろでただ一カ所にまとめて束ね、くるくると巻きつけただけで、男だか女だか分からない髪形である。でも、それがおばあさんをいちだんと立派に見せてもいた。

小間物屋が来るのを待っていて、おばあさんがいろいろ注文する。どこそこの娘の婚礼の祝い

にと、櫛《くし》を頼む。小父さんは館林に帰り、出入りの店から仕入れて、櫛を桐箱《きりばこ》に入れ、水引をかけてまた届けにくる。ときにはもっと豪勢なお祝いをする。知り合いの娘さんにと、嫁ぎ先の家紋をつけた中挿《なかざ》しを頼むのだ。小父さんは紋帳《もんちょう》を広げて、この紋でいいんだね、と何度も確かめる。お得意さんに上物《じょうもの》を頼まれて帰れば、大店《おおだな》にもよい顔が出来るので、嬉しそうであった。

小母さんたちが、自分の髪のことでひと騒ぎすると、庭で待っている子どもたちにようやく気がつく。テイもいちょうがえしの根元に巻きつける紙の丈長《たけなが》を買ってもらった。まっ赤なのと若緑の色がある。若緑の方が大人っぽくて好きだ。キイとミツはまっ赤なものだ。ミヨはまだ小さいからいらない。そのかわり、小父さんに黄色いリボンをもらっていた。

そういえば、こういうとき、男の人たちはどうしていたのか。たぶん、厚い半纏《はんてん》に着替えて、麦踏みに出かけていたのだろう。女たちのヤカマシイ話を我慢しているより、寒い空《から》っ風《かぜ》の方がマシ、というお父っつあんの顔が目に浮かぶようであった。

小ひき出しの中には、糸や針もあった。着物の縫い糸が何色も見本帳のようにきれいに並べられていた。冬はとくに仕立物に忙しいワカ叔母さんが何種類も買っていた。

針を並べた箱には、紙に針が何本か包まれていて、小さな短冊のような表面に「三ノ一」「三ノ二」「三ノ三」というように、きちんとした字で書かれていた。これは針の太さと長さを表している。「四ノ二」「四ノ三」というものもある。〝三〟が木綿や麻糸用で、〝四〟が絹糸の針だ。「もめん・ゑりしめ」とか「つむぎくけ」「中くけ」とか、使い方でも種類がある。針ひとつとっても、こんなにも細かく工夫されていることにテイは感心してしまう。

こうして冬の一日の楽しみは終わった。子どもたちはまた小父さんの荷車について歩き、ごぜん橋まで送っていった。

越中富山《えっちゅうとやま》の薬売りと寒紅《かんべに》売り

街道《カイド》をやってくる者の中でもいちばん大切にされたのは、越中富山の薬売りである。一年に一回現れて、家中の病気の案配をしていってくれるからだ。

大勢の薬売りが一団となって館林にやってきて、下町の定宿に何日も泊まり、自分の持ち場の村に行き、一軒一軒回り歩くのだ。柳行李《やなぎごうり》を紺の大風呂敷に包んで、肩に背負ってやってきた。どういうわけか、いつも地下足袋をはいて、その上にさらに、わらじをつけていた。

どっこいしょ、と縁側に荷物を下ろすと、おばあさんが、

――まず、一服して、それから昼めしにしてくれ

とお膳を出した。薬売りは宿でも自炊がたてまえで、弁当も作ってくるのだが、寺崎の家ではお昼を用意して待っていたのだ。

――ありがてえナ

といって、小父さんはゆっくりと煙草を吸う。

薬売りが来たと分かって、近所の子どもたちが遠巻きにしてジーッと小父さんを見ている。

——ああ、ソウカ、ソウカ
と気がついて、紙風船を一個ずつくれた。〝トヤマのクスリ売りは紙風船〟と決まっていたのだ。みんな、思いっきり息をはいて、まん丸くふくらませ、街道《カイド》でついて遊んだ。

奥からおばあさんが薬箱を出してくる。桐《きり》の立派な薬箱だ。十数年も前に、富山の薬売りがこれにギッシリと薬を詰めて、箱ごと置いていったものだ。いくつもの小ひき出しに分かれていて、ひき出しの一つ一つに薬の名前が、小さな字だがハッキリと書かれていた。万が一にもクスリをまちがえてのまないようにである。富山の薬売りは、前の年に置いていった薬を帳面で調べて、のんで足りなくなった分を補充して、そのお金を受け取る仕組みであった。しかし、小父さんは、この家は特別だからと、全部取り替えてくれていた。おばあさんも、古くなったクスリはやっぱり効かないよと日ごろいっている。また、村では、

——ハアー、オレん家《ち》では病気になんてならないから……

とクスリを置かせない家もあった。そのくせ、子どもが熱を出したとなると、北《きた》ん家《ち》でもらうべやぁと駈《か》けこんでくるのだ。だから、一年でずいぶんとクスリは減ってしまう。

薬は十五種類くらいあった。

——これは、テイちゃんのクスリだヨ

というのがヘブリン丸《がん》という名前だった。テイは季節の変わり目とか、雷の来そうな日によく頭痛を起こした。子どもの夜泣き・疳《かん》の虫《むし》にのませる救命丸とか、また、すぐに効いて子どもの機嫌がよくなる〃ニッコリ〃という薬もあった。赤ん坊が笑っている絵が箱に描いてある。また一粒で痛みがおさまる〃ケロリン〃という名前の薬もあった。蛤《はまぐり》の殻にはいった軟膏《なんこう》は、〃蛸《たこ》の吸出し〃といっておできにつける。目の薬は、水に溶いてからつけた。

おばあさんが重宝にしていたのは〃六神丸《ろくしんがん》〃というものだった。めまい、息切れに効くのだという。また薬売りの小父さんがだまってスッと出す紙袋がある。おばあさんはうなずくだけで受け取って、薬箱のいちばん下に納めた。どうも女の人の病気に効くものらしかった。

薬の出し入れをぜんぶ終えてから、小父さんはまた煙草にする。

——あそこの村に気立てのいい娘さんがいたっけがナー。でも今年いってみたら、はあー、もう嫁にいっちまってタ……

——ほう、残念だったなあ

テイの家の薬箱の中には、富山の薬売りが、こんなもンといっしょにされてはかなわねえヨと顔をしかめるものもはいっている。孫太郎虫《まごたろうむし》というヘビトンボの幼虫を乾燥させたもので、子どもの疳の薬といわれていた。黒くて、気持ちよい物ではないから誰ものまない。でもオマジナイのように入れてある。

薬売りの小父さんが嫌がるもののもう一つは、馬骨《ばこつ》であった。

馬が死ぬと、長昌寺《ちようしようじ》の下の川近くの馬捨て場に持っていく。馬のどこの部分なのかは分からないが、その馬の骨をもらってきて、土の中に埋めておく。すると、脂気が抜けて枯れてくる。この骨を馬骨といって、風邪をひいたとき、カンナで削りその白い粉をのんだ。富山の薬よりもよく効いたという。それで薬の箱に、いっしょに大切にしまってあったのだ。

人を馬鹿にするときに、どこのウマノホネか知れたものでないと、よくいったが、その馬の骨が馬骨になるとどうして貴重になるのか、不思議である。

しかし、ドイツの薬がはいってくると、この馬骨は禁止された。ヤバン、だということで、違反した者は罰せられたという。それにドイツの薬は、本当に風邪がたちまち治ったのだ。

越中富山の薬でもどうしてもダメなものが、麻疹《はしか》と疱瘡《ほうそう》である。

――ハシカは命定《サダ》め
――ホウソウは器量定《サダ》め……

おばあさんが呪文《じゆもん》のようにいう。

それを聞くと、テイはいつも地獄の底に落ちていくような気がしたものだ。

二月も半ばを過ぎると、寒さがいちだんと厳しくなる。雪も何回か降った。屋根の雪が溶けて、軒先に太いつららが下がる。朝、雨戸をくると、その透明な氷のつららに日がさしてキラキラと光り、おとぎ話の国のようだった。
このころ、街道《カイドー》を寒紅《かんべに》売りもやってくる。毎年、越後の方から山を越えて関東の村々のお得意さんを回って歩いているのだ。小父さんが肩から木の箱を縁側に下ろす。箱の両側に付いたがっしりとした鐶《かん》に、丈夫な布の紐を通して肩に掛けている。箱の中には、いくつか缶がはいっていた。缶を出す。そうっとふたを開ける。とろりとした糊《のり》のような京紅がはいっている。紅は寒中に作ったのが極上の紅といわれた。
——イワや、早く盃《さかずき》を出しておいで
——ハイ、おっ母さん
持ち出してきた盃はお酒のおチョコより大きくて、飯茶碗のふたほどもある。小父さんは缶の中の紅を刷毛《はけ》の先ですくって、盃の内側にサッと刷く。たった一回、それで終わり。昔、「紅一匁《もんめ》は金一匁」といったというが、それくらい高価なものだから、一刷けで十分なのだ。京紅が盃の白い地の上に鮮やかに刷かれている。紅の色は金赤にも見えるし、金を含んだ緑色にも光っている。これこそ玉虫色というのだそうだ。
おばあさんは小父さんからさかんに越後の話を聞いている。遠くから村にやってくる人は、いろんな話を聞かせてくれるから、〝新聞〟がひとりで歩いてきてくれるようなものだヨといっていた。越後では雪が深く積もって、二階の窓から出入りするのだという。小父さんは屋根を見上げて、あんなところからだ、と指さした。テイにはどうしても想像がつかない。

——でも、なんてッたッて関東はいいなァ、いつも晴れてて、空はまっ青《つあお》だしヨウ

小父さんは、お日様に顔を向けて、じっと目をつぶっていた。

紅《べに》の盃《さかずき》をイワおっ母さんは宝物のように大切にしまっておく。

何かのお招《よ》ばれのとき、おばあさんがかならずいった。

——イワや、紅でもつけて、キチンとしていけヤ

おっ母さんが鏡台を出す。いつもは仏壇の脇にたたんでしまって置いてある。テイたちがまわりに坐って息をころして見つめる。アッチに行ってろ、といわれても、見ていたい。

イワおっ母さんは指にツバをつけて盃の内側の紅を少しなぞる。鏡に向かってオチョボ口をする。まず下唇にチョンチョンと二カ所つける。それから上唇にチョン、チョンとまた二カ所つけた。それだけですばらしくキレイな女の人の顔になるのだ。よく、薬指を鉄漿《かね》つけ指《ゆび》とか紅つけ指といっていたが、おっ母さんはいつも小指を使っていた。

ごぜさんが一列でやってきた

街道《カイド》をやってくる者に、ごぜさんもいた。ごぜさんとは、村の家々で、三味線を弾いて唄を聞かせ、お金をもらって歩く盲目の女の人たちである。越後の方から集団でやってきて、館林のごぜ宿に泊まり、四、五人が一組になって、近在の村を流していた。手引き童子《どうじ》と呼ぶ十歳くらい

の女の子が先頭に立って歩いてくる。この子は目が見えていて、一本の篠竹《しのだけ》を後ろ手にして持っている。その竹のもう一方の端につかまって目の見えないごぜさんがついてくる。このごぜさんも一本の竹を後ろ手にして、つぎのごぜさんが端をつかんで一列になってくるのだ。

おばあさんが、腹が減っているんだろ、とまず聞く。

ごぜさんたちは朝から何にも食っていない、と答える。

イワおっ母さんが仕度しに、土間にスッとんでいった。

――まず坐れ、ここに坐れ

とおばあさんにいわれて縁側に腰を下ろし、

――ああ、ここに来ると、ほっとする

と口々にいった。

温めた味噌汁《みそしる》に、にぎりめしを出す。にぎりめしは手に持ってかぶりつけるが、味噌汁の椀を一度吸って膳の上に置き、またその椀を手にするとき、目の見える人と同じ仕草で、けっして汁椀を手で探ったりはしない。そのお行儀のよさにテイはいつもおそれ入ってしまう。

お茶を飲み終わってから、では、といってごぜ唄をうたってくれた。

お経ともちがう。村芝居の浄瑠璃語《じょうるりがた》りともちがう、不思議なものだ。

ジャン、と三味線が鳴って、うたいはじめると、暗く、哀しい調子の音《ね》が家から庭にと広がっていった。とにかく母と子が別れ別れになる物語である。いつも胸がしめつけられた。

ごぜさんは目の見えない顔を空にふり上げふり上げ、泣くようにうたうのである。

唄が終わるころ、ヤスおばあさんはしきりに目を押さえていた。

お金をもらってから、ごぜさんはまた篠竹《しのだけ》を前後に持って、帰っていく。その中の一人は、かならず大きな土鍋を背負っていた。ごぜ宿は自炊だからだ。風呂敷に包んで肩掛けにしているようすが文福茶釜《ぶんぶくちゃがま》のタヌキのようであった。

村によっては一軒の家がごぜ宿をつとめ、何日も泊まらせて、村人を呼んでごぜ唄や物語を聞かせたという。ごぜさんはさん付けで呼ばれているように大切にされていた。冬でも膝下一寸くらいの着物の貧しい身なりであったが、神様に近い女の人たちだと、みな思っていた。


金がいいのか、飯《マンマ》がいいのか……

——誰か来るヨーッ
ミツが庭先で叫んでいる。どれ、とおばあさんが縁側に出て、少し伸びをして眺めてから、
——ああ、物乞《ものご》いの親子でも来るんだろう
といった。
街道《カイド》の入り口では、その母と子が、はいったものかどうしようか考えている。邪険に追い払われたりしたらどうしようかと心配なのだ。寺崎の家の街道は本当に長かったから、せっかくはいっていってもどなられて追い返されたりしないかと、二の足を踏むのだ。

お得意回りの行商は別として、ちょっとした物売りとか、物乞《ものご》いとか、巡礼でも、街道《カイド》の入り口でまずようすをうかがってから、はいってきていた。

だから、おばあさんがいつもいうのだ。

——この街道を歩いてやってくる者は誰でも、手ぶらで帰してはならないぞ。よくよく思案して来るのだから……

物乞いの母親は背中に赤ん坊をくくりつけている。両脇に男の子と女の子が母親の着物をしっかりとつかんで、半分背中に隠れるように立っていた。

——金がいいのか？　飯《マンマ》の方がいいんだろ？

母親がこっくりとうなずく。子どもの顔が二つ、母親の後ろから出て、大声で叫ぶ。

——マンマー、マンマだーァ

——よしよし、待ってろヤ

イワおっ母さんが用足しに出ているので、おばあさんが台所に行く。二人の子をつくづくと眺めた。男の子は目ヤニで片方がつぶれている。女の子はボウボウの髪を藁《わら》シべでもって頭のてっぺんで縛っている。それにしても、泥だらけだ。

テイは思う。自分が養女にやられていたときも、こんな年ごろで、ヤッパリこんなに汚い恰好《かっこう》だった。小曾根村におつかいに行ったあのとき、大っきな犬に吠えられて泣いた。おっかさまが出てきて、抱きしめてくれた。あの温かさは忘れられない……。あの家は小曾根村一番の大地主で、「山の腰」という屋号で呼ばれていた。のちに、画家で彫刻家の飯田善国《いいだよしくに》という人が出たという。絵を描くとか、ものを書くとか、百姓とちがったことが出来る人間が生まれてくるような家には、ただ金持ちというだけでなく、家柄そのものにすでに品格があったのだろう。あのおっかさまはどうしておられるのだろう……。

おばあさんもいつもいっている。

——どんなに汚い姿《なり》をしている者でもバカにしてはいけない、そういうヤツは人間のクズだ。

コジキだって、来世は仏様に生まれ代わるんだから……

そういえば物乞《ものご》いでもていねいに〝お乞食《こじき》さま〟と呼んだりする。何か理由《わけ》があって、神様が身をヤツして村を訪れているのかもしれないからだ。テイは大事に隠していた宝箱からアメ玉を持ってきてやった。子どもが大きな口を開けてニカッと笑った。

おばあさんがにぎりめしをいっぱい作ってきた。

こういう物乞いをする者は、何よりも、いま、すぐに食べられることが大事である。たとえお金を持っていたとしても、にぎりめしを売っているところなどどこにもない。食べ物屋の店には入れてもらえない。袋に米を恵んでもらったとしても、生米をかじるわけにはいかないのだ。

何度も、何度も、おじぎをして、物乞いの母と子は帰っていった。田の畦道《あぜみち》かどこかに坐って、にぎりめしを手にほうほうとした気分になって食べるのだろう。

夜はどこに寝るのだろうか。この母と子は矢場川の河原に掘っ立て小屋でもあるのかもしれない。しかし、まったく寝るところのない流《なが》れ者《もん》や無宿者にとっては、夜の宿はお寺の床下とか境内の方がいいという。神社だと、どこやらシーンと静まりかえっていて、何だか知らない神様がそこらじゅうにいるようで、どうにも怖くて泊まれない。

その点、墓場はいい。なにしろ、地面の下には、自分とおんなじ人間様が埋まっているのだから、気心が知れている。お寺の墓場の一隅によく古い卒塔婆《そとうば》が山積みになっていた。御先祖様の命日とか年忌に新しい卒塔婆を上げて、古いのと差し替えるからだ。その捨てられた古い卒塔婆を集めてきて、一枚一枚並べて敷きつめると、大きな板敷きの布団が出来上がる。宿なしの者が野宿をするとき、その上に寝っころがると、墓場の中のホトケ様と卒塔婆に守られて、じつに心安らかに眠れるということだ。

第8章　雛《ひな》の節句の哀しい思い出

妹キイの跡継ぎのお披露目《ひろめ》

弥生《やよい》、三月、雛まつり。

雛人形を美々《びび》しく飾って、女の子の成長と幸せを願うこの慣わしほど、華やぎに満ちたものはない。寺崎の家には、村でも評判の立派な雛人形があった。明治四十五年五月、イワおっ母さんに最初の女の子キイが生まれたとき、中里村の杉山家では一年後の初節句に備えて、早々と埼玉《さいたま》は川越《かわごえ》の人形師に注文したという。

雛人形の男雛と女雛は嫁の里の両親が揃える。随身《ずいじん》の左大臣と右大臣や五人囃子《ごにんばやし》は嫁の父方の伯父たち、三人官女は母方の伯母たちが買う。さらに仕丁《しちょう》の人形は誰、紋所入りのお道具やぼんぼりは誰、というように嫁の実家の親族あげての合力《ごうりき》なのである。

寺崎の家では、人形を飾るための枠組みを作った。お雛様を並べる段も、杉材の板をていねいに削り、面取りまでしてきっちりと出来ていた。だから、キイの雛人形は、緋毛氈《ひもうせん》を敷いた七段飾りで、天井に届くばかりの豪勢なものであった。

婚礼のときの嫁入り道具は、御祝儀の翌日、座敷に飾りつけられる。そして、台所方を手伝ってくれた小母さんたちや村の女の人を招いてお膳を出し、あらためてお嫁さんと持参の道具を披露するのである。

しかし、嫁入り道具を村の人に見せるのは、一回切りですむことだ。お雛様《ひなさま》はちがう。毎年、弥生《やよい》の桃の節句がくるごとに、盛大に飾りつけられるのだ。そのたびに、近所の人が見に来て、北《きた》ん家《ち》の雛人形は凄《すご》い、やっぱりおイワさんの里の家はたいそうなものだ、という話になるのであった。

雛の節句が近づくと、ヤスおばあさんがかならずいう。

——テイや、ガマンしろや、テイの人形はないんだヨ……

思わずさわりたくなる美しいお雛様。この華やかなものとはお前は無縁なのだヨといわれ、テイはそのつらさを毎年のように味わうのである。実の母親がいないのだから、その里方もない。だから雛人形など届くわけがなかった。

キイが七歳になった年、特別の雛の節句のお祝いをした。寺崎の家では、このキイという娘を跡取りとして、いずれ婿をとって家を継がせます、というお披露目《ひろめ》である。

テイが養女先から戻されたとき、キイがすでに寺崎家の長女としてあつかわれていた。だからイワおっ母さんは、これだけはそのまま通してくれといって、妹たちにけっしてテイのことを

〝お姉《ねえ》ちゃん〟とは呼ばせなかった。テイちゃんと呼ばせた。あくまでもキイが長女であり、その上に姉はいないということなのだ。それで、三女のミツも、四女のミヨも、〝テイちゃん〟と呼んだ。しかし、キイだけを〝お姉ちゃん〟と呼ばせるのもはばかられたか、四人の子どもたちにはお互いに名前で呼び合うようにさせていた。

高松の村の中では、

――北《きた》ん家《ち》には男の子が生まれねえんだから、テイが継いでもいいんでねえのか。どこの馬の骨の子ということではない、女でも長子《ちようし》だろ、いちばん上だろうが……

という声も多かった。

父は、この雛《ひな》の節句の祝いを催して、中里の杉山家と高松村の人に向かって、キッパリと跡継ぎ問題にケリをつけようとしたのだ。

緋毛氈《ひもうせん》も新しくして、七段飾りのお雛様が奥座敷に飾られた。その前にキイが座布団に坐っている。数えで七歳なので、もう付け紐がとれた四つ身の長振り袖の着物だ。これもイワおっ母さんの里から届いたもので、表が紫地に牡丹《ぼたん》の花で、裏がまっ赤な、きれいな着物である。髪も結ってもらい、赤い手がらを掛け、白粉《おしろい》もぬり、小さな唇には紅《べに》をさして、本当にお人形のようにキレイだった。

キイは生まれつき、少し虚弱で食が細く、甘いものより、青い梅の実などを欲しがる子であった。身体が辛かったのであろう、いくつになってもすぐに泣いて、イワおっ母さんにまつわりついて離れなかった。でも今日は、さすがに自分にとって大切な日と分かっているので泣いたりしない。それどころか、キイは生まれつき、身のこなしとか、人あしらいが女の子らしく、不器用なテイとはちがうとよくいわれた。中里のおじいさんとおばあさんに白酒を注いでいる。ずらりと並んだイワおっ母さんの親族の人たちが、目を細めて嬉しそうに見ていた。

今日はキイひとりのお祝いの宴なのだ。テイはどこにいたらよいのか分からない……。そして、朝からふくれっ面をしていたにちがいない。おばあさんに納戸《なんど》に呼ばれた。

――テイ、がまんしろ、ガマンだぞ、いいか。みっともない顔はしてくれるナ、十歳にもなるのにお客に一丁前に挨拶出来ねば恥ずかしいゾ

自分にはお雛様《ひなさま》がない、祝ってもらったこともない、ということがこんなに苦しいことか……。しかし雛人形は長女だけに贈られる仕来《しきた》りだ。だから、ミツの人形も、ミヨのもない。ミヨはまだ小さいからいいが、ミツはどうなのか。三女のミツは大らかで、こだわりのない性格だから、明るくふるまっている。テイは日ごろから、もうどこにも養女にやられず、このまま寺崎の家にいられたらいい、おばあさんのそばにいられたら、それだけでありがたいことなのだと分かっていた。しかし、口惜《くや》しく、妬《ねた》ましかった。

この妬ましいという気持ちほど、恥ずかしくイヤなものはない。よくあいつは根性が悪い奴だなどということを聞くが、自分はよくよく性悪《しょうわる》なのだと情けなかった。

納戸に積み重ねられた布団と壁の間にはいって、ちょっとだけ泣いてみた。それから井戸端

で、ザンザンと顔を洗った。竹林を抜けて裏の川に行き、小板橋に乗っかって、川が流れていくのをテイはいつまでも見ていた。清らかな水の流れに、水草がゆらゆらと揺れていて、だんだんと心が落ちついてきた。そうだ、おばあさんに恥をかかせてはいけない、そう思って家に戻った。

台所でお膳つくりの手伝いをけんめいにした。近所からお組合の女衆《おんなし》が何人も手伝いに来ていたが、その小母さんたちが、

――テイちゃんはエライな、機嫌なおせ、ナ

と、とってもやさしくしてくれた。

この日のお膳は婚礼につぐ立派な膳ごしらえである。四ツ脚の高膳には、お赤飯にお吸い物、煮物の平椀の横には、染め付けのお皿があり、そこにはなんと、マグロのお刺身が堂々とのっていた。父はこの日、本当に気張った。東京に出ている峯三郎《みねさぶろう》叔父さんに、その日の朝マグロを仕入れて持ってくるように頼んでいたのだ。子どものお膳にも二切れ付いていて、マグロというものをテイはこのときはじめて食べた。オイシカッタ。高松では、婚礼のときでも、鮒《ふな》の刺身とか鯉《こい》のあらいだから、村の人でもはじめて食べたという人が多かった。トロともいうそうだ。口の中でとろけるからだナ、と大人たちがいっていた。

お客さまがみんな帰った。

そうっと奥座敷にお雛様《ひなさま》を見に行く。金屛風《きんびようぶ》を背に男雛と女雛が並んで坐っていて、夕暮れの淡い光の中で、お顔がいっそう青白く引き立っていた。女雛の薄い紅《べに》や濃い紅を重ねた衣裳《いしよう》の美しいことといったらない。三人官女もお顔がいい。川越のこの人形師の顔は、とくに評判が高かった。赤と緑と白の三色の菱餅《ひしもち》は昨日つき上げたものだ。五人囃子《ごにんばやし》の笛を吹いている童子《どうじ》はなんてかわいいのだろう。

上の段から順々に見ていく。

お雛様のお道具は、一つ一つさわりたくなる。簞笥《たんす》、長持《ながもち》、鏡台、重箱……お針道具まであった。いちばん下の段にはリッパなお駕籠《かご》と牛が曳《ひ》く御所車《ごしよぐるま》が並んでいる。その下はもう畳だが、この畳のところに二つの人形が置かれていた。いや、人形ではない、二人の神様だ。

――テイの人形はお雛様ではないが、これがあるんだヨ

といつもいわれているものだ。七福神の福禄寿《ふくろくじゆ》と布袋様《ほていさま》である。

赤ん坊のころ、ワカ叔母さんのお針の友だちが贈ってくれたのだ。その友だちは、テイの雛人形は、当然、寺崎の家で買ってくれていると思って、縁起のよい神様にしたのだという。

高松には、二月に雛の市が立った。豪勢なお雛様ではないが手頃で、遠くの村からもこの市に買い求めに来ていた。おばあさんはテイのためにせめてもと、三人官女を買ってくれた。男雛、女雛は、はばかったのだろう。しかし、キイのお雛様が届いてからはジャマにされ、小正月のぼんぼ焼きに持っていって、焼かれてしまったのだ。

しかし、七福神の神様はただの人形とはちがう。それで燃やすわけにもいかず、毎年、こうして仕方なしに飾られていたのだ。緋毛氈《ひもうせん》の段の上に乗せる場所はない。だが、座敷に直接置いてはバチが当たると思ったのか、黒塗りの長板が敷かれ、二体の神様がその上に並んでいた。それにしても、これがテイの人形だヨといわれても、どうしても好きにはなれない。

頭がやたらに長い、村のおじやんにも似た福禄寿《ふくろくじゅ》と、太ったお腹《なか》丸出しで大口開けて笑っている布袋様《ほていさま》。こんな二人の、いったいどこに、女の子らしい夢が持てるというのか……。

だから、お正月、初夢に縁起がよいといわれても七福神の絵など、決して枕の下に敷いて寝たりはしなかった。そしてまた、足利や太田の町で七福神の神社に行っても手を合わせることはしたが、何か御利益《ごりやく》を願う気にはならなかった。

雛の節句は、テイにとって、毎年、胸かきむしられるような残酷な季節であった。

草餅《くさもち》を作る石臼《いしうす》の音

学校からぶーらぶーらと帰ってきた。街道《カイド》にはいると、地を低く這うような音が聞こえてくる。

——ゴーロ、ゴーロ、ゴーロ、ゴーロ……

ずしんと、お腹に響くような、石臼の音だ。

テイは走り出して、西の納屋《なや》をのぞく。

――おばやん、なにしてるのォ、草餅《くさもち》つくるのォ
――ああ、そうだよ、春の彼岸がもうじきくるからナ
お彼岸には、ぼたもちも作ったが、草餅が一番のごちそうであった。草餅は、うるち米を石臼《いしうす》で挽《ひ》いた上糝粉《じようしんこ》を蒸して、そこにゆでてすりつぶしたヨモギを入れ、おもちのようについた。それを丸めて黄粉《きなこ》をつけて食べるのだが、この上糝粉の方が、ヨモギと合性がいいし、舌ざわりがまた何ともいえずよかった。でも、このうるち米を石臼でゴーロ、ゴーロと粉に挽《ひ》く手間は、たいへんなのだ。
納屋《なや》の南側の光がよくはいるところに、石臼が置かれている。お正月におもちをつく木の臼ではない。上の臼と下の臼を磨《す》り合《あ》わせて、米や豆を粉にする石の挽き臼である。上の臼は鉢のようにくぼませてあり、端の方にあいている小さな穴に米や豆を少しずつ入れて、上の臼の側面の棒を回すと、下の臼とかみ合って固い穀物が粉になって出てくるのである。石臼の石は、光をはねかえすように磨《みが》きこまれ、ぐるり、ぐるりと回す棒は手の脂がしみて、艶光《つやびか》りしている。
――よい石臼は、百姓の宝なんだよ
とおばあさんがいう。
じっさい、石臼がなかったら、百姓の日々の食事はままならない。お団子やまんじゅうはすべて粉から作るのだ。大麦を炒《い》って粉にし、砂糖をまぜて食べる麦こがしも、この石臼がなければ出来ない。黄粉ももちろんそうだ。そばも石臼で粉にした。

高松村のあたりは平野で田んぼも広く、米がよく穫れたが、それでも夕食には、うどんやまんじゅう、すいとんを御飯の足しにした。だからアワやヒエ、キビの他に栗やトチの実なども保存しておいて、石臼《いしうす》で粉に挽《ひ》いてから調理したのだ。

自分も石臼を挽いてみたい。

石臼の向こうが朝で、手前が夜である。そして棒をお天道様《てんとさま》と同じ回り方で回すのだ。おばあさんがどこかにちょっと行ったスキに石臼を回そうとするのだが、なかなか席を立たない。

——テイや、ホレ、草摘んでこい。ヨモギがなくては、草餅《くさもち》作れねえゾ

と籠《かご》をわたされてしまった。

友だちをさそって摘みにいく。裏の川を渡り田んぼに行くと、畦道《あぜみち》にヨモギがいっぱい生えていた。ヨモギはまだ萌《も》え出《だ》したばかりなのに、もう、深い、濃い緑色をしている。大人が、春にヨモギを口にすると生気が全身に漲《みなぎ》るといっているが、この草の深い緑は、他の草とはまったくちがうと思う。

まず、ここからここまでと、めいめい自分の陣地を決める。他人の陣地のヨモギには手を出さない決まりだ。早く、たくさん摘もうとして、大きく伸びたヨモギなんかとって帰っては叱られる。土からやっと顔を出したばかりの短いのを摘む。そういう若草にしか、あのヨモギの香りは詰まっていないのだ。

——ア、おテイちゃんとこ、イッパイ生えているゥ
スットンキョウな声を出してこちらの陣地に来る子がいる。そしてチョチョッと摘んでから、
——ア、あっちにもイッパイあるゥ
とまた別の子の陣地に行った。他人の陣地の方がたくさん生えているように見えるのだ。でもそういう子の籠《かご》の中には、結局、ほんの少ししかヨモギが摘まれていない。
家に戻ってからヨモギの本ごしらえをする。枯れた芝草がからまっているのを取りのぞき、大きな葉を落とすと、籠を一背負いも摘んできたような気がしても、ほんの少しになってしまう。そしてゆでると、緑色の清々しい香りがパッと立つのだが、さらにヨモギの量は減って、たった一握りのもち草にしかならないので、ガッカリしたものだ。

おばあさんはまだ穏やかな顔をして石臼《いしうす》を回している。
——ゴーロ、ゴーロ、ゴーロ、ゴーロ
この石臼の音が田んぼの方まで聞こえていくと、それまで休んでいた田の神様が起きてこられるのだともいった。そして、お彼岸が来て、村は春になるのである。

遊廓《ゆうかく》で見た桜とお女郎

お花見の季節になった。

四月、厚手の綿入《わたい》れを脱ぎだすころ、桜の花が村の人々の心を明るくするように咲きだすのだ。しかし、高松の村には桜の木はほとんどなかった。長昌寺と観音寺と小学校の校庭にあるだけだ。

だいたい百姓の家は桜の木など植えてはいない。どこの家の屋敷林も、杉やヒノキ、カシが植えられ、その間から抜きん出て、ケヤキの大木が天高く伸びていた。これらの木々はすべて、家屋や納屋《なや》を建てるときの用材か薪になる実用的な木だ。その間に竹林が広がっているが、竹もまた、たけのこが食べられたし、竹そのものが籠《かご》や笊《ざる》や簀《す》の子《こ》など、日常の細かな道具を作るのに必要なのだ。

村の家の屋敷回りは、ヒバや槙《まき》などの生け垣であった。そして地続きの畑を囲んで、柿や、栗、柚子《ゆず》といった果実のなるものばかりを植えていた。

桜はこういう木々とはちがった。桜はむしろ神様の木のようだ。赤城山や榛名山のような高い山でなくても、低い山なみの連なるふもとの村では、ああ、あの山の、あの桜が咲き出したから、田起こしをはじめよう、といった農作業の目安にした。それは神様の合図である。桜の木は、日常の世界とは異なる別世界の花なのであった。

では、高松ではお花見はどこでしたのか。

お寺さまの境内で酔っぱらってはバチが当たるだろうし、第一、墓の前ではどうも、こう、パアーッとしない。小学校の校庭でも、秋の運動会で子どもが走ったりするのを見ながら重箱を開けるのならともかく、ただゴザの上に坐っていても、尻が落ちつかないと村の人はいう。

高松の近くの村々での花見の名所は、福居にある遊廓《ゆうかく》であった。イワおっ母さんの実家の中里村の近くのこの廓《くるわ》が、春にはぼんぼりを盛大に灯し、一般の人や女、子どもまでが大門《おおもん》からはいってそこの夜桜を見られるようにしていたのだ。

お花見ということで、おばあさんに許しをもらって、おっ母さんが、子どもたちを連れて里帰りをした。テイが丸髷《まるまげ》姿の杉山のおばあさんに最大級の御挨拶をしている後ろで、妹たちがせっつく。

——テイちゃん、早く、早く、つれてって！

——うん、サクラを見に行こう
線路をつっ切っていくと、周りを高いへいで囲んだ遊廓がある。もう、人がゾロゾロ歩いている。大門の外には一膳メシ屋や茶店があって床几《しょうぎ》でお団子を食べている人もいた。

大門をはいると、桜が傘のように枝を広げて咲いていた。道の真ん中に太い桜の大樹が裏門まで何十本も一列に植えられているのだ。風が吹くと、花吹雪となって、両側に並んでいる茶屋の格子窓へと花びらが散っていく。

サクラの花はなんてうつくしいのだろう……。みんな、口を開けて見上げていた。

——つぎは、おジョロウさんを見よう
——うん、きれいなキモノ見よう

格子窓は下の端から子どもの顔一つ分くらい上に出せたので、お女郎さんたちがよく見える。首をまっ白にぬり、まっ赤な長襦袢《ながじゅばん》だけで、お女郎さん同士がキャーキャーとふざけていた。立て膝で、襦袢の裾前《すそまえ》が割れて、白い脛《すね》が丸見えである。

奥の方には派手な花柄の総模様の着流しのお女郎さんが、何人か坐っている。髪を高く結って、たばこを吸っていた。その髪にも桜の花びらが散っている。赤い襦袢の見世《みせ》女郎とは、少し位《くらい》がちがっているのだろう。日ごろ、村の中でそこらの田んぼにいるおばやんの顔ばかり見ているから、それはそれはキレイに見える。

格子に顔を突っこむようにしてテイがうっとり眺めていると、遊女屋の若い店番で腕っぷしの強そうな牛太郎《ぎゅうたろう》が、

――ホレ、子どもはドケ、ドケ

と追ッパライに来た。でも格子につかまってガンバッて見つづける。ゼッタイにどくもんか。隣には冷やかしの若い男が何人も立って中を見ている。

どこかで太鼓が鳴った。拍子木の音も聞こえてくる。お客が一人、お茶屋に上がると、近所中に聞こえるように、景気よく打ち鳴らすのだ。

ア、よその茶屋に、お客が上がったゾ、とその太鼓の音を聞くや、赤い襦袢のお女郎さんたちが色めき立つ。奥の方のお女郎さんが長ギセルをぽんぽんとはたき、格子窓に近づいてくるや、手ぬぐいでほっ被りをしていた若い男の袂《たもと》にキセルの雁首《がんくび》をひっかけ、くるくるっとねじった。

そしてキセルの長い柄を格子の内側に横倒しに押しつけると、もうどんなことをしてもキセルの雁首《がんくび》が袂《たもと》からふりほどけないのだ。

――上がれ、アガレ

そのお女郎さんが、低いしゃがれた声でささやくようにいった。

――ったく、そんなにムリに引っ張ると、着物が破けちまわァ、これじゃ上がった方が安くつくなァ

と、その若い男が茶屋にはいっていった。

この茶屋でもお客が上がったので、ドーン、ドーンと太鼓を打った。それから拍子木を床板に打ちつける。拍子木は二本を合わせて打ち鳴らすのではない。一本の綱の先に四角い板がくくりつけられていて、その綱を七、八本束ねたものを振り上げては、広い玄関の上《あ》がり框《がまち》にガラガラガシャンと打ちつけるのだ。秋の稲田の鳴子《なるこ》を束にしていっせいに鳴らすような音である。その音に合わせて、他のお女郎たちが手をたたき、ヤンヤ、ヤンヤとはやし立てるので、いっそう景気がはずんだ。

それにつられてか、茶屋の門口《かどぐち》に立ってはいろうか、はいるまいかと思案している客を、牛太郎《ぎゅうたろう》がヒョイと抱き上げて店内にはいる。男が足をバタバタさせている間に、お女郎さんがサッと下駄を脱がせて取り上げてしまう。

――だめだ、だめだ、上がれねえヨー

というその若い男の帯の一方を引っ張って、こんどはお女郎さんが客のまわりをくるくると回ると、たちまち着物がはだけてしまい、二階にひきずられるようにして上げられてしまうのだった。アッという間の出来事であった。

冷やかしの男たちがさらに増えてくる。〝ここのジョロウたちは越後の方から来たんだってサ、雪国の女だから、上州の空《から》っ風《かぜ》に吹かれた女なんかとはちがう、そりゃア、肌がキメ細かいんだ〟――テイの頭の上の方では、そんな話が交わされていた。

ここでは、本当に毎日がお祭りなのだ。それにくらべると、高松の村はなんて地味なのだろう。

別世界に咲き満ちた桜のお花見もした。また、これも別世界の、遊廓《ゆうかく》ものぞいてきた。何かウキウキとした気分で高松のジミな家に帰った。

おばあさんがシブイ顔をして待ち構えていて、いった。

――いいかテイ、働かないでキレイな着物を着ていたいのか？　遊んでニギヤカに暮らしていたかったら、いつでも遊廓にくれてやるからな……

第9章　懐かしい人びと

初夏の茶摘みからお盆となり、お正月を迎え、満開のお花見まで、村の一年がこうして一巡りした。暦がまためくられ、つねに変わらぬ、村のつましい暮らしが続いていく。

単調といってもよいそんな日々の営みにメリハリをつけてくれるものは、〝北《きた》ん家《ち》の夫婦が川崎のお大師様に行ったゾ〟という事件《ニュース》とか、他人のウワサ話であった。けれども、あそこのヨメはじつによく出来たヨメだとか、いや、姑《しゅうとめ》が立派なんだ、などという美談では面白くもなんともない。話が一分ともたないのだ。

高松の村には、他の人とどこかちがい、それでいて村になくてはならない人びとがいた。水場のコウさんとか、火の用心の照《てる》やんである。そんな名物男について、冬の炉辺の夜なべ仕事のときなどに、人びとは、それこそ何回となく繰り返し語ったものだ。そして、話の最後に、〝でも、オレたちにはあんなマネ出来ねえナ〟ということにいつも落ちつくのである。テイが聞いていても、キツネやタヌキの化かし合いの昔話より生き生きとしていて、よっぽど面白かった。

ハトのお父っつあんとカラスのおっ母さん

――アタマをキチンとさえしていれば、男も女も器量が上がるヨ

おばあさんがよくいっていた。

村には床屋が一軒あった。〝仙床《せんどこ》〟といった。仙吉《せんきち》さんが一人でやっている店である。あまりよく映らない鏡と椅子が一つあるだけで、一日に二人も客があればよい方だ。

お父っつあんはオシャレで、よく出かけた。ある日、父の顔をカミソリであたっているとき、仙吉さんが顔の上に洟水《はなみず》を垂らしてしまったのだという。

翌《あく》る日、街道《カイド》を羽織姿の男を先頭に一団がやってきた。仙吉さんが、隣村の床屋に行って詫《わ》びを入れにいっしょに来てほしいと泣きついたのだ。そしてこの話が足利郡の床屋組合の大親分の耳にまではいり、〝洟水を垂らすとは、これがお侍《さむらい》なら手打《てうち》もんだ〟と大騒ぎになった。座敷に居並んで、「不調法をいたしまして」と、十人の男たちが謝っていったという。

女の髪結いはおナオさんといった。店は持っていなかったが、お嫁さんのこしらえから丸髷《まるまげ》まで出来た。おばあさんは何かの祝い事とか人寄せがあると、きまってヨメの髪を気づかった。夕方、妹のミツが頼みにいく。

――明日、おっ母さんをお願いします

前の晩、髪を洗っておく。おナオさんが道具箱を肩に掛けてやってきて、縁側で結ってくれ

る。イワおっ母さんは髪が黒々とたっぷりしていて、結い上げるとじつに見栄えがした。そして髪持ちがいいと評判であった。ほめられるから、いっそう結い上げた髪を大切にした。

テイのお父っつあんとイワおっ母さんのことを、村の人は、ハトとカラスが並んでいるようだといっていた。お父っつあんが色白のハトで、おっ母さんがカラスである。黒くて青みのある色をカラスの濡《ぬ》れ羽色《ばいろ》という。おっ母さんの髪がつややかな黒色をしているからカラスなのかと思ったら、顔の色が黒いからなのだ。

ときどきおばあさんは遠い田に二人を行かせた。昼のお弁当も持たせて、一日中夫婦きりで過ごせるようにと気をつかったのだ。ところが、田んぼに着いてイワおっ母さんがハリきって仕事にかかると、遠くに自転車が見える。イヤーな予感がする。自転車はこちらに向かって走ってきて止まる。役場の人だ。

――大将、お願いだ。ここはひとつ出てきてくれ

そして自転車の後ろの荷台に乗せてたちまち連れ去ってしまう。お父っつあんも田んぼの泥仕事よりそっちの方がいいのだ。イワおっ母さんはガッカリして涙がこぼれた。それでも一人で鍬《くわ》を使い、一人きりで畔《くろ》に坐って昼の弁当を食べ、また田仕事をして帰ってきたのだ。

だから、イワおっ母さんが日に焼けて黒いのは当然だ。カラスなどといってはバチが当たると、テイは思う。でもイワおっ母さんは純情なのだ。夜、火鉢に当たるとき、お父っつあんの前では、けっして火に手をかざさなかった。ガサガサの手を見られるのが恥ずかしかったのだという。

そのお父っつあんとおっ母さんが、三十三歳のとき、厄除《やくよ》けに夫婦して川崎のお大師様に出かけた。東武線で東京まで行くのだ。泊まりがけの二人旅などはじめてである。夜明け前に、まずイワおっ母さんが先に出る。夫婦で村を歩いているのを見られたら何をいわれるか分からないからだ。お父っつあんはあとから行った。

中野駅に着いておっ母さんを見て驚いた。カラスが白いハトになっていたのだ。おっ母さんは、前の日からおナオさんに髪も結ってもらい、こんなときこそと白粉《おしろい》をぬっていったのである。でも、夜も明けぬうちで鏡もよく見えないから、白粉がまだらで、指の跡までついていた。村芝居の役者の白粉がはげ落ちたような顔である。

お父っつあんは呆《あき》れておこり、急に白くなったカラスの顔を駅前の井戸でジャブジャブと洗わせたという。

おばあさんがあとからそれを聞いて、ため息をついていっていた。

――ったく、仕様がねえな。おんなのココロがちっとも分からねえ野郎なんだから……

この話はたちまち村の事件《ニユース》になり、男どもは笑い、女たちはおこりまくったという。

観音寺のおじやんの赤いチャンチャンコ

村には観音寺と長昌寺という二つの寺があった。曹洞宗の長昌寺は檀家《だんか》も多く、立派な山門まである寺だ。しかし、寺崎の家は代々、観音寺である。真言宗の格式の高い寺であったが、いまは落ちぶれて、住僧もいない。檀家《だんか》がせいぜい十数軒なので、葬式も何年かに一度しか出ないというくらいだから、お布施《ふせ》も少なく、貧乏な寺なのである。

観音寺のおじやんは、昔、駅に近いところに広大な土地を持って住んでいたのだが、生糸《きいと》の相場に手を出して、一切合財《いっさいがっさい》取られてしまった。ヤスおばあさんの遠縁でもあったので、檀家総代の父が、「雨露《あめつゆ》をしのげるところがなければふびんだ」と観音寺の寺男にして夫婦を住まわせた。

テイは学校から帰って淋《さみ》しいとき、よくこのお寺へ出かけた。

――おじやん！

――おテイかぁ、学校は終わったか

おじやんは座敷の敷居《しきい》に坐って、一段低いぬれ縁に足を投げ出していた。いつ洗ったか分からないようなフンドシひとつでいることもある。

――おじやんの足は麻の葉みてェだ……

やせて麻の葉の模様のようにシワが寄ったおじやんの脛《すね》の皮をつまんでみる。薄くて、いくらでも高く、富士山のような形につまめるのだ。

――おテイや、茶ァでものむかぁ

たまに、黒砂糖のかりんとが一本出てくることもある。縁側の向こうは田んぼで、その先の線路を二両の東武線が一時間に一度くらい走るのだ。おじやんとテイは並んで縁側に腰かけて、汽車がやってくるのをだまって待っている。

村の中を歩いていると、あ、北《きた》ん家の継《ま》っ子《こ》が通る、などとよくいわれたものだ。身の置き場のない気持ちになった。それをおじやんは哀れんでくれていた。ヤスおばあさんもテイが寺に出かけるな、と分かると、前掛けの下から卵一個とか、ふかしまんじゅう三個とかそっと出し、これを持っていけやといった。姑《しゅうとめ》でも、やはり嫁のイワおっ母さんに気をつかっていた。

おじやんは、卵一つでもまず本堂の御本尊に供え、景気よくカネを鳴らした。

――これで御先祖様に届いたゾ

テイにとって、このおじやんと向野のじいさまは特別懐かしい。養女に出されたとき、あのじいさまは小さいテイをひとつ布団に抱いて寝てくれた。老人が枯れ切ったとき、男の人にしか持ち得ない慈悲のようなものが、この二人にはあった。

葬式が出ると、土葬が多かったが、長昌寺の裏門を下りたところの三角の土地の焼き場に運んでいくこともあった。すぐ近くに川があり、ヨシ場に続いていた。いつも湿気《しっけ》ていて水が上がってきている。

棺を用意出来ない人は菰《こも》で包み、棺が買えた家でも座棺であった。座棺に入れた死者は、焼き出すと、関節がギュッと締まって動き出す場合があったという。子どもなどは近くに寄せてはならないところにでもかまわず、観音寺のおじやんはテイを連れていったりした。

おばやんは小さかったが、めっぽう声が大きくて生活力のある人だった。先夫との間に子どもがいたが、身体に障害があり、宇都宮に捨てるも同然のように置いてきた。背中が曲がって歩くのもやっとのその子が、四十歳近くにもなってから訊《たず》ね訊ね、おばやんを探しあててきた。父がまた檀家《だんか》を一軒一軒説得して歩いた。

——おいてやろう、親子でなければこんな苦労して探して来たりはしない。それが実の親子の情というものだ。寺の庭掃きぐらい、草むしりくらい出来るだろ

結局、この息子が、おじやんとおばやんの最期を看取《みと》ったのだ。やっぱり、子どもは産んでおくもんだと村の人はいい合った。

このおじやんの八十八歳の米寿の祝いに、父がまっ赤なチャンチャンコを作ってあげた。館林の呉服屋に頼み、黒襟のかかった正絹のたいそうなものだ。

おじやんは大喜びで、これを着てどこにでも出かけたがった。小学校の運動会のときは、前の日に、一度出かけて予行演習までした。自分で歩いては行けないから、父の命令で若い衆がリヤカーを曳《ひ》いていく。リヤカーに布団を敷き、おじやんが落ちないように綱を張りめぐらせる。赤いチャンチャンコのおじやんは、両手でリヤカーにつかまり、大名のお駕籠《かご》のように乗っていたという。

当日、観音寺から小学校までの田んぼの中の一本道を、はるか前方に赤城山を眺め、遠くには日光男体山を見て、ご機嫌で小学校に着く。父のはからいで、もちろん招待席である。おじやんの生涯最高の日であった。

川音で眠る水場のコウさん

——おっ母さん、明日はどれくらい炊きますか？　コウさんが来るから

——五合《ゴンゴウ》でも多く炊くか、夜はイモ汁などあるから三合も多く炊け

——ハイ

——コウさんにカマの底を見せてはならねえゾ

——ハイ

コウさんは寺崎の家に日傭取《ひようと》りに来ている男衆《おとこし》である。昼は冷や飯でも、朝と夜はかならず炊きたてを出す。そして、みんな同じカマから飯を食うこと、また日傭取りにカマ底を見せてはいけない、とおばあさんがやかましかった。釜の底が見えたりして、ああ、オレが食い過ぎたんではねぇか、などといらざる心配をかけたりしてはならないのだ。

コウさんは〝コウ〟とカタカナで書くが、本当かどうかは分からない。それより、名字も自分で知らなかった。ただ、めっぽう水場が好きなので、〝水場のコウさん〟と呼ばれていた。水を見るのが好きというのではない。川辺に住んで、流れの音を聞くのが好きなのだ。

——オレはもしかしたら川舟の上で生まれたのかもしれねぇナ

利根川が好きだという。そこの川原に掘っ立て小屋を掛けて住んでいた。毎晩、横になると、川の流れる音が聞こえてくる。しかも、これは何といっても日本一、大きい川なのだ。その、利

根川の川音で眠るほど幸せなことはなかった。

坂東太郎《ばんどうたろう》と呼ばれる大河の利根川は、館林の南を西の方からゆっくりと流れ古河《こが》で茨城県にはいり、やがて茨城県と千葉県の境目を流れ、銚子《ちょうし》で太平洋に出ていく。ふだんは穏やかだが、台風が来たり、大雨が続くと氾濫《はんらん》し、コウさんの御殿はたちまち流されてしまう。コウさんはそれでも平気だ。土手の上で何日も待つ。濁流がおさまると、そこらの板切れでまた家をつくる。洪水に押し流されてきた太い流木がいっぱいあるから、前より立派な御殿が出来る。

だが、ある年、凄《すさ》まじい台風がきて、小屋で寝ているところをアッという間にやられた。小屋の屋根に上がり、これもどこかから拾ってきていっしょになった女房としがみついていたが、どこまでもどこまでも流され、海にまで持っていかれそうになった。

これでは本当の流《なが》れ者《もん》になっちまうと、コリゴリして、もう少し穏やかなところに移ろうと思った。でもやっぱり川《かわ》っ縁《べり》でないといけない。川の瀬音がしないと眠れないのだ。そこで、探し探し歩いて、渡良瀬川に流れこむ支流の岸辺を見つけた。高松の村のいちばん外れに豚を飼っている家がある。そのさらに先の谷地《やち》に小さい小屋を建てたのだ。誰の土地でもない、村の入会《いりあい》地《ち》でもない。道もついていないから、地番とか住所なんてもちろんない。ただぼうぼうとしたヤブである。でも、小川の澄んだせせらぎが聞こえてくるのだ。

村の中を物乞いをして歩いても困るから、とお父っつあんがコウさんを家で働かせた。百姓仕事を何でもやってくれる。朝暗いうちに来て、まず便所の汲み取りをする。肥桶《こえおけ》を天秤棒《てんびんぼう》で担いでいって、畑にまく。寺崎の家は屋敷周りに畑が多かったから、今日は西の畑、明日は前の桑畑と直《じか》にまき、その上から土をかぶせてタメの処理は事足りた。そして畑も栄養たっぷりに元気づいたのである。ただこの仕事だけは、イワおっ母さんが朝飯を炊く前に終えなければならない。神棚や仏壇にお供えする御飯を炊く前に、家の空気は、外も内も清らかにしておくのだ。

女房のウラさんも、イワおっ母さんの家の中の細々としたことを手伝ってくれていた。イワおっ母さんは朝飯のあと、コウさんと野良仕事に出るのだから、どんなに助かったことか。しかし、コウさんとこのウラさんが口をきいているのを聞いた人が、村では誰もいなかった。顔を合わせても、食事のときも知らん顔なのである。

――いったい、ありゃ、夫婦なのかな

――でも子どもがいるよ。イチロウって呼んでいるゾ……

コウさんはマメな人であった。

どこかの家で葬式が出ると、死者が日ごろ着ていた〝常《つね》の着物〟を家の裏に吊しておく。側には手桶の水を用意してある。お弔いがすんでも、初七日《しよなのか》や三十五日だけでなく、何くれとなく親しい人がお悔やみに来て、お線香をあげる。そのとき、この着物に柄杓《ひしやく》で水をかけていくのだ。

――水かけギモンはどこぞかね
――ハアー、裏でがすよ。水、かけていってくれますかねぇ
地獄の業火の熱さを、少しでもやわらげる願いがこめられているのだという。これを水掛着物《ミズカケギモン》といった。水かけギモンはあまり縁起のよいものではない。だから、もともと吊り下がっている着物を誰かが持っていっても問題にしない。お墓の前の飾り花が風でいつの間にかなくなってしまっている、そんなふうに着物が目の前からなくなる方が、家の者にとっては、むしろホッとするようなところがあったのだ。
水場のコウさんはこの水掛着物を四十九日がすむころ、その家からもらって、遠い村へと売りに行った。毎日のように水をかけているのだからきれいなものだ。女房のウラさんがキチンとためば立派な着物として通用する。これがまたいい値で売れた。だからコウさんは意外に小金を持っていたという。
コウさんは出かけた先で、他の家の噂《うわさ》を絶対にしなかった。どんな遠い村でも、どこにその家の縁者がいるか分からないからだ。女房とも口をきかないくらいだから、他人のことを喋《しゃべ》ったりしない。これでたいへん、村の人に信頼されていた。
夕方、ウラさんは子どもがいるから先に帰る。コウさんは風呂にはいってから夕食を食べる。日傭取《ひようと》りには、夕食のときお酒を一本つけたものだが、コウさんは呑まなかった。だから、イワおっ母さんは野菜の煮物などを一皿よけいにつけた。

火の用心の照やんの極楽浄土

木枯らしが吹く季節になった。それも上州名物の赤城おろしだから、空《から》っ風《かぜ》が村中の家を吹きまくる。こんなとき、ほんのわずかの火の不始末でも、アッという間に燃え広がってしまう。地震、カミナリ、火事、親父、といって、火事は雷の次に恐れられていた。一軒の家が火事を出せば、村の半分は灰になってしまうのだ。

テイは大人たちから「村八分《むらはちぶ》」という言葉をよく聞いた。高松の村では、村八分にされている家はなかったが、村の中の決まり事を破ったり、道普請《みちぶしん》や共有地の手入れなどに労力を惜しんだりすることが続くと、申し合わせで村中で付き合いをやめてしまうのだ。その家の子が成人しても一丁前に認めないとか、婚礼に呼ばない、出産や病気のときも知らん顔をしている、家を建てるときも協力しない。〝村はずし〟ともいって、これをされると村の中での生活は息の根を止められるのも同じである。

しかしこのように人付き合いを断たれた場合でも、十分のうち八分までで、「葬式」と「火事」の二分だけは別であった。葬式と火事だけは、村の人々が何をおいても駈《か》けつけなければならなかった。

葬式は、そこらに死人を放っとかれて疫病が広がっても困るし、第一、祟《たた》りが怖ろしい。また、死んだものは仏様になるのだから、粗末には出来ない。火事の場合はその一軒だけが燃えてくれるのならいいが、風下《かざしも》の家などは、たまったものではない。村中、総出で消し止めて自分の家を火から守らなければならないのだ。

——ドロボーは風呂敷でカッさらうだけ、肩に背負っていくだけだからたいしたことはないとおばあさんがいう。しかし、火事では根こそぎやられてしまうし、逃げ遅れたら、焼け死ぬこともままあるのだ。こうして冬の間、西風《にし》が吹きつのるときは、ことに、村中がひとつになって、火の用心をした。

——火の用心！　火のヨーオオージン

カッチ、カッチと拍子木を打って高松の村中を回るのが照やんである。冬だというのに、脛《すね》を出して、尻《しり》っ端折《ぱしょ》りの姿で提灯《ちょうちん》を腰につけ、一軒、一軒、表の戸口を改め、裏に回り、

——火のヨーオオージン！　火の用心

とふれて歩くのだ。

照やんの声が遠くから聞こえてくる。家の前で拍子木を鳴らされ、〝火の用心〟といわれると、テイは寒さがよけい身に沁《し》みて夜着にもぐりこむ。おばあさんが雨戸一枚開けて声をかける。

——ゴクロウさん

——ハイ

と答えて照やんが街道《カイド》を行く。イワおっ母さんはもう一度、土間に下りて、かまどの火を確かめ、風呂のたき口まで調べていた。

〝火の用心〟の夜回りは十二月から三月半ばまで、毎晩、毎晩、一日たりとも休むわけにはいかない。雨の日も、雪の日もだ。高松では雪はそれほど降らなかったが、降ったときは檋《かんじき》で雪道を作りつつ歩くのだから、それは難儀《なんぎ》なことであった。

そして、照やんの家といえば、いちばん〝火の用心〟の必要がないだろうといわれていた。長昌寺近くの大きな百姓家の西側に、その家の風除けのために建てさせたとしか思えない小さな小屋が、照やんの家である。入り口も空《から》っ風《かぜ》がまともにはいってくる西向きにあり、土間に座敷一つの、蹴とばしたら倒れそうな家だ。どこにいても火の元がよく見えるから、自分の家では〝火の用心〟などといわなくてもよい。そういう家の男が冬中、村内の家を回って見てくれているのだ、これは誰にも出来ることではねえ、感謝せねばならねえよ、と村の人はいっていた。

彼岸近くなって、空っ風もおさまるころ、照やんの夜回りも終わりとなる。

一冬いくらと決めていたのか、村中の家から父がお金を集めて賃金を渡す。このとき、前もってお金を少し取り分けておき、

——この五円はお吉《き》っつあんにオレから渡すゾ

といった。

お吉っつあんは照やんの女房である。毎晩、亭主が寒いおもいをして帰ってくるのを、こたつの火をかき立てて待っていたのだ。照やんは、

――はあ、ようがす。では、ワシはちょっくら……

〝では〟といって、照やんがどこに行くのか――一冬分働いた賃金を懐に、福居の遊廓《ゆうかく》に直行するのだ。テイたちが毎年お花見に出かけるところである。

廓《くるわ》ではお女郎さんたちが総出で待ち構えている。駕籠《かご》で乗りつけるわけではないが、吉原の大《おお》門《もん》を閉めさせるような勢いである。照やんが到着したころ、景気付けの太鼓が打たれて、高松まで聞こえてきたそうだ。

馴染《なじ》みの店に着くと、小女《こおんな》がまず、照やんの足をすすいでくれる。一年中膝から下に布らしきものはまとったことがない。細い長い足の先はもちろん、はだしにわらじだ。それから風呂にはいる。手足を存分に伸ばし、のびのびと湯に浸《つ》かる。一冬の骨身に沁《し》みた凍《こご》えが少しずつ溶けていく。つぎに柔らかいふかふかの布団にくるまる。絹の三段重ねの布団である。

照やんはやせているが、細面の好《い》い男で、お女郎さんたちにたいへん人気があった。東北から売られてきたお女郎さんの身の上話などをよく聞いてやったり、根がやさしい男なのだ。

しかし、何よりも照やんを名物男にしたのは、冬中働いたそのお金が無くなるまで、遊廓にいつづけをしたことであった。

〝いつづけ〟というのはそうそう出来るものではない。お金がいくらあっても、家から呼び戻さ

れてしまうし、ちょっとした役職にでもついていたら、評判を落としてしまう。照やんの懐のお金だと一週間か十日、いつづけが出来たという。

とにかく、遊廓《ゆうかく》は極楽みたいなところらしい。しかし、お金を使い果たすと、その極楽浄土に別に未練を残すわけでもなく、さっさと西向きの一間の貧乏な家にまた戻ってくるのだ。村では男たちがあれこれと聞きたくて、ウズウズしながら待っている。でも照やんは口が重い。

——貧しい者《もん》を馬鹿《ばか》にしないところダ

——そりゃ、そうだ。懐に金がありゃ、バカにしないョ

と村の男がいう。

——布団が柔らかかった

——いいんだョ、布団のことは。それより、どげだった、女は。女だョ

——やさしい手ぇしてた……

それを聞いて男たちは羨望《せんぼう》をこめて口々にいった。

——ああ、おれも柔らかい布団で溺れてみてえよゥ

——おれん家《ち》はダメだなァ、いくら金があってもいつづけなんて出来ねェ

——だいいち、おれん家なんか、金取り上げられちまうョ。それに、廓《くるわ》に行くなんて分かったら、カカアが足にからみついて放さねえだろ

照やんは田畑を持たない。春から秋まで日傭取《ひようと》りで、あっちの家、こっちの家で賃働きをす

る。日銭暮らしだから、石油ランプの油も、一斗缶《とかん》で買えない。息子のイヨが小さいビンをぶら下げて、毎日、買いに行くのだ。それを村の人に笑われていると知っている。

冬の〝火の用心〟の賃金の何分の一かを郵便局に貯金すれば、もう少しマシな暮らしが出来ようというのに、それをせず、全部パッと使うのは、江戸っ子でも出来ない話だ。

照やんは、

――オレは、この春の福居の廓《くるわ》があるから、一年間、働けるんだよォ

といったという。

照やんが村一番の男になり、女房のお吉っつあんもまた女をあげた。

お吉っつあんは機織《はたお》りが上手《うま》く、自分でそれなりに稼いでいたが、亭主が冬中稼いだ金をたった十日で、しかも遊廓《ゆうかく》で全部使い果たして帰ってきても、文句ひとついわない。照やんが〝火の用心〟から帰ってくるのを、こたつを暖《あ》ためて待っていたのは誰だ、なんてこともいわない。

これには村中の女房どもが、首を振って感心した。上州名物のカカア天下というのは、こういうカカアのことではないかと、口々にいっていた。

第10章　修学旅行のあとには受験勉強が待っていた

大正十年、テイは六年生になった。尋常小学校を卒業したらどうするか、もう決めなければならない。男子の場合は、佐野や足利に県立の中学校があり、わずかの者がそこに行った。しかし、大半の子はその後続けて高等小学校に二年通い、長男なら農作業に従事して家を継いだ。二男、三男は他の農家の手伝いに行くか、東京に奉公に出たりした。寺崎の家でも、父の弟たちも、東京に働きに出ていた。

女の子は六年を卒《お》えたら、裁縫学校にでも行ってから、足利の絹織物業の店などに奉公する。あるいは家で、糸を紡《つむ》いだり、賃機織《ちんばたお》りに精を出して、早々に嫁にやられたのだ。テイは毎年七夕様に願っていたように、ぜひとも足利の女学校に行きたい……。でも、自分からはいえなかった。一方、父は、テイをいずれ寺崎の家から出すのだから、女学校にやって、その後は東京に出して職を見つけさせようと思っていた。

そのころ、郡村の小学校から足利の女学校に何人か受かるというのは、学校にとって非常に名誉なことであった。学業の成績は、甲、乙、丙、丁の四段階でつけられていたが、テイは修身、操行も含めて、五年間というもの、本当に全甲で通してきたのだ。町の小学校の全甲とはちがうかもしれないが、ここは、何としてでも女学校に上げてほしい、と小学校の校長先生も熱心にすすめてきた。

イワおっ母さんの里は反対した。早く卒業させて、母親の野良仕事の手伝いをさせてほしい、教育になど使うお金はどこにあるのか、ということである。

しかし、ヤスおばあさんが、このとき、キッパリといった。

——二十《はたち》になってから学問しようなんて思ってももう出来ない。学校の費用《かかり》は一時《いっとき》のことだ
こうしてテイは女学校に行ってもよいということになった。

修学旅行——品川ではじめて海を見た

女学校の受験勉強が目前であったが、六年生の思い出は何といっても秋の修学旅行である。それまで遠足は知っているが、シュウガクリョコウというものがどういうものか、想像もつかない。とにかく、東京に行って一日どこかに泊まるのだ。

朝、まだ薄暗いうちに中野駅に集合した。

こういうとき、何を着ていくか、何を持っていくかは、たいへんな問題だ。見ると、集まった女の子はみんな、バスケットをぶら下げている。誰が決めたわけでもないのだが、みんながみんな、籐《とう》で編んだ四角い籠《かご》を持っていた。どこの親も何とか工面してくれたのであろう。ただ、何を入れたのかはまったく憶《おぼ》えていない。手ぬぐいとか櫛《くし》だけである。それでもバスケットを持っ

ていかなければ、シュウガクリョコウにならないのだ。
——これを着ていけや
といわれて着てきたのは、伊勢崎銘仙《いせさきめいせん》のメリンスの着物で、赤や黒や黄の混じった派手なものであった。小さな絣《かすり》の模様が組み合わされていて、遠くから見ると、「大」という字と「正」という大きな二文字が浮き出ている、凝《こ》った着物である。「大正」の御代《みよ》だったからだ。男の子は着物はマチマチだが、全員きちんと学童帽を被っている。帽子はかならず被らなければいけなかった。
東武線の汽車が足利の方から走ってくる。
——列を乱すな
先生が声をからしても、みんな、車内に走り込むと窓際に突進した。
館林を越すと次は茂林寺《もりんじ》という駅だ。
——ブンブクチャガマのとこだろ
——タヌキの坊さまの話ダ
——ちがう、ちがう、ムジナだってさァー
この茂林寺には不思議な茶釜があった。文福茶釜《ぶんぶくちゃがま》といった。汲んでも汲んでも、釜のお湯は足りなくならず、いっぺんに千人もの人にお茶を出せたという。だから、福を分けるというので、〝分福茶釜〟とも呼ばれてたいへんな評判であった。ところがある夜、住職が見ると、その茶釜から顔とシッポと手足を出して、タヌキがぐっすりと寝こけていた。住職に仕えていた寺男のようなお坊さんがじつはこのタヌキで、昼間は茶釜に化けていたのだという。火にかけられて熱くなかったのだろうか……。

正体を見られたタヌキはとても恥じて、さーっと山に逃げ帰ってしまった。茶釜は残していったというのだが、もちろん、お湯はすぐに汲みつきてしまったそうだ。でも、この話がますます評判を呼んで、お寺にお参りする人があとを絶たず、おサイ銭を上げるのでお寺は本当に福の分け前にあずかった。

だから茂林寺の村全体が豊かになり、ここの村の人はめったにおこらないのだという。ケンカが起きるのはビンボーだからだョ、とおばあさんがよくいっていた。

茂林寺から川俣《かわまた》駅を過ぎて田んぼがつきると、だだっ広い原っぱに出た。銀色のススキの穂が風に揺れて一面に波打っている。そして、水の流れが見えてきた。

——海だァー、先生、海だァー

男の子が総立ちになった。

——ちがいます。これが利根川です

——海は利根川のもっと先で、もっと広いんだよ……

しかし、ガッタン、ゴットン、ガッタン、ゴットン、と汽車は川幅の広い水面の上をいつまでも走るのであった。これが海といわれても信じてしまっただろう。

この修学旅行の目的の一つは、〝海を見ること〟であった。栃木県も群馬県も海がない。子どもたちは利根川もはじめて見るぐらいだから、海というものがどういうものか、クラス中、誰も知らないのだ。

大人が、兵隊に行って見たとか、お伊勢参りや金毘羅《こんぴら》様に講で行ったときのようすを話してくれるだけであった。それも男たちの話である。ワカ叔母さんが嫁入りした先の広島の呉《くれ》にまで行ったことがあるヤスおばあさんは別として、村の女の年寄りは海など想像もつかない。

——海の水はショッカライんだってサ、だから、塩ジャケは辛いんだナ
といったりしていた。

では、海はどこで見たのか。

夕暮れ近く品川に着いた。品川は東海道五十三次の第一の宿《しゅく》だから、昔から、たいへんな繁盛ぶりであったという。でも明治になってだんだん廃《すた》れてきて、修学旅行の旅館は、そのころのお女郎宿を変えて造ったという。あたりには、まだ何軒かそういう宿もあって、お女郎さんとすぐに分かる女の人も歩いていた。旅館では女中さんたちが待っていて、

——ホラ、早く、下駄脱ぎナ、ハヤク！

——まったく、この子ら何だってこんな大きな籠《かご》なんか、ぶら下げてくるんかネー
と迷惑がられた。確かにバスケットは角《かど》ばっていて、それをみんなが振り回して歩くから、ぶ

つかり合って、たいへんな始末なのだ。
二階の座敷に上がった。先生がいっせいに窓を開けてくれた。欄干《らんかん》の向こうに、大きな、大きな水が静かに広がっていた。
それこそ、海だったのだ。誰も口がきけなかった。
——いいか、あれが海だ。海だぞ
——白く見えるのは、あれが波です
先生がそういうと、
——みくりや田んぼより広《ひれ》えヤー
と男の子が小声でいった。
海を前にして、すげえとかキレイとか、誰もそんなことはいわない。いったい、何といったらよいのか……。それほど圧倒されてしまったのだ。
——わぁれは海の子ォ　白浪のーォ
さぁわぐいそべの　松原にィ……
二、三人の男の子が小さい声でうたいだした。でも、すぐにやめてしまった。
修学旅行のために、この歌を何回も何回も学校で練習をしてきたのだ。海を前にして、全員が並んで力いっぱいうたうはずであった。でも、海を見る前に、「われは海の子」をうたっていたときは少しもおかしくなかったのに、いざ、これが〝海です〟といわれて、まっ青な水を前にしてうたうのは、なんとも妙な感じである。唱歌の中の〝海〟とは何かちがっているという気がしたのだ。その日は、夕御飯を食べてすぐ寝た。〝海〟でみんなクタクタに疲れてしまっていた。

翌《あく》る日、アサちゃんという子が泣いている。オネショをしたのだという。

——いいんだよ、いいんだよ
と先生がなぐさめていた。

欄干に坐ってまた海を見た。風にザワザワと三角の白い波が立っていた。船もいっぱい見えた。小さいとき、テイが養女にやられていた家で、オネショをして雪の中に放り出されたことを思い出した。あのままあそこにいたら、海を見ることは出来なかったのではないか……。

このとき〝海〟を見るといっても結局、旅館から見ただけである。砂浜に行くと、生徒が海にはいったり、着物をぬらしたりするから、連れていかなかったのであろう。海の水は本当にショッカライのか、一度なめてみたかった。


二日目の見物はデパートと観音様である。

デパートはもちろん日本橋の三越《みつこし》だ。三越は、すでに大正三年にはもう五階建ての建物になっていたという。いままで、どんな大きな神社におまいりしても、お寺に行っても、みんな木で出来ていた。だから、石の御殿というものをこのときはじめて見たのだ。

しかし、デパートの中で見学したところは、たしか畳敷きであった。赤い鼻緒の下駄をカコカコいわせていくと、入り口で、下足番の小父さんが〝ハイ、右足を出して〟といった。右を出すと、下駄の上からぱっと袋を被せてくれる。〝つぎは左〟、左足を出すとまたぱっと被せてくれた。口のところにゴムがついたカヴァーなのだ。それから、〝よく来たね〟とアタマをなぜてくれた。昨日の品川の旅館の女中さんはみんなイジワルだった。大人相手に面白おかしく暮らしていたのに、なんでこんな小ウルサイガキを世話しなければならないのか、といった態度だった。でも、三越はちがう。もしかしたらこの生徒たちの一人でも、将来のお客様になるかもしれない、と思ったからなのか、とてもやさしかった。

売り場をみんなで一列になって歩いた。買い物をするわけではない。第一、子どもが買えるものなどありはしない。でも、ケースの中のものは、なにを見てもタメイキが出るほどきれいだ。天井が吹き抜けになっていて、上の方から光が降り注いでいる。

——龍宮城《りゅうぐうじょう》みたいだナ……

と小声でいったら、キヨちゃんが、

——じゃ、ここは海の中かァ

とびっくりしていた。

デパートの飾り物であろうか、一メートルくらいもある大きな鯛《たい》が何匹も飾ってあった。まっ赤な鯛は、緋《ひ》ぢりめんの布を縫い合わせて、中に綿の詰め物をしているのだ。ウロコも赤い糸で刺しゅうがしてある。黒じゅすの丸い大きな黒い目が光っていた。金色の鯛も棚の上で泳いでいた。ウロコが金糸で一枚一枚、刺し方を変えて縫い取りされているので、見る角度によってキラキラと輝いている。

全員の記念写真を三越の写真室で撮ってくれるときのことである。

〝写真〟と聞いたとき、ハッと気がついた。自分だけ三ツ編みのお下げだ。おばあさんが、もう来年は女学校に行くかもしれないのだからと、長い髪を三ツ編みにしてくれたのだ。友だちは頭の上で小さな髷《まげ》を結っている。ひとりだけみんなとちがうのはどうしても恥ずかしい。それに、お下げではのっぺらぼうに写ってしまう。

――坊主アタマに写ってしまうからイヤだ……

と本当に泣いてしまった。

先生は、なんでこんなことで泣くのかネと呆《あき》れていた。みんなも、おテイちゃんが泣いたのをはじめて見た、と驚いていた。まったくオネショのアサちゃんを笑えない話である。

お昼は〝特別食堂〟である。三越を有名にした、あの、お金持ちのお客がはいる特別食堂ではなく、修学旅行の生徒用のものもあったのだ。

楕円《だえん》の形の曲《ま》げ輪《わ》のお弁当が出た。みんな、ふたを開けて、ワアーッといった。白い御飯《ごはん》が俵の形に並んでいる。玉子焼きとかお魚の焼いたのとか、とにかく、村で婚礼のお祝いがあったとき、お父っつあんがぶら下げて帰る折詰を、ひとりでまるまるもらえたのだ。

キヨちゃんが聞く。

――おテイちゃん、何から食べる?

――カマボコ!

――うん、そうしよ、そうしよ
テーブルの上には、なんとおみやげまでのっていた。巾着《きんちゃく》のような袋だ。中を開けると、黒いしぼのある和紙で髪をこしらえた、姉さま人形がはいっていた。玉手箱ではなかったが、ここは本当に龍宮城《りゅうぐうじょう》なのであった。

おみやげ代はもしかしたら、役場から出ていたのかもしれないが、生徒全員がいま、一生のうちでいちばんぜいたくをしているのだ。これでみんないっぺんに三越を好きになった。だからテイは大きくなってからも、デパートといえば、三越しか思い浮かばない。

エレベーターにも乗った。ガタガタガッタンと下りるとき、胸から下にギューッと引っぱられる感じで、海の底に落ちるようで怖かった。外に出てから、いっぱい空気を吸った。

そして、最後に見たのがライオンであった。

――これが西洋の獅子《しし》です。ライオンは動物の王者です
先生からそういわれたが、お正月から冬にかけて村にやってくる獅子舞の顔とはぜんぜんちがう。村では獅子が大きな金の口をパクパクさせ、それにアタマを噛《か》んでもらうと、無病息災《むびょうそくさい》になるといった。しかし、三越の入り口の左右に、王者の風格で腹這いになっているこの二頭のラ

イオンほど立派に見えたものはない。背伸びをして前足にさわるとひんやりと冷たい。テイたちが感嘆してポカンと口を開けて見ているのに、ライオンは二頭とも、はるか遠くを見ていた。

そのあと、浅草に行った。

なんてたくさんの人間だろう。デパートでも浅草でも、どこもかしこも人で混んでいる。高松村では、人にぶつかることなんか絶対にない。

そしてまた、東京の広くて大きいことはどうだろう。昨日は、浅草から上野に出て品川へ。今日は日本橋に来て浅草へ。先生が五人も付き添いで来られたのも、もっともだ。一人でもはぐれたらどうしようもない。

そういえば父の弟の峯三郎叔父さんも一《はじめ》叔父さんも、東京に出て働いているはずである。どっちの方角に住んでいるのだろう。

来年、女学校にはいれたとしたら、足利まで通学するのだ。足利の街も人でいっぱいなのだろうか。そして、足利の女学校を卒《お》えたら、この広い東京に出てくることになるのだろうか……。

テイは胸がおしつぶされるような気分になった。

浅草寺の観音様を拝んでから、また東武線に乗る。全員が、〝雷おこし〟を家へのおみやげにぶら下げていた。それに三越の、海の乙姫《おとひめ》さまからのおみやげもあった。

どの子も、どの子も、大満足で修学旅行から帰ったのである。

細島先生の受験ベンキョウ

修学旅行も終わってしまった。そして、楽しいことの次には勉強が待っていた。

小学校に細島先生という、名物先生がいた。おじやん先生とも呼ばれていた。いつも軍隊の払い下げの靴をはいて、身なりなど一向に構わない。しかし、師範こそ出ていないがたいへんなもの知りで、生徒の教育に非常に熱心であった。

そのころ、百姓の子はそんなに勉強しなくてもよい、ベンキョウなんか出来ると、米を作るのにかえってジャマだョ、という親がふつうだった。他の先生たちも、たしかにそうだ、読み書きそろばんが一人前に出来れば、この村の暮らしに何のさわりがあるか、と思っていた。

細島先生はちがう。勉強が少しでもよく出来る子は伸ばしてやりたい。上の学校に行って、もっとよい教育を受けて、もっと本を読まなければならないのだ、といつもいっていた。だから、細島先生はいつも六年生の受け持ちだ。そして、上の学校を志望する子どもを集めて、放課後に補習をしてくれたのである。

このころ、足利は産業都市として発展し、大正十年一月に足利市となった。栃木県では県庁のある宇都宮市に次ぐ二番目の市である。ここに進学校が三つあった。男子は明治以来の伝統を誇る栃木県立工業学校と、大正十年開校の県立足利中学であり、女子は郡立足利高等女学校であった。この三つの学校をみな〝県立〟と呼んでいた。〝ケンリツ〟という言葉には怖ろしいほどの響きがあった。

——いいか、ケ、ン、リ、ツにはいるのは生半可《なまはんか》なことではダメだ、受からないゾ、とにかく、ベンキョウだ
秋の終わりから春の試験のときまで、来る日も来る日も教室に残って勉強させられた。男子が四人、女子はテイの他にチョウちゃんとサクちゃんの三人だ。

受験のための教科書などない。五年、六年のときに使った教科書をもう一度はじめからやり直し、覚えさせられた。算数など、満点を取るまでやらされる。

細島先生はときどき、ドン、ドン、ドンと教壇で物凄《ものすご》い音をたてる。勉強が出来なかったり、集中していないと、腹を立てて、はき古しの軍靴で教壇を踏みならすのだ。

教室の廊下側のガラス窓は部屋を明るくするために、上の一列が磨《す》りガラスではなく、素通しで外が見えるガラスがはめられていた。廊下を通る他の先生が、そこから顔をのぞかせて、指を二本立ててみせて、笑っている。

——やあ、お前たちはもう、二時間も絞られているゾ
というサインだったのだろう。変《か》わり者《もん》の細島先生が生徒に厳しすぎるんではないか、と職員室では校長先生をはじめとして、いつも話題になっていたらしい。

ようやく補習が終わった。もう日暮れ近い。

空《から》っ風《かぜ》に吹かれながら、帰る。高松からは、細島先生の息子のヨッちゃんが進学希望で残っていた。ヨッちゃんが先を歩く。三メートルくらい離れて、そのあとをついていく。ヨッちゃんが立ち止まると、テイも立ち止まる。とにかく、男の子と女の子が並んで口をききながら歩くなんて、考えられないことであった。

夕飯を終えたころ細島先生が来る。村の火の見やぐらのそばに教員住宅があって、一家はそこに住んでいたのだが、細島先生は自分の家の風呂にはいらない。もらい風呂が好きなのだ。

あるとき、細島先生に聞かれた。

――テイは、ベンキョウしているか、夜も

――学校でしてきたから、もう、イイ……

――バカ！　女学校にはいれたらいいってもんではないんだゾ。いいか、県立に何番で受かったかがモンダイなんだ！

それはたいへんだ、とはじめて気がついた。それから、東側の物置小屋の二階にカイコの棚で机をつくってもらい、ランプを持って上がっていって、夜も遅くまで勉強した。

ときどき、ヤスおばあさんがおまんじゅうを持ってきてくれる。そして、

――テイや、しっかりベンキョウして学問をするんだよ。学問をすると、世間様のことがよく見えるようになるんだ……

おばあさんは明治の初めの小学校の第一回生だった。何年で終わったのか、そのあと親にせがんで、さらに寺子屋のような塾に行かせてもらったという。そういえば村の人はいつも、

――北《きた》ん家《ち》のおばやんは〝目がよく見える〟から

といっていた。新聞や雑誌などをよく読んでいたし、何よりも物の道理がよく見えるということであった。

どん、どん、どん……

ドン、ドン、ドーン！

遠くで何か鳴っている。太鼓の音だろうか。

――おおい、どうしたァ　まだ寝てるのかァー

起きろー、起きるんだ、試験だぞうー

細島先生の声だ。そうだ、シケンだ、試験の日だ！　家中がとび起きた。そのときまで、誰もかれもが眠りこけていたのだ。

細島先生のいちばん上の息子さんが、師範を出て豊橋の中学の先生になっていた。そこに初孫が生まれたというので、その顔を見に行くため先生は朝一番の汽車に乗ろうと、夜明けを待って起きて出かけてきた。寺崎の家の前を通りながら、ようすをうかがうと、明かりがついていない。どうしたことかと、街道《カイド》をはいって大戸をどん、どんとたたいてくれたのだ。

どうして起こしてくれなかったのか、と泣きそうになった。でも人を恨んでいるヒマなどない。着物をガムシャラに着て、とにかく袴《はかま》をつけた。それから土間にとんでいって、柄杓《ひしゃく》で冷たい水を飲んだ。

――大丈夫だ、テイ、落ちつけ。まだ間に合う、先生がいっしょに行くから。駅でちゃんと汽車に乗せてやる

――ア、そうだ、ベントウ、ベントウだ！

イワおっ母さんがカマドに駈《か》けていく。

――ああ、いい、いい。オレの弁当をやる、オレは東京で買うから……。それより朝メシはないのか。

おばあさんが戸棚から出してくれたふかしいもを手に駈けだす。

――ホラ、駈けなくていい、落ちつけ、テイ。学校に着いたころにくたびれていては、何にもならない

道々、歩きながら、サツマイモを食べた。駅には大竹チョウちゃんがもう来ていた。いっしょに女学校を受けるのだ。駅で細島先生が、頭に手を置いて、またいってくれた。

――いいか、テイ、落ちつくんだぞ。テイは落ちついていれば百点だ

こうして、五時四十四分発の汽車に乗った。これに乗り遅れたら、つぎは八時三分の汽車しかない。でも足利までは二十分足らずで着くから、学校には遅れるどころか一番に着いてしまっ

て、八時からの試験を教室でただふるえながら待っていた。

試験は怖ろしかったが、最初の算数が全部出来た。それでだんだん、気持ちがしずまった。

作文の試験になった。先生がはいってこられて、黒板に大きく、一字だけ、

「鏡」

と書かれた。そして重々しくいわれた。

——はい、よろしいですか。この題で、何でもお書きなさい

私の母が、祖母からもらって大切にしている、美しい手鏡があります。朱色の漆《うるし》の背板に丸い鏡がはめてあって、細い柄がついています。

あるとき、母が、

「もう、これは、若い女の子に似合う手鏡だから、あなたにあげましょう」

といって、くださいました。


というような作文を書いて出した。なぜ、こんなときにまで、見たことも会ったこともないおっ母さんのことを書くのか、理由《わけ》が分からない。しかし、いつも、こんなことがあったらいいなァと思っていて、この、夢のようなことを書いたのだろう。

試験が終わった。ホッとして見回すと、足利の街中から来ている女生徒たちは、みんな大人びた顔立ちをしていて、紫のリボンをつけている子もいた。絹織物で財をなしているお金持ちのお嬢さんたちなのだ。どの子もみんな、勉強が出来そうだ。

校門を出たところには、髪をきれいに結って立派な身なりをしたお母さんや女中さんが出迎えに来ていた。テイはまた足利駅で長い間汽車を待って、チョウちゃんと、〃受からなかったらどうしようネ〃などと話をしながらクラーイ気持ちで帰った。

それにしても、今日の細島先生はありがたかった。もし、先生が起こしてくれなかったら、試験が出来たとか、出来なかったとかの話ではないのだ。〃おじやん先生〃なんて、これからいうのはやめよう。

おばあさんが駈《か》け寄《よ》ってきて、袴《はかま》を脱ぐのを手伝ってくれながらいった。

――すまんかったナ、起きなくて、今朝は

昨日の晩は、ホラ、テイは明日は試験なんだゾ、早く寝ろ、と夕御飯のあとすぐに、追い立てられた。大人たちも、今日は早く寝ようと床にはいったのだ。

――まったく、日ごろ、しつけないことはするもんでないナ

親たちはその後、なんべんも同じことをいっていた。

おっ母さんは、家に目覚まし時計がないからだ、とお父っつあんを責めた。いつも誰よりもいちばん早く起きてカマドに火をつけるイワおっ母さんが寝坊するなんて信じられない。しかし、

いちばん悩んでいたのはおばあさんである。年とってから朝早く目が覚めて困る、というのが口ぐせだ。それがなんで孫のこの大事な日に寝こけたのか……。それにこの試験のお弁当にと、お正月から土間に吊るしてある新巻を少しだけ切り、前もって酒粕《さけかす》に漬けておいた。そのサケを焼いて持たせるはずだったのにと、それも口惜《くや》しがっていた。

合格の知らせを待つ十二歳の春

受かるだろうか、受からないだろうか……

ウカッタロウカ、オチタロウカ……

何百回と考えた。試験は三月にはいって、すぐにあった。そして早くも五日後には発表である。もし結果が悪ければ、進路を変えて、どこに行くかをまた考えなければならないからだ。

細島先生が試験問題を手に入れてきた。

——テイ、もう一度、これをやってみろ

作文は恥ずかしいから書いてみせなかった。書き取りや算数の答えを見て、先生は、

——大丈夫だ、ヨシ、これなら受かる

と太鼓判を押してくれた。

それでも不安なのだ。あの試験の日に全員が寝坊した。それを家中の者がまだ悔やんでくれている。女学校にはいることは、一家あげてのことなのだ。これで落ちたら申し訳がたたない。何

番で受かるかなんて、もう、どうでもいい。

気分を変えようと裏山に行った。筍《たけのこ》のうちに掘り忘れたのか、若竹が何本かギッシリと生えているところがある。その竹と竹の間を割ってムリにはいった。身体のぐるりを、しなう竹に囲まれていると、小さな籠《かご》か樽《たる》に身をひそめたような気がする。いつも、何かに追い詰められたような気分のとき、こういうようなところにはいると、テイは心が落ちつくのであった。

竹と竹の間から、山の神様とお稲荷様の祠《やしろ》が見える。でもこの神様はダメだろう。足利という町の名前は知っていても、女学校とかケンリツとか、第一、試験なんて言葉は知らないのではないか。屋敷神様なのだから、寺崎の家と近所の組《くみ》の家々を守ってくれるだけで充分だ。

おばあさんは八幡《はちまん》様に願掛けをしてきたという。しかし、神無月《かんなづき》に、遠くの出雲まで出かけていって、村の娘たちの縁談を取りまとめてきてくれることは出来ても、〝試験合格〟ということを突然お願いされるというのはどうであろう。

県《あがた》村の大月サクちゃんの家だって、村の氏神様にお願いしたという。足利の街中のあのきれいな女生徒の家だって、大きな神社とか鑁阿寺《ばんなじ》に行ったろう。それに、誰を受からせて誰を落としたかが分かっては、神様の力くらべで、御利益《ごりやく》の順番が分かってしまうのではないか。

——困ったときだけの神頼みは、するもんでねえゾ
とおばあさんはつねにいっているではないか。

試験の発表は細島先生が見に行ってくれたが、どうにも、家で待ってはいられず、駅まで行

き、改札の手すりにもたれて、下駄を鳴らして待っていると、汽車が着いた。細島先生が笑いながら大きく手を振っている。

アア、とホッとした。

——テイ、受かっていたぞ、よかったナ

チョウちゃんもサクちゃんも合格したという。

それを聞いて矢場川の堤防の上を走った。いちばん近道なのだ。土手の上の強い風で髪がばらばらになる。それでも構わずムチャクチャに走ったので、櫛《くし》を落としてしまった。

街道を一気に駈《か》け抜《ぬ》けて、家にとびこんで叫んだ。

——ウカッタアァー

おばあさんはまず神棚に手を合わせた。その後ろで妹たちがバンザイをした。

——テイちゃんはベンキョウ出来るからナ

といい合って、キイもミツも喜んでくれた。末っ子のミヨは袂《たもと》を振りふり、

——ジーガッコウ、ジーガッコウ

とうたって座敷をはねて歩いた。ミヨは、このあともずっと女学校をジーガッコウといっていた。字を習うところなので、「字学校《ジーガッコウ》」と思っていたのだ。

イワおっ母さんが台所から、手をふきふき出てきて、

——よかったな、テイ

といってくれた。ニコニコしていた。これが何より嬉しかった。おっ母さんは、いまからでは赤飯は間に合わないからと、小豆飯を炊いてくれた。これでもお祝いごとらしい赤飯《アカマンマ》である。夜になると、細島先生がいつものようにお風呂にはいりに来た。父が手をついてお礼を述べていた。

——それで何番でしたかね、テイは

——十一番でした

順番などどうでもいいと思っていたが、受かってみると、ビリでなくてよかった。

一番は酒井タカさんという人だという。この一番の人の名前だけは何十年経っても忘れないから不思議だ。やはり、首席とか順番は大事なことなのであろうか。

卒業式が終わり、三月も末であった。観音寺の前まで行ってみた。小学校への道が一本、どこまでも続いている。この間までこの道を学校に通っていたのが、信じられない。ずいぶん、遠くの昔のことのように思えた。

両側の田んぼの畦道《あぜみち》に、ヨモギや若草が青々と萌《も》え上《あ》がっている。もうじきレンゲの花も咲きだし、桃色の帯となって、この田んぼ道をどこまでも彩っていくのだろう。

遠くに赤城山と浅間山が見える。その山のすがたを、このときほど心にくっきりと留めて見たことはない。そして空を仰いだ。空にほんわりと、小さな白い雲が浮いている。春の雲である。

そういえば、昨年の秋から空を見上げたことなどない。補習を受けたあとは、夕暮れの道をひたすら下を見て、せかせかと歩いて帰った。二月も、三月も、なにかいつもうつむいて歩いていたようだ。空が、こんなにもはればれと広がっていることに驚いた。

四月からは、もう西に向かって進むこの一本道を通らないのだ。南の方に歩いて中野駅に行き、汽車に乗って、〝足利女学校〟に行くのだ。

女学校で何を教わるのだろうか。難しい科目ばかりだろうか。

足利の街のあのお嬢さん育ちの女の子たちとうまくやっていけるだろうか。試験の日も、チョウちゃんとサクちゃんとお教室の隅の方にかたまってお弁当を食べた。田舎から来た三匹の小ネズミのようであった。何よりも気がかりなのは言葉だ。「オレ」では笑われるだろう。四月からは「ワタシ」といおう……。

細島先生はこういってくれた。

――テイ、本を読め。そして、しっかり考えろ。そうすればこわいものは何もない

そうだ、本がある。本がいっぱい読めるのだ。これからは本を読んでいても、おこられたり、からかわれたりはしないのだ……。

期待と不安で胸がはちきれんばかりの、寺崎テイ、十二歳の春であった。

第11章　足利女学校で何を学んだか

五時四十四分発の汽車で通学

大正十一年（一九二二年）四月、寺崎テイは足利高等女学校に進学した。

足利の地には、鎌倉初期に学問所として日本最古の「足利学校」が創立されたといわれていて、人々はそれを非常に誇りにしていた。だから、〝学校〟と名がつくものには、とりわけ敬意を払う土地柄であった。その足利の女学校に受かったということは、近隣の村にも知れ渡る名誉なことなのである。

しかし、テイにとってその通学はなんとたいへんなことであったろう。東武線の汽車が館林から来て中野駅を五時四十四分に出発する。そのあとは八時過ぎしかなかった。それでは女学校に間に合わない。

五時前に起きる。御飯をかきこむ。お弁当を詰める。髪はなんとか、桃割《ももわ》れにかっこうをつける。前の晩、布団の下に襞《ひだ》を整えて寝押しをしておいた海老茶色の袴《はかま》を引きずり出して、穿《は》く。そして、駅まで走るのだ。

渡良瀬川の土手は工事用道路でもあり、通ってはいけなかったが、大目に見てもらおうと、土手道を走った。駅に着くころ、後ろから大竹チョウちゃんも走ってくる。チョウちゃんの家は駅の近くにあったからゆうゆうのはずなのに、いつも遅れてくるのだ。

秋から冬になると、朝はまだまっ暗である。女の子一人ではさすがに危ないからと、大竹チョウちゃんの家まで、イワおっ母さんが提灯《ちょうちん》をつけて送ってきてくれた。農家の主婦の忙しい朝、これはたいへんなことである。チョウちゃんが出てくると、二人で駅に行く。提灯は駅に預けておき、夕方、それに灯を入れてもらって帰ってきた。

駅舎の改札口は、踏切を渡って南側に回りこまなければならない。ときには遅れて、もう汽車が向こうに見えてきたときは、北側の土手から駅の境としている黒く焦がした棒杭《ぼうぐい》の間をすり抜けて、線路に駈《か》け上《あ》がる。駅長さんと若い駅員が、

——早く……落ちついて……早くしろ

と叫びながら、ホームから降りて線路で待ってくれていて、若い駅員が反対側の口から汽車にとび乗って、手を引っぱり上げ、駅長さんがお尻を押し上げてくれた。汽車が動き出すと、若い駅員はとび降りる。駅長さんも、この子たちを乗せなければと、気が気でなかったのだ。

列車は、貨車の車両が何両かに、人間の乗る客車が一両付いている。足利の中学に通う男子の生徒は前方に固まり、女子は後方と決まっていた。

ハアハアと息を切らせて座席にへたりこむ。見ると、車両の真ん中に裕福そうな大人の人が一

人かならず坐っていた。なんでも前の晩、館林のお妾《めかけ》さんの家に行って、朝、また足利の家に戻る大店《おおだな》の御主人ということである。それが毎朝のことなのだ。いったい眠くないのだろうか、男の人はなんだかたいへんなのだなァと思った。

学校には六時半近くに着いてしまう。足利の街中からお嬢さんたちが八時過ぎに登校するのを教室で待っていた。

足利の北の方にある名草《なぐさ》とか、北郷《きたごう》という村から来る生徒は、もっとたいへんである。朝、一時間もかけて、馬車に揺られて来た。足利の街に用足しに来たり、歯医者にかかる村の人たちなどもいっしょに乗ってきて、夕方、またその乗合馬車で帰っていくのであった。

授業が終わると、こんどは四時過ぎの汽車で帰らなければならない。だから、テイたちは女学校のサークル活動などいっさい出来なかった。校庭を校門へ向かって歩いていると、二階の音楽教室から歌声が響いてくる。

春のォうらァらァのォ隅田川
のぼりィくだァりィの船人が……

美しい乙女の合唱である。

しかし、上り下りの東武線組は、そんな女学生らしいこととはまったく無縁であったのだ。

無縁といえば、街中の同級生に、

——えっ？　ランプ？　電気が来てないの！

と、電気の明るさとはまったく無縁の、テイの村の暮らしに驚き、呆《あき》れられた。高松村にその電気が来たのは、大正十二年、テイが女学校二年になるときである。

父が羽織袴《はおりはかま》の正装で、宇都宮の県庁に何回も何回も陳情に出かけていた。何軒の家がどれくらい電灯をつけるかを集計してから行くのだが、オレん家《ち》はランプの明るさで充分、そんなもンいらないと、はじめは断固として断る家もあった。ケチの人は強いのだ。

工事には何人もの技師や職人が来て、一カ月近くもかかった。自宅からは通いきれないから、村の主だった家に泊まった。もちろん、朝、昼、晩の食事に、お酒付きである。

寺崎の家は街道《カイド》が長かったので、裏山から大杉を一本伐《き》り出《だ》して、中継ぎの電柱を立てなければならなかった。隣の伊勢松つぁんの家は、そこから引きこんだ。

四月一日の夕方、いっせいに電気がついた。どの家でも家族全員が座敷にかしこまって坐って、一つの電灯を見上げている。オレンジ色に電灯が灯ると、みな、オオ、オオと歓声をあげて、村中がどよめいた。石油ランプの百倍も明るかったのである。

寺崎の家では、座敷と台所に二カ所つけたが、たいがいの家は一灯だけであった。

父の仕事は各家からの集金である。払わない家があると、電気会社との約束で村全体で立て替えなければならなかった。また電球がよく切れた。さらに、竹ヤブに電線がひっかかる、ネズミが電線をかじった……。そのたびに父は羽刈の出張所に出かけていかなければならなかった。

そのころの村の人の会話は、全部デンキのことだった。誰もがまず、口にしたのは、

――オドロイタア。タタミのゴミが拾えるんだがネ……

であった。

明治三十九年にはすでに、足利と桐生の織物業者の要望で、渡良瀬川の水力利用の電気会社が出来ていたという。そして足利の町では明治四十五年には、住宅のほぼすべてに電灯が灯っていた。だから足利の町からほど遠い郡村の子どもたちが、ほんの少人数しか女学校に受からないというのは、当たり前の話なのだ。

〝蛍の光、窓の雪……〟の歌ではないが、薄暗いランプの下でしたテイの受験勉強は、裏の川のホタルを袋に集めてきてやっていたようなものだったのである。

制服の袖丈

大正十二年四月、学校が本当の県立となった。

女学校は最初は足利郡立で、テイの生まれた明治四十二年の五月に授業を開始した。生徒の募集定員は五十名で、大正二年に百名となった。そして、大正十年の市制施行にともない大正九年から県立に向けて〝郡立〟を学校名からはずしていた。だから誰もがもう、ケンリツと呼んでいたのだ。

県立になったときに制服が変わった。それまでは服装はあくまで「清潔質素」が第一であった。袴《はかま》にはラシャやカシミヤが許されたが、色目は海老茶色、着物は染めの模様は許されず、木綿に地味な色目の細い縞《しま》か絣《かすり》で、袖丈は九寸の元禄袖《げんろくそで》と決まっていた。

ところが、県立になったとたんに銘仙《めいせん》着用が認められたのだ。そのころ足利の主な産業はなんといっても銘仙であった。銘仙は絹織物だが、木綿のように丈夫で、それでいて軽く、光沢《つや》があり、普段着から晴れ着まで用いられた。そして、足利は銘仙の産地として、秩父《ちちぶ》、伊勢崎を抜く勢いで全国に知られていたという。足利の美しい〝華〟ともいうべき女子学生が、この足利銘仙を着てこそ町の名誉を高めるのだと、父兄が主張したのであろう。しかも袖丈も一尺二寸の長さまで許されたのだ。髪も、桃割れか束髪《そくはつ》から下げ髪でもよくなった。ただしリボンは厳禁である。はきものは、下駄から革の靴になった。

とくに目立ったのは、袴《はかま》の上から校章つきのベルトをつけたことだ。東京のお茶の水女子高等師範学校の付属の女子学生は、菊と蘭《らん》をあしらったバックルを校章とした〝バンド〟を締めていた。それにならったのか、バックルには桐《きり》の葉の上に〝足〟と〝女〟の二文字が輝いていた。通称〝足女《あしじょ》〟と呼ばれていたのだ。この直径五センチほどもある七宝《しっぽう》のバックルをカチャッといわせてはめると、なにか誇らしかった。

これではじめて、雑誌で見るようなハイカラな女学生姿に近づくことが出来た。しかしそれでも、もっと袖の長い着物を着たがる子がいた。

一斉検査があって、お作法の先生が物差しを持って立っている。その前をおじぎをして通るのだが、袖の長い子は、そこでたちまち見つかってしまう。何度注意を受けても平気な子が、あるとき、先生に裁ちバサミで袖を切られ、ワアワアと泣いていた。

染めの着物でもよいといわれても、テイはいつもおばあさんの手織りの縞組《しまぐみ》で、通学に走りやすいようにと袖も短くしていたから、注意など一度も受けたことはない。けれども、他の女生徒が町の通りを、袂《たもと》を風に翻して歩いているのを見ると、やはり袖は長い方が何倍も美しい。学校で行事があるとき、お気に入りの一張羅《いっちょうら》の、空色に桔梗《ききょう》の花柄で袖も長いのを着ていくことがある。そういうときは確かにおしとやかな、女学生らしい気分にひたれるのであった。

県立女学校といっても、やはり〝良妻賢母〟になる教育が主眼である。だから、お裁縫の時間がやたらに多かった。

――わたしたち、サイホウ学校に来たわけではないわよねエ
と生徒は口々にいったが、このときムリヤリにでも習えたのはありがたかった。白の半襟に糊《のり》付《づ》けをして、火のしをかけて付けかえたり、二着の袴《はかま》は、夏と冬の休みのたびに、ほどいて洗《あら》い張《は》りをし、裏返しにして仕立て直す。ワカ叔母さんがお嫁に行って、もういないので、テイは一人で身の回りのことはしなければならなかったのだ。

お裁縫以外の授業では、国語や数学よりも、歴史や地理といった科目が好きであった。社会の仕組みとか、知らない未知の世界に興味があったから、歴史でも、外国の歴史を知りたくて、いつも地図を眺めていた。巴里《パリ》とか倫敦《ロンドン》の町はどんなところなのだろう……。

けれども、朝早く起きて出てくるので、授業中に眠りこける。テイはもう、自分は小学校時代

のような優等生にはけっしてなれないなと、観念した。

小学校を卒業したとき、女学校に行ったら本をいっぱい読もう、そしてかしこい子になろうと強く決心したものだ。しかし、その〝志《こころざし》〟はたちまち消えてしまった。本より、雑誌の方が数倍も魅力があったのだ。授業の合間は、雑誌の話ばかりしていた。読まれているのは「少女の友」か「少女倶楽部《クラブ》」だったが、「少女の友」の方が人気があった。「少女倶楽部」は少し堅苦しく、夢がなかった。

明治四十一年に創刊されたという「少女の友」は、夢見がちな少女の夢をさらにかきたててくれた。子どもではもうない、しかし大人にもまだなっていないこの年ごろの女の子は、ただ〝夢〟という夢に憧れていた。だから、哀しい物語や、お友だち同士の手紙のやり取りとか、美しい上級生に憧れ、ため息をついて見る、といったシーンに誰もが夢中になっていた。

でも、一冊四十銭では、テイには買えない。友だちから借りておいて机の中に上手に隠し、朝一番に教室に着いてから、予習をすればよいものを、この雑誌を読んでいた。

西条八十《さいじょうやそ》や島崎藤村《しまざきとうそん》までが書いていた。吉屋信子《よしやのぶこ》も初登場していたが、すばらしかった。そして雑誌には、少女小説ばかりでなく、「私はかういふ勉強法で入学試験に及第した」とか「誰れでも出来るやうになる少女勉強法」といった実用的な記事も載っていたのだ。

それから、原田なみぢ、武井武雄《たけいたけお》、林唯一《はやしただいち》といった画家の絵にひきこまれた。しかし、挿絵画家では何といっても竹久夢二《たけひさゆめじ》か高畠華宵《たかばたけかしょう》で、クラスもこの二派に分かれていた。
テイは、目の大きいところだけは夢二の絵に似ているといわれて、夢二が好きだった。どこかあらぬ方をいつも見ているその姿に惹《ひ》きつけられた。
クラスに仲良し二人組がいた。どちらもあんパンのようにまん丸い顔で、こけし人形のような細い目をしていた。はたから見たら、純情で愛くるしい顔なのだが、この二人は、どうやったら面長の顔に、そして夢二のような大きな目になれるかと、いつもケンキューしていた。
あるとき、こんな会話をしていた。
——今日はわたしの家、お八つはカステーラよ
——ワァ、わたしもお母さんにそういうわ
そんなやりとりのあとに、
——ねえ、二人ッきりのときは、お母さんのことをママといわない？
——うん、そう、ママっていおう
近くで聞いていた大竹チョウちゃんが廊下に駈《か》け出《だ》した。お腹《なか》をよじって笑っている。
——ママだってサ、アキレタ……。でも考えてみたら、高松の村にはママなんて一人もいないねェ。おっ母ァか、おっ母さんだよねェ
二人の帰る村は、なんと少女雑誌の世界とは程遠かったことであろう。
雑誌の中の少女小説の舞台が農村であったり、その女主人公《ヒロイン》に百姓の娘が出てくるということ

はけっしてなかった。あくまでも都会に住んでいるお嬢様の話で、その家に行儀見習いか何かで来ているねえやの故郷として、農村が描かれているだけであった。

しかし、テイと似ているところもあった。どういうわけか、女主人公《ヒロイン》には実の母親がいないのだ。継母《ままはは》というあからさまな言葉は使っていないが、実の母ではない人に育てられている。少女はもちろん黒髪長いめっぽうな美少女で、自分の実の母親を探している。しかし、その母親はかならず結核にかかっていて、亡くなるとき、病床に駈《か》けつけてようやく会える。そして最後に、

——おかあさまぁ

と叫んで終わる、という筋書きが多かったのである。

友だちはみんな、こういう話が大好きで、

——わたし、なんども泣いたわ。うちなんか両親がいるから、こんなお話にはならないヮ

などと、バチ当たりなことをいっていた。テイは、自分もまた生まれてからこのかた、本当の母親に一度も会ったことがない、などとはいえず、ただだまって聞いているだけであった。

実のおっ母さんとの幻の再会

女学校にはいってからしばらくして、こんな話が持ち上がった。

テイの産みの母親は、高松に近い村に再び嫁いでいた。夫は気持ちのやさしい人であったという。子どもも何人か出来ていた。テイが女学校にはいった話はすぐに伝わったらしい。その夫が

もうこのあたりで、娘に一回会わせてやってもらえないかと、間に人をたてていってきた。そして、自分も寺崎の家にわざわざ挨拶《あいさつ》に来て、腰を低くして頼んだのである。

ヤスおばあさんはその夫の人となりにしきりに感心していた。

――まったく、こんなに足を運び頭を下げてくることなぞ、そうそう出来るものではない。それも女房のために

おばあさんは最初の嫁に厳しかったのではないかと、ずっと気に病んでもいたのだ。

――テイに会わせてもいい。でも、オレは会わないぞ

父は、そういった。父は逆の立場だったらこんな労はとらなかったろう。父はそういう人である。テイを新宅《しんたく》で引き合わせようというところまで話が進んだとき、実の母からこういってきた。

――ろくに乳《ちち》もくれず、一度もめんどうを見ずにきたムスメに合わせる顔がない……

イワおっ母さんは、

――当たり前だ。なにをいまさら、会える道理がない……

女学校に入れるまでに育てたのは誰だ、といいたかったのであろう。

――筋を通しているんだろ……。せつない話だなァ。テイや、ここはこらえろ、会いたいだろうが……。それにしてもガンコなことだな、テイのガンコはあの母親ゆずりだナ

おばあさんにそういわれて、おばあさんがいるからいい、とテイは答えたのだが、どうしようもないほど気落ちがした。おっ母さんを想わぬ日は一日とてなかった。テイに会わせる顔がない

というのではないのだろう。本当はかわいい子どもたちとにぎやかに暮らしていて、いまはテイのことなど、他人のように思えるのだろう……。赤ん坊のとき一度捨てられた。そしていま、また見捨てられた。自分は二度も母から捨てられてしまったのだ……。

こうして、実のおっ母さんに会えるという夢は、アッケナク消えてしまった。

しかしその後、通学で駅の待合室にいるとき、なにか外でこちらを見ている人の気配がする。アレ？　と出てみても誰の姿も見えない。そんなことが何回もあった。

これは誰にも話さなかった。たぶん、実のおっ母さんが、汽車が来る前に駅まで来ていて、暗闇に紛れて、物かげから娘のテイを、どんな子になったろうかと見にきていたのだ。

だが、こちらからはその母の姿を一度も見つけることは出来なかった。

校長先生の話す〝嫁入りの心得〟

学年が上がるにつれて、修身の時間がおごそかになっていった。校長先生は徳育とか、知育とかいうことをよく話されていたが、四年生になると〝嫁入りの心得〟に重点が置かれた。「嫁《か》しては夫に従い、老いては子に従う」。嫁ぎ先では従順に、ただ従順に、ということである。

――よろしいですか、お嫁に行ってお姑様《しゅうとめさま》が鷺《さぎ》を見て、あの鷺は黒いといったら、たとえ白い鷺でも、さようでございます、といいなさい

モーニング姿の校長先生はそういわれた。

白い鷺《さぎ》を黒い鷺などというのは本物の詐欺《さぎ》ではないか。真実をきわめる道に一歩でも近づくことが、学校で勉強するということではないのか……。
友だちをチラと見ると、教室の南側の席の生徒は知らん顔をして南の方の空を眺めている。廊下側の生徒も聞いているふりをしながら、廊下ごしに北側の空を眺めていた。
授業が終わる。起立、礼。校長先生が出ていかれると、
——わたし、ぜったいにおヨメになんか行かないヮ
——わたしもイヤョ。白い鷺は白い鷺よ
こうして〝おヨメには行かない〟とみんなで固く誓い合ったのだ。
ところが優等生の子は、こういった。
——いまの校長先生のお話はごリッパだヮ、わたし、たいへん感動したヮ
とりまきの子たちも口々に賛同した。この子たちのなかには、
——○○さんはお昼食《ひる》が終わってから、またパンを買って食べていました。イケナイことだと思います
と職員室まで行って、先生にいいつけたりする人がいた。
みんな、呆れてだまっていた。そして目配せをして、ごリッパ組は教室に残し、パン売り場に駈《か》けつけて、菓子パンのヤケ食いをしたのだ。県立の女学校が高く謳《うた》い上《あ》げていた「温良貞淑の婦女」の形成ということは、どうも身につかなかったのである。

四年間の夢のあとで

卒業も間近になった。
書道の先生が女学校の思い出になるような作品を書くようにといわれた。先生は小柄で痩身《そうしん》の方だったが、いつも背筋をシャンと伸ばし、古武士の風格があった。
――寺崎さんはしっかりした字を書くから
と、仮名文字の和歌ではなく、漢詩を与えられた。「和漢朗詠集」におさめられている「長生《ちょうせい》殿《でん》」という詩で、お祝いの句だという。

長生殿裏春秋富
不老門前日月遅

お作法室に紺の毛氈《もうせん》を敷き、半切《はんせつ》の紙に一気に書いた。

子どものころ七夕様の朝、誰よりも早く起きて畑に行った。里芋の大きな緑の葉に、水晶のような水滴がたまっている。お椀にそおっと露を集めて帰り、墨を磨《す》った。その墨で書くと字が上手になるといわれた。だから、お習字は好きだった。

先生は、よく書けましたね、といわれて、この話は謡曲「邯鄲《かんたん》」にも引かれていますと教えてくれた。それから、書をまた眺めて、しかし、この名前がなあ……。漢詩の横に〝テイ〟ではなァ……といわれた。たしかに「長生殿」二行の横に〝寺崎テイ〟と書いたのだが、どうやっても「テイ」というカタカナ二文字がおさまらなかった。

クラスでは大半の子がカタカナ二文字の名前である。しかし、延子《のぶこ》とか奈嘉《なか》とか菊子《きくこ》とか、いかにも親がしっかりとつけたという名前の人もいた。カタカナの名前の子たちは、

——イヤだわ、わたしの名前……

——そうよ、少女小説に出てくる名前に、カタカナなんてないヮ……

と不満をいい合っていた。

書道の先生は少し考えてこういわれた。

——寺崎さん、これからは〝貞子〟とお書きなさい

お作法の先生が毎日のようにいう「温良貞淑」の貞である。どうも自分にはそぐわないと思ったが、それからはノートにも「貞子」と書いた。そのころ妹たちは、テイの女学生姿にさすがに感嘆して〝テイ姉さん〟と呼んでいたが、友だちや大人からは相変わらず、テイちゃん、おテイや、であった。テイは「貞子」とひそかに書くだけで一人前になった気がした。

長生殿の裏《うち》には春秋をとどめたり
不老門の前には日月遅し……

謡曲「邯鄲」にはこのように謡われている。

盧生《ろせい》という男が趙《ちよう》の邯鄲で、不思議な枕を道士から借りる。その枕で寝たところ、楚国《そこく》の帝《みかど》の位を譲られ、夜昼となない楽しみのうちに栄華のかぎりをつくした。しかし、五十年の歳月が過ぎたかと思うと、真《まこと》は夢の内のことであり、その夢も、炊きかけの粟飯《あわめし》がまだ煮えきらないほどの短い時間であったという。

振り返ってみれば、この女学校の四年間も、あっという間に過ぎてしまった。これこそまさに〝邯鄲の夢〟であり、〝一炊《いっすい》の夢〟ではなかったか。

春まだ寒い三月、寺崎テイは女学校を卒業した。入学したときは、試験に何番ではいるかとあれほど騒がれたのに、卒業のときは問題にされなかった。学校が順番を発表すると、生徒の結婚にさしさわりがあるからということであった。

「邯鄲」の盧生は夢さめてのち、都には上らず、故郷へと戻っていく。しかし寺崎テイは、女学校を卒業したら故郷の高松村から離れて、東京という都へ出ていかなければならないことになっていた。

第12章　十六歳で東京へ、そして独りで生きた

東京で身を立てるということ

大正十五年、テイは足利高等女学校を卒業した。

寺崎の家に、そして高松の村に、これ以上いることは出来なかった。長子相続ということが法律上定められていた時代である。当家では二女のキイが家を継ぐと決めている、と家の内外に告げてあっても、もしかしたら、ということを村の誰もが思っていた。イワおっ母さんも、そのことをいつも気にかけていた。テイが家にいては、キイが婿養子を迎えることに差し支えるのだ。

父が一言、いった。

——東京に出てくれ
テイもまた、東京に出て、独りで生きようと決心した。

おばあさんがいう。

——テイや、お前はもう、立派な一丁前だ。身ひとつでかならず生きていける。それにテイ

は、かしこいのだから、もう少し学問をしろ、ナ……

それでいてヤスおばあさんが注意することは、

――テイや、男にだけは気をつけろよ……

であった。翌日には、

――テイや、男を作るな……

その次の日には、こういうのだ。

――テイや、男にもてあそばれるなや
テイはその点、自信がある。自慢ではないが、不器量といわれ、女らしくないといわれていた。自分でもそう思っている。

女学生のころ、付《つ》け文《ぶみ》を袂《たもと》に入れられたことなど一度もない。まして、男の子の後ろから駆《か》けていって、肩にかけたその子のズックのカバンのふたを開けて手紙を押し込むなどと、考えたこともなかった。だから、おばあさんのいうシンパイはいらないのだ。

こうしてテイは利根川を渡り、東武線で浅草に出てきた。

池袋に住んでいる峯三郎叔父さんの家に置いてもらう。この叔父も、さらに下の一《はじめ》叔父も、村で分家することもならず、東京に出てきていた。峯三郎叔父さんは池袋近くの工場につとめていた。子どもも四人いて貧しく、食べていくのがせいいっぱいである。けれども、故郷から出てきた姪《めい》を預かることは、これまた村から出てきた者には当然のことで、他所《よそ》になど一人で泊まられてはオレの男が立たないといった。

家は狭く、奥の六畳一間に親子六人寝て、玄関の三和土《たたき》を上がった二畳に行李《こうり》や箪笥《たんす》が置いてあり、その隙間が東京に胸ふくらませて来た、テイの寝るところである。手足を伸ばしたいときは行李を壁に立てかけて寝た。毎晩、田舎の広々とした座敷が思い出された。しかしおかね叔母さんは、外国人のような彫りの深い顔で、夜叉《やしゃ》みたいだなどといわれていたが、声は天女のようで、気性がとても温かく、やさしい人であった。


さて、何の仕事をするか――。

ワカ叔母さんの結婚した相手は、工務店の設計部門につとめていて、転勤先の広島の呉の軍港から上野の黒門町に戻ってきていた。この叔父が、東京市の土木局に建築物の設計図を描く仕事があって、たいへん収入《みいり》がいいよと探してきてくれた。

そのための最低必要な技術を教える製図学校が、神田にあった。「中央工手《こうしゅ》学校」といったが、〝工手〟とは、ものづくりの手ということである。

明治時代にはいると、日本は工業立国にふさわしい技術者の養成が急がれていた。だから、官立の工業学校とは別に、すでに明治二十一年には、私立の「工手学校」というのが築地に出来て、土木建築や採鉱、冶金《やきん》、機械、造船といったさまざまな分野に優秀な人材を送り出していた。テイの通った学校は、その工手学校という名前をつけて、専門技師の下でその補助の仕事が出来るような教育をしていたのだ。高等小学校二年を卒《お》えたばかりの子もはいっていた。大工や職人のようなすでに一人前の大人の人も現場から通っていた。築地の工手学校のようなリッパな学校ではないということか、コウテガッコウという人もいた。

父がわずかばかりくれたお金に、テイが女学校時代にためていた貯金を足して授業料にした。たしか朝七時までは、市電が半額になるなど安かった。だからギューギュー詰めの電車に、手だけ吊り革につかまり、身体は電車の外にはみ出したかっこうで、通ったのだ。

学校では、設計図の上にトレーシング・ペーパーをあてて、図面を写す技術を習った。先がカラスの口のように割れている烏口《からすぐち》を使い、定規を当ててすーっと線を引く。それがまったく均一な線でなければならない。コツを覚えるのが非常に早いと驚かれた。学校は一年の決まりだったが、テイには六カ月で資格をくれて、東京市に推薦してくれた。

土木局の出張所は芝増上寺の御成門《おなりもん》近くにあった。こんどは、池袋から山手線をちょうど半周して、浜松町まで通う。朝から晩まで、建物や工事現場の図面を引く作業である。根を詰める仕事であったが、ここでも、線も字もキレイだとほめられて重宝された。

土木局の仕事は日給だが、日曜日も休日もいただけたので、峯三郎叔父さんは、

——そりゃあ、日給月給といって、エライことなんだヨ

と驚いていた。一カ月三十五円くらいもらえたのではないか。もうそのころは、〝大学は出たけれど……〟の時代である。若者には仕事口がなく、短期の仕事としては本当にありがたかっ

た。おかね叔母さんに食費と二畳の下宿代もわたすことが出来た。そして、いつの日か、どこかの学校に行こうと、テイは学費をせっせと貯めつづけたのである。

しかし、学校といっても、東京女子大学とか日本女子大学校などは、まず家がよく、両親からの仕送りもなければムリな話だ。寄宿舎制度だったから、どんなにすばらしい学園生活かと憧れたけれど、それだけのお金は貯められない。また、女子高等師範学校は官立だから授業料は安いだろうが、これは逆立ちしても自分の学力では歯が立たないと思った。

女子経済専門学校の夜学にはいる

時代は大正十五年から昭和の御代《みよ》に変わる。昭和元年は十二月の最後のわずか一週間であった。そのころ、新聞に「女子経済専門学校」という名前を見つけた。

昭和二年（一九二七年）に森本厚吉《もりもとこうきち》先生が、「女子文化高等学院」という学校を創立されていたが、昭和三年に新渡戸稲造《にとべいなぞう》を校長先生に迎えて、学校名も変えたのだという。普通の家なら、女が経済を学ぶなどと聞いたら、アカにでも染まったかと目をむいたであろう。しかし学校の趣旨は女子に主として家事経済、及び法制経済に関する理論と応用を教えるということであった。

校長先生が、第一次大戦後の国際連盟の事務次長をつとめたあの新渡戸稲造という人なら、貧乏人の娘も受け入れてくれるだろう。名前が〝稲造〟だから、米作りの百姓の子をバカにはしないだろう。そして、何よりもテイにとってよいことは、二部の夜学があったのだ。

当時、お金持ちのお嬢様はもちろん、普通の娘だって、夜に出歩くことなど考えられない話である。だが、テイは御茶ノ水駅から水道橋駅の方に下った本郷《ほんごう》側の崖《がけ》の上にあるその学校をたずねた。理事長の森本厚吉先生が直接面接をしてくれた。

森本先生は札幌農学校の新渡戸稲造の愛弟子で、共にクリスチャンであった。有島武郎《ありしまたけお》と同級生である。教養主義だけではない、実践する文化生活運動を提唱して、本郷元町に文化アパートメントをつくり、その一角にこの学校を創立したのである。金持ちでも、上流社会の人間でなくても、誰もが文化的生活を送る仕組みをつくるにはどうしたらよいかを先生は考えていた。そして、これからは、女子の力が必要になるのだと、女子の教育に高い志《こころざし》を持っていた。

森本先生に、君はなぜこの学校にはいりたいのかと聞かれた。当時、学割を使うと電車賃が大幅に安くなるので、昼間働く者の中には、その学割を目当てに夜学にはいる者も多かったのだ。

——私は勉強したいのです。そして世の中に出て少しでも何かの役に立ちたいと思います

森本先生はうん、とうなずかれた。

——でもその前に学校を出たら、まず職を見つけて、独りで食べていかなければならないのです。わたしは、どうしても、独りで生きていかなければならないのです……

必死であった。高松の村には帰れないのだ。

森本先生はほう、と驚いた顔をされ、履歴書とこの面接だけで、

——よく昼間も働いていていて、えらいね。来てよろしい

と、入学を許可してくださった。東京に来て、テイははじめての理解者に、はじめての師に会うことが出来たのだ。

しかし、学校に通うことは女学校のときよりも数倍もたいへんであった。

朝、池袋から省線《しょうせん》で上野回りで浜松町に行く。一日中働き、夕方、御成門から市電を乗りついで小川町に出た。夕食をとるヒマなどないから、昼間出たお八つのタイ焼きとかあんパンを袂《たもと》で隠してかじりながら、ニコライ堂の坂を上がり、水道橋駅寄りの御茶ノ水駅の崖《がけ》の上に出る。当時、大正十二年の関東大震災で橋は壊れ、木造の仮橋であった。だから、崖を一気に下って、神田川すれすれにかかる木の橋を渡り、また本郷側の崖の上に出なければならなかった。橋は横木が粗く打ってあるだけで、下駄の歯が横木の間にはさまったりするとたいへんである。神田川は水上生活をしている人の舟であふれ、崖の斜面には浮浪者がいっぱい住みついていて、橋を渡るときに見られるのが不気味で、それは怖かった。

息を切らせて本郷側の崖を上がる。文化アパートメントがそびえたっている。大震災のあと、耐震、耐火の集合住宅をということで、政府の肝煎《きもいり》で財団法人同潤会《どうじゅんかい》が出来、青山、代官山、三田などにいくつかのアパートが建てられていた。しかし財団法人文化普及会による本郷のものは、さらに高級で知識人の憧れであったという。五階建ての文化アパートメントの窓という窓に煌々《こうこう》と電気が灯《つ》いている。

テイは深呼吸を一つして、後ろを振り返る。崖《がけ》の下の神田川に沿ってボーッと小さな明かりが見える。崖下で煮炊きをしている火なのだ。この人たちはもちろん電気なんか引けない。高松の村には、貧しい家も裕福な家もあった。でも、その暮らしの差はほんのわずかである。目の前のお城のような生活とまっ暗な水上での生活……都会とはなんと生きていくのが苦しいところなのだろうか。いまごろ寺崎の家はどうしているのだろう。ミツやミヨが嬉しそうに御飯をかきこんでいる姿がしきりに思い出される。村が恋しくて、暗い谷間を見ながら涙をこぼした。

夜学の授業は五時半から九時まであった。授業を終えるとまた市電に乗って池袋まで帰る。平和館という映画館の路地裏を抜けて、二畳と六畳の家に着く。

おかね叔母さんがやさしく、

――テイちゃん、お帰り、御飯をお食べ

といってくれる。二畳の隅にチャブ台があり、新聞紙がかかっている。そうっとどける。ア、今日はお魚だ、それもアジだ……。でも、どうもこの魚はお皿にペタッとくっついている。魚は頭から尾までの一匹の尾頭付きではあるが、上半分の片身だけなのであった。アジの下半分は、おかね叔母さんが子どもにむしって食べさせてしまったのだ。

子どもたちは、しつけが厳しかったから、お膳に手を出したりすることはあまりなかったが、それでも、時折、他のおかずにも指の跡があったり、半分くらいしかないときもあった。

おかね叔母さんは寝ている子どもたちのそばで、夜なべ仕事をせっせと続けている。赤や黄や青色の紙で風船貼りの内職である。子どものころ富山のクスリ売りの小父さんがくれたあの風船は、東京のこんなところで作られていたのだ。どこの家も、本当に貧しかった。学校で習う文化的生活などは夢のまた夢である。

おばあさんはいま、なにをしているのだろう……。こんな姿を見たら何ていうだろうか……。ほめてくれるだろうか……。布団の中でふと考えるのであった。

新渡戸稲造や森本厚吉に学んだこと

夜の勉強は、疲れていたが教室に坐っているだけで、心は豊かになった。先生たちは、これからは自立した女性をめざせ、そのために勉強しなさい、とじつに熱心であった。

夜学に一年通ったとき、東京市の土木局の大きな計画が終了して、出張所も解散となり、このときに退職金までいただけた。それまでに、どんな物も買わずに、貯めに貯めたお金の高を合わせて計算してみると、一年間百円くらいで、学費を払い、生活費も電車賃も含めて、昼間働かずに学校に通う目途《めど》がついた。下宿も上野のワカ叔母さんのところに泊めてもらうことで、通学の時間も短くなり、電車賃も少なくてすむ。

森本先生にまたお願いに上がった。

――夜学でも、一日も休まず、熱心に勉強していて、じつに感心だと思っていた。そうか、貯金をしていたのか。キミにはもう生きた経済が身についているよと昼間の学校の二年生に転入を許可してくださった。

昼間の学校は明るく、聡明な女生徒たちに満ちていた。はじめは気おくれした。何年間か働いていたので、クラスの誰よりも年を取っている。この年ごろの一年、二年の差は大きい。苦労ばかりしていたから、自分でもうら若さを失っているなというヒケ目もあった。

それに何より、ほかの生徒たちの家庭は、中流のインテリの家が多かった。府立第一高女といった東京の女学校を出て、日本女子大学校とか東京女子大学とか女子英学塾（のちの津田英学塾）といった学校に経済的にも学力の点でも入学出来たのに、わざわざ開校したばかりの小さいこの学校に応募してくるというのは、親も子どもも相当、しっかりした考えを持ってのことだった。テイのように、田舎の村から出てきて、夜学があるからと、とびこんできた者とはちがうのだ。そして、喋《しゃべ》るときの田舎なまりも、あらためて恥ずかしかった。

しかし、すぐに友だちも何人か出来た。その一人に、無二の親友となった串田さんがいた。串田さんは低い、少しくぐもった声で話すのだが、筋の通った話し方をしたので、誰からも一目置かれていた。いつも、地味なかっこうをしていたが、あるとき、級友が彼女の家に遊びに行ってびっくりして帰ってきた。名主でもあったのか、八王子の先の浅川《あさかわ》に広壮な屋敷を構え、大きな織物工場を営んでいたという。

串田さんは八王子にあった府立第四高等女学校を出て、このうえ上級学校なんてと両親に反対されたのを〝家政学校だから〟とゴマかして来たのだという。テイより二つ下で、名前は鶴子である。しかしよく聞いてみると、本名は〝ツル〟なのだが、それがイヤで鶴子と名乗っているのだった。〝わたしも同じ〟と、よけい親しみを感じた。

のちに経団連の会長でその清廉さで有名になった土光敏夫《どこうとしお》さんの妹さんもいた。キリッとした賢い人であった。この二人と、稲富サキさんや鍋島磯子さんといっしょに新渡戸先生のお宅によく遊びに行った。押しかけたといった方がよいかもしれない。

小日向台町《こひなただいまち》の洋風の二階家である。庭に白木蓮《はくもくれん》の大樹があり、春に先がけて、何百羽もの白い鷺《さぎ》が舞い降りたかのように花を咲かせていた。アメリカ帰りの先生のお宅だから、お茶もティー、紅茶だ。そして女中さんが出してくれる洋菓子が何よりの楽しみであった。

ときどき、二階から女の人の声が降ってくる。

——INAZO！　INAZO！

奥様のメアリーさんがイナゾウ、イナゾウと呼びつけるのである。新渡戸先生はそのたびに、穏やかにニコニコとされて、二階に上がっていかれた。二階の東側の一角に奥様の部屋がある。奥様は、いつも、椅子を窓際いっぱいに寄せて、庭を見下ろし、また空の遠くを眺めていた。その淋しげな姿に胸が詰まった。〝萬里子〟という日本名まで付けて先生と結婚されたのに、日本語もお出来にならないし、お子さんもいらっしゃらなかったから、孤独な思いが強かったのであろう。

テイは故郷高松を離れただけで、胸に穴があいたようだ。だから、故国を捨てて異郷の地に暮らすとは、なんと辛いことであろうか……と思う。でも、新渡戸先生はいつもユーモアにあふれた方だったから、その傍らにいるだけで安らぎが得られたのだろう。

先生はつねに三つのHを大切にするようにいわれていた。

これは森本厚吉先生とお二人の理念であり、校歌にも詠い上げられていた。

——Head, Hands, Heart

「活《はたら》く頭」「勤《いそ》しむ双手《もろて》」「寛《ひろ》き心」である。

そして、この三つの中でいちばん大事なのは、ハートを養うことである。頭と手を支配する心《ハート》、すなわち人格の養成がすべての根本である、と先生はよく生徒に話されていた。

自分の頭でものを考えること、目前の義務を果たすことに加えて、他者に寛容で、つねに公《おおやけ》に尽くすという、まさに「武士道」を話されたのであった。

人が生きていく上で何がいちばん大切か——それは心《ハート》だと新渡戸先生はいわれる。ではその温かいハートを持った人は誰かというと、誰が見てもそれはまず、新渡戸先生であった。そして副校長の森本厚吉先生であり、奥様の静子《しずこ》先生なのであった。

森本厚吉先生の講義は消費経済学であったが、衣食住すべてにわたる文化的生活とはどういうものか、それを市民の中に浸透させようと実践した最初の学者であった。だから授業でも、学校の隣にあった文化アパートメントの一画の居間、台所、寝室、浴室を開放し、生徒に実験や実習をさせた。森本先生御夫妻もここに住んでいて、奥様の静子先生も教えてくれたのである。

生徒たちは、静子先生と面と向かってはもちろん〝先生〟であるが、生徒の間では〝ミセス〟と呼んでいた。いかにもミセスと呼ばれる風格がおありだった。

この文化アパートメントには暖房の設備はもちろん、ボイラー室、電気洗濯機から乾燥室まであった。食堂には専属のコックもいたし、広い娯楽室もあった。授業は部屋の掃除の手順から、地下室の洗濯室での実習もある。でも、何といってもお料理の時間がいちばん楽しい。西洋料理を作ることなどはじめてだ。テイはなにしろ、高松村ではけんちん汁とぼたもちぐらいしか作ったことがない。ビーフシチューに入れる人参の刻み方でも、きんぴらに入れる人参の切り方とはちがう。それにかまどではなくガスだから、火加減からして勝手がちがう。

みんな、玉ネギのミジン切りで目をまっ赤にし、キッチンを粉だらけにして、ワアワアと作った。しかし、料理が出来上がるころには、それまで使ったボウルや小鍋などもすべて洗って、元のところにきちんとしまっておかなくては失格である。料理のメニューにしても、安い材料を仕入れ、栄養のあるものを作る、さらにその料理を手早く作る、それが消費経済ということなのだ。

静子先生はお料理が出来上がると、その盛り付けからテーブルセッティングまで、指導した。それからみんなでいただく。生徒たちは、ビーフシチューでもハヤシライスでもカツレツでも、牛肉が一切れでもはいっていればゴキゲンであった。

テーブルにはまっ白のテーブル掛け、真ん中には花籠《はなかご》も飾ってある。窓には風に揺れるレースのカーテン。ここはやっぱり外国だ。東京に出てきてから、仕事につき、夜学に通っていたときは一日中、省線《しょうせん》と市電に乗っているか、歩いているか、定規とペンで図面を引いていた。テイにとって、はじめてのくつろぎの時間であった。

森本静子先生はこのくつろぎの時間を生み出すことこそ、もっとも心がけることですといわれた。卒業して家庭生活にはいったとしても、能率的な台所の設計と働き方、一人で手早くする一家の家事、それを実践して出来たゆとりを生活の中に生かす。本を読む、すばらしい人の講演を聞く、そしてよく考える。自分はどうやって、世の中のことに関わり、役立つ人間になれるかを考えなさいということであった。女は一日中台所にいるべきだといった花嫁修業ではない。だから授業の科目も「家庭管理」といった。

森本厚吉先生はいつも、
「大学は建物にあらず、人である」
といわれて、教授陣にいろいろの大学から第一級の先生を講師に集められた。新渡戸稲造先生のお声がかりもあるが、先生がいかに当時の知識人と親しく交流していたかが分かるのである。

その講師の先生の顔ぶれを少しあげるだけでもこんな具合であった。

吉野作造《よしのさくぞう》　政治学

我妻栄《わがつまさかえ》　法律概論
古在由重《こざいよししげ》　哲学概論
植松安《うえまつやすし》　古典文学
建部遯吾《たけべとんご》　社会学
茂木中男《もぎなかお》　消費経済学
田下武弘《たしもたけひろ》　経済史
下村海南《しもむらかいなん》　時事問題
吉田享二《よしだきようじ》　住宅論
橋本寛敏《はしもとひろとし》　家庭・社会医学

その他、恵泉女学園《けいせんじょがくえん》創立者の河井道《かわいみち》や桜蔭学園《おういんがくえん》の初代校長の後閑菊野《ごかんきくの》、あるいは市川房枝《いちかわふさえ》といった人の特別講義があった。市川房枝は、渡米して帰国後、大正十三年、ＩＬＯ（国際労働機関）東京支局につとめ、また婦人参政権獲得期成同盟会を結成した。昭和二十八年に参議院議員に当選、終生、労働婦人問題に取り組んだ婦人運動家である。

一つの大学、たとえば本郷の東京大学に通っていても、これだけの先生に教えていただくことは出来ないだろうといわれていた。そして、講師の先生たちも女子だからなどと軽く流すのではなく、奥深い内容のものをじつに分かりやすく講義をしてくださったのだ。

大正デモクラシー運動の論客であった吉野作造先生は、とても口が大きい方で、生徒たちは、あれはじつに講義に向いている口だなどと失礼なことをいっていたが、先生が話される〝自由と平等〟というテーマは誰の心にも深く届いた。

植松安先生の国文学はいつも笑いに満ちていた。講義が西鶴《さいかく》の話になると、いちだんと熱がこもり、吉原から島原の遊廓《ゆうかく》、花魁《おいらん》や芸者が登場する艶《つや》めいた話となる。テイが子どものとき、お花見は田舎の遊廓でしましたといったら、

——いいねえ、そんな暮らしがまだあるんだ

と嬉しそうにおっしゃった。

我妻栄先生は民法の講義であるが、市民生活全般にわたる、具体的な法律の解釈を話された。隣の家が火事を出して、こちらも燃えてしまった、さてどうするか、とか、お妾《めかけ》さんにはどの程度の権利があるのか、といった話にも及び、目からウロコが落ちるような授業であった。

女性の先生方の精神訓話は、それこそ背筋をシャンとして拝聴したが、とにかく凛《りん》としていて生徒たちは圧倒された。授業が終わっても口もきけないくらいだった。

河井道先生は札幌のスミス女学校に学び、新渡戸先生のすすめで、アメリカのブリンマー女子大学に留学した。そして「キリスト教」と「国際問題への視野」と「自然と共にある園芸」を三本柱とした恵泉女学園を昭和四年に開校した。生徒はわずか九名であったという。背の高いすらりとした方で、いつもエレガントな洋装でいらした。

後閑菊野先生は逆に小柄で、袴姿《はかますがた》であった。慶応二年生まれだから、ヤスおばあさんよりも

一つ年下で、授業に来てくださったときは、もう還暦を過ぎていた。大正天皇妃の貞明皇后《ていめい》のご相談相手に宮中に上がっていたくらいだから、その立ち居振る舞いは見事という他はない。

ハンカチを取り出すときも、まず右手を伸ばし左の袂《たもと》の袖山を少し持ち上げる、左手をすっと袂の中にすべらせる。ハンカチを持った左手がすっと出てきて、静かに顔を押さえ、またハンカチが袂に消える、上手な人のお茶のお手前のようであった。ハンカチはもちろん、レースなんか付いていない、まっ白でキチンと四角に折りたたんだものだ。

これだけでも真似出来ないかと、テイは独りで練習してみた。でも、鏡の前でやってみると、どうみても奴踊《やっこおど》りである。深呼吸をしてもう一度、左手を袂にすべらせていくと、急に高松が想い出された。子どものころ、栗を袂に入れて桑畑で空を見ながら食べた。袂にイナゴもねじこんだ。フカシイモやおまんじゅうも入れた。それを取り出すときのあの楽しさはもう味わえないのだろうか。やっぱり、自分は根っからの田舎っ子だ。都会の洗練された上品な暮らしは身につかないのだ……。ああ、村が懐かしい、高松の村が無性に恋しかった。

森本先生はこうもいわれていた。

「詰め込み主義はだめだ、記憶力よりも創造力が大切である」

そして真の文化人を創ることをめざし、授業ではあらゆる科目を学ばせたのである。この学校の理念にどこまで生徒たちがついていけたかは分からない。しかし、すべての先生が特別の品格を備えておられた。その謦咳《けいがい》に接することが出来ただけで充分であった。

この成果が実ったのか、級友の中には、卒業後、さらにその才能の芽を伸ばして、世に出てから目ざましい活躍をした人もいた。

串田鶴子さんは卒業後、松川七郎《まつかわしちろう》さんと結婚した。松川七郎さんの父君は日露戦争で満州軍作戦主任参謀をつとめ、のちに陸軍大将となった松川敏胤《としたね》である。父君とは違う道を歩んだ経済学者で、アダム・スミスの『諸国民の富』を大内兵衛《おおうちひょうえ》と共訳している。鶴子さんは、昭和二十五年から法政大学の総長をつとめていた大内兵衛に請われて、秘書となった。大内先生のあとも、有沢廣巳《ありさわひろみ》、谷川徹三《たにかわてつぞう》そのほか歴代の総長秘書をつとめた。学生運動が激しかった法政大学の総長秘書は、どんなに気苦労の多かったことであろう。

もう一人、日本で女性弁護士の第一号になったのが田中正子《まさこ》さんである。田中さんは何ごとにもひたむきに向き合う人で、法律の我妻栄先生の授業を熱心に聴いていた。

卒業当時、女性は弁護士や裁判官などの法曹人にはなれなかったが、弁護士法が改正され、田中さんは昭和十三年、第一回目の司法試験の筆記試験に見事合格したのである。受験者は三千人余りいたという。その後、口述試験にもパスし、昭和十五年、久米愛《くめあい》、武藤嘉子《むとうよしこ》の三人で初の女性弁護士誕生となった。そのとき新聞記者に、田中さんは、こう語っている。

――日本の法律は女性のために非常に不利に出来ています。そのためにも女の味方になって世の弱い〝母〟と〝妻〟を護っていきたいのです結婚して中田《なかた》正子さんとなり、夫君の故郷鳥取《とっとり》県に住むが、生涯、弁護士として活躍を続けた。

新渡戸先生の言葉で有名なのが、

「我、太平洋のかけ橋たらん」

である。その教えを受けた生徒たちもまた、人と人をつなぐ橋をかけたのであった。

その新渡戸先生は昭和八年（一九三三年）、カナダで開かれた太平洋問題調査会議に日本側理事長として出席した。昭和六年にはすでに満州事変が勃発《ぼっぱつ》、日本は軍国主義に染まり、戦争へとなだれこんでいく。そんな情勢の中で平和主義を説く新渡戸先生の、日米関係の打開を模索しての悲壮な旅立ちであったが、十月にカナダで客死された。七十一歳であった。

しかし、女子経済専門学校は森本厚吉先生御夫妻が継ぎ、場所も昭和九年、中野の広いところに移転、戦後は幼稚園から小、中、高校に短期大学までの規模の「東京文化学園」となった。そして、平成二十年、学園名を「新渡戸文化学園《にとべぶんかがくえん》」と改めた。学園長は森本厚吉先生の孫の森本晴《はる》生《お》氏である。新渡戸、森本両先生のめざした〝3Ｈ〟の教えはいまも脈々と嗣がれている。

一人の青年に出会った……

昭和六年三月、テイは女子経済専門学校を卒業した。もう、働かねばならない。

こんどは吉野作造先生のところにお願いに上がった。大学を出た男子でも就職難の時代である。女性が働ける場所はそうはない。しかし、吉野先生はつねづね、

――婦人がどうあるべきかは、経済的独立を果たせるかどうか、ということです
と教えてくれていた。吉野先生はテイを東京ＹＷＣＡの本部に斡旋《あっせん》してくれた。

ＹＷＣＡの兄にあたるＹＭＣＡ＝Young Men's Christian Association は一八四四年、産業革命のただ中のロンドンで十二人の青年によって組織された。キリストへの信仰をつらぬき、社会奉仕によって貧しい者や底辺の労働者に愛と希望をもたらそうとする運動であった。

この運動は世界中に広まり、日本でも明治十三年（一八八〇年）にまず東京ＹＭＣＡが創立され、すぐに大阪、横浜、神戸にも設立されていた。そのメンバーの中に内村鑑三《うちむらかんぞう》、新島襄《にいじまじょう》、そして新渡戸稲造もいたのである。初代会長の小崎弘道《こざきひろみち》が唐詩選の句の「青雲のごとく志《こころざし》を高くもつ」から想を得て、Young Man の訳語に「青年」を当てたという話は有名である。「青年」という言葉はこのとき出来たのだ。だから、「基督教《キリスト》青年会」といわれていた。

女子を対象としたＹＷＣＡは日本でも、テイが生まれる四年前の明治三八年（一九〇五年）にすでに出来ていて、明治三九年（一九〇六年）には世界ＹＷＣＡに加盟していた。このとき、東京ＹＷＣＡの初代会長は、女子英学塾の創立者の津田梅子《つだうめこ》であり、河井道が日本ＹＷＣＡ同盟総幹事であった。

そのＹＷＣＡで働けるのだ。いままで、いろいろの人の助けで生きてこられた。こんどは少しでも世の中のことに役に立ちたい……。仕事は事務の仕事から機関誌や広報の仕事の他に、一九一〇年代にすでに出来ていた横浜、京都、大阪、神戸のＹＷＣＡとの横の連絡の仕事である。そ

してテイはほどなく、ＹＭＣＡの本部で一人の青年に出会った。大阪生まれの関西学院《かんせいがくいん》の学生である。中学生のころから教会に通い、お小遣いをあげても教会に花を買って持っていってしまうのでアホラシイと母親に嘆かれていたという。実家は紳士服の仕立てをする大きな店で、三十人以上もの縫い子を抱え大阪の三越デパートにも出店を持っていた。

しかし、青年はそういう商売にまったく向いていない。

——もうかりまっか

——まあ、ボチボチでんな

などという大阪人特有の明るい日常の挨拶も苦手である。関西学院にはいってからはセツルメントの仲間にはいり、大阪や神戸の困窮した人びとの住む地区に出向いて救援活動をさかんにしていた。時代は暗く、失業者にあふれ、人びとは生活難にあえぎ、東北では冷害による不作が続いて、娘の身売りという悲惨な状況が新聞にも絶えず報道されていた。

当時、この青年のような学生はみな純粋であった。誰もが悩んでいた。

——われらの信仰はいかにあるべきか

——われら、何を為《な》すべきか

そんななかで、ＹＭＣＡと全国の大学のキリスト教徒の学生の間に、基督者学生運動が起きていた。ＳＣＭ（Student Christian Movement）といった。ＳＣＭは研究や伝道だけでなく、「キリストを現代に生かせ」という標語のもとに、医療や福祉や経済や芸術の分野にも進出しようとしていた。テイと出会ったこの青年は、ＹＭＣＡ同盟学生部主事の中原賢次《なかはらけんじ》の熱い信仰と強力な指導のもとに、大阪支部メンバーとして関西方面をまとめる幹部であった。

ＹＭＣＡの機関誌の校正などをあわただしくやりとりしながら、青年はテイに、

――いまの教会は保身のことばかり考えている。個人の魂《たましい》の救済だけではダメだ、あくまでキリスト者の社会的実践が第一だ

と熱っぽく語った。

結局、このＳＣＭ運動は数年で挫折してしまう。ＹＭＣＡは、創立当初から異なった教派の集まりで、そのちがいはあまり問題視されてはいなかったが、穏健を好む教会からのＳＣＭに対する排撃は強かった。ＳＣＭの内部にも、温和で地道な活動をめざす学生群から、プロレタリアート革命に近いものに走るラディカルな一群までいて、互いの反目が起きはじめていた。こうして、大きなうねりを見せはじめたキリスト者たちの学生運動は自己分裂し、結局、崩壊せざるを得なかったのである。

昭和七年に関西学院を卒業し、上京してきた青年はこのあと、消費組合運動を実践していくのであるが、あるとき、ＹＭＣＡ会館の喫茶部で紅茶をいっしょに飲みながら、テイはガクゼンとした。この青年がひどくハンサムに見えたのだ。東京に出てきてから、若い男の顔などロクに見たことがない。みんな充分、年を取った先生ばかりで、それもいかつい顔が多かった。テイは、自分が細面の容姿のよい男に魅かれるということに、いまさら気づいて呆然としてしまった。そ

ういえば、高松で寺崎の父が男前だという評判が誇らしかった。学校の休みに、田仕事の手伝いに村に帰るたびに、〝東京では、顔のいい男には気をつけろよ〟とおばあさんからいわれていた。顔のよい男は、生活力があまりないということであった。だが、もうあとの祭りである。

この青年は本心からいつもこういっていた。

――宝は天国に積めばよい

でも、いくら天国に財宝があっても、地上の郵便貯金がゼロではどうやって暮らしていくのか。テイは身をもってお金を稼ぎ、独りで学校に行った。そして、実生活の経済を習ったはずである。けれども、青年の前ではそれを考えるゆとりがなかった。

これもまたあとの祭りであった。

しかし、テイはこの青年についていこうと決心した。大阪という、関東とはまったくちがう文化に育ったこの人とならば、寺崎の家族のしがらみと決別出来ると思った。高松にはもうけっして戻れないという悲しみ、幻の母をいまだに夢見る苦しさを断ち切ることが出来ると思った。

青年の名は船曳昌治《ふなびきしようじ》といった。生まれも同じ明治四十二年であった。テイは結婚して船曳の姓に変わることで、故郷の高松村からむりやりにでも身をもぎ離したのである。

昭和九年、二十五歳のテイの巣ごもりの季節であった。

終章　その後のテイと寺崎の家

船曳昌治とテイが、師と仰ぐ中原賢次先生の仲人で結婚して間もなく、昭和十年に長男を、十一年に長女を授かった。そして十三年に二女として生まれたのが、この物語を綴《つづ》ってきた私である。この最後の章ではテイや寺崎の家族たちのその後について語り、母の物語を終えることとする。

父昌治は世田谷の成城学園に作られた消費組合で働いていた。住居も、当時の千歳《ちとせ》村、いまの千歳船橋に落ちついた。『不如帰《ほととぎす》』で有名な徳冨蘆花《とくとみろか》（健次郎《けんじろう》）はトルストイの信奉者で、晩年をキリスト者としてこの千歳村で田園生活を送り、『みみずのたはこと』などを著していた。父はこの蘆花に心酔し、子どもを育てるには千歳村で、と思ったのだという。

昭和十六年、太平洋戦争が勃発《ぼっぱつ》、戦況は悪化し、十九年に母テイは、子ども三人を連れて高松村へ疎開した。お腹《なか》の中にも一人いて、十二月に三女となる妹が生まれた。二十年にはついに父にも〝赤紙〟が来た。最高年齢の応召で、広島の呉の衛生班に一兵卒として駆り出されたのだ。

この疎開で何よりもよかったことは、私自身が〝ヤスおばあさん〟に会えたことである。ヤスおばあさんは七十代半ばのころ、中風《ちゅうぶう》で倒れた。はじめはまだ動けたが、やがて下半身が利かなくなってしまった。その世話をかけるたびに、

——すまんナ、すまんナ

と泣いた。イワおっ母さんはそのとき、

——おっかさん、わたしがヨメに来たのは、おっかさんのこういうお世話をするためなんですがネ

といった。おばあさんはそれを聞いて、また泣けて泣けて涙が枕を通したという。

ヤスおばあさんは、北側の納戸《なんど》にいつも寝ていた。晴れた日には敷布団ごと南の縁側に運び出し、日向《ひなた》ぼっこをさせた。おばあさんは、縁側ではちゃんと起きて、チンマリと丸く坐っていた。姉や兄が学校に行ってしまうと、私も布団の上に乗って、その背中に寄りかかったりした。布団もおばあさんも、甘酸っぱい、湿った匂いがした。しかし、こたつのように暖かかった。

おばあさんはアタマはまだしっかりとしていたが、目がダメになっていて、好きな新聞の大きな文字を私に読めといった。私も昭和二十年四月から国民学校一年生になるので、もう読むことが少し出来た。大きな声で読むと、ニコニコと私を見ていた。その慈しみにあふれた笑顔を忘れられない。身体が利《き》かず、さぞ無念であったろうが、いっさいの家の重荷から解放されてもいたのだろう。曾孫《ひまご》に見せるのは、菩薩《ぼさつ》様のような笑顔であった。

納戸で寝ているとき、吸《す》い呑《の》みでお白湯《さゆ》をのませてあげた。こちらが下手なのでつい強く傾け

て口からあふれ出させてしまう。母から、もっと静かにあげなければとよく叱られた。そんなとき、おばあさんは、ダイジョウブだヨ、と小さくいって、またニコニコしていた。

ヤスおばあさんは昭和二十年の三月に眠るように亡くなった。

――人が死ぬときは、麦刈り、田植え、稲の穫り入れの時期をはずし、暑い真夏でも空っ風《からっかぜ》の真冬でもなく、他人様《ひとさま》にメイワクをかけない春か秋の彼岸ごろがいちばんいいんだヨ

といつもいっていたというが、春の彼岸前――三月六日に逝ったのだ。

母テイは蔵の米俵と米俵の間にはいってくずおれて泣いていた。しかし、子どもの私は、祖父が、廊下の隅で号泣していたのに驚いた。祖父は、日向《ひなた》ぼっこをしているヤスおばあさんを悲しみと、ときには憎しみさえこもった目で見ていた。早くクタバッチマエ、と口の中で小さくいっていたこともある。私は、何というヒドイことをいう人かと怖ろしかった。それなのに、家中の誰よりも泣いていたのだ。父親を亡くし、十六歳で家督を継いだ祖父の進にとって、母であるヤスおばあさんは同時に父であり、師でもある存在だったのだ。

寺崎家の大黒柱ともいうべきヤスおばあさんは、八十一歳の生涯を終えて、観音寺の土に安らかに還っていった。そして寺崎の家と、高松の村の御先祖様になったのである。

さて、母の妹たち三人も、テイが女学校に行ったのだからと、続いて群馬県立館林高等女学校に通った。大地主様でもないのによくやるヨと村の人が呆《あき》れ、かつ賛嘆した。

父である進は女学校を卒業したキイに、足利の病院で看護婦の見習いをさせた。いずれ、産婆さんにして、ムコにはどこかの学校の先生を迎えよう、と考えていたのだ。

しかも、この三人のうら若き娘たちは、

——百姓にはヨメに行かない

寺崎家の四姉妹　後列右から、テイ（十七歳）、キイ（十四歳）、前列右から、ミツ（十三歳）、ミヨ（九歳）　昭和二年春撮影

と口々にいった。そしてテイ姉さんが東京に行ったんだからと三人で出てきた。このとき父親がキイの上京も許したのは、寺崎の家には、結局男子の跡継ぎが一人もいず、半ば、どうにでもなれと思っていたのかもしれない。イワおっ母さんは嘆きに嘆いた。昭和八年ごろ三人は、千駄ヶ谷の一《はじめ》叔父さんの近くに家を借りて共同生活をはじめた。
キイ叔母は四谷の小学校の保健婦として働き出したが、そこで一人の先生と知り合う。画家志望の青年で、両親を早くに亡くし、弟と二人きりであった。普通の授業も教えていたが、主に絵画の先生であった。彼は九州男児で、かつ長男であったが、婿養子になってもよいと決心した。これがキイ叔母の夫、寺崎善次郎《てらざきぜんじろう》である。

示現会《しげんかい》という絵画の会に属し、静謐《せいひつ》な絵を描いていた。日展に特選で入ったこともある。百姓仕事をしたことはないから、高松にはほとんど住まず、子どももいなかったので、叔母と二人、東京で九十過ぎまで仲睦《なかむつ》まじく暮らしていた。キイ叔母は子どものころは〝泣き虫おキイ〟などといわれていたが、夫の絵が売れないといったグチや、叔父が逝ったあとの数年の孤独な生活でも淋しいなどとけっしていわなかった。洋装の似合うオシャレなキイ叔母が、最後は靴など一足あればよいといって、身辺を整理し、さわやかに暮らしていた。

末っ子のミヨは、じつはこのミヨだけは生まれたとき、時代はすでに女子にも漢字を当てる風潮となっていて、〝美代子〟と命名されていたのだが、姉たち三人が自分たちと同じようにミヨと勝手に呼んでいたのだ。

ミヨ叔母は感性豊かに成長し、戦後、文化服装学院で洋裁を学び、洋裁店を開いた。私の両親の影響もあったのか、ミヨ叔母もクリスチャンとなり、店の名を「マナ」と付けた。モーセがひきいる流浪のユダヤの民がシナイの砂漠で飢えていたとき、神が恵みの食べ物を一夜にして降らせた。そのパンともいうべきものがマナである。

この叔母は天性明るく、店のお針子やお客の誰からも好かれていた。

夫の窪田直文《くぼたなおぶみ》があるとき、サラリーマンを辞めて陶芸を始めた。叔母も洋裁店をたたみ、益子焼の村に窯《かま》を築いて移り住んだ。ミヨ叔母は人につくす質《たち》なので、夫が陶器を焼き上げ取り出したあと、その窯の余熱で大量のパンを焼いた。その香ばしい匂いが谷筋を通って村の方に流れていくと、村の人や腹を空かせたヒッピーまがいの外国人の陶芸家志望の青年たちが駈《か》けつけてきたという。叔母は、ここでも〝マナ〟を人びとに分け与えたのだ。

しかし、もともと丈夫な身体ではなかったので、七十過ぎに亡くなってしまった。誰もが心に穴があいたと泣いた。子どものころ、ヤスおばあさんがとってくれた牛乳をのまず、ネコのミイにやってしまっていたというが、そういえば、ミヨ叔母がわが家に来ると、日ごろ無愛想なネコでも、叔母の膝の上にまず乗って、なでてもらっていた。

結局、高松の寺崎の家は母の二番目の妹、三女のミツが守り抜いたのである。

ミツ叔母は東京で、逓信省の仕事をしていた鈴木茂《すずきしげる》と結婚し、戦時中は中国に渡っていた。敗戦後、乳飲み子まで抱えて北京から無事に引き揚げてこられたのは、ミツ叔母のたくましさあってのことである。戦後、寺崎の家には、働き手がもう誰もいなかった。ミツ叔母の夫は足利に会社をつくり、百姓は出来ない。叔母は老いたイワおっ母さんに手伝ってもらいながら、一人で農業をこなし、一男三女の四人の子を育て上げたのだ。

祖父、進は大正末から村議会議員もし、戦後は筑波村の村長を何年かつとめた。イワおっ母さ

んとは年を取るにつれ相寄り添っていた。かつての〝ハト〟が〝カラス〟にやさしくなったのだ。あるとき、イワおっ母さんに、

――お前はチビだから東京が見えないだろ、ホレ、東京を見せてヤル
といって高々と抱き上げた。イワおっ母さんは、

――ヤメレ、ヤメレ
とまっ赤になり足をバタバタさせて恥ずかしがった、というエピソードを聞いている。

昭和五十年、祖父、進は八十七歳で亡くなったが、祖母イワは九十四歳まで元気に生きた。最後まで病気ひとつせず、寺崎の家に尽くし切った一生であった。この祖父母を看取《みと》ったのも、ミツ叔母である。ミツ叔母もまた働きづめの生活であった。八十代になっても、雨が降っていないかぎり毎日、地下足袋をキチンとはいた。そして、二時間は田畑を見回っていた。

いまは息子の雄太郎《ゆうたろう》とそのお嫁さんの正代《まさよ》が寺崎の跡をついでいる。そしてこの夫婦には一男一女がいて、頼もしいかぎりなのである。

ミツ叔母は九十六歳になったが、いまだ目も耳も確かで、毎日、裏のお稲荷さまを拝みに歩いていく。このミツ叔母がいなかったら、寺崎の家はとうの昔になくなっていたはずである。


さて、私たち家族は、戦後すぐに父も復員し、母は子どもたちを連れて昭和二十年の秋に東京に戻った。幸いなことに家は焼け残っていたが、西洋館スタイルの白い家は、しっくいははげ落

ち、床や壁の木材は留守を頼んでいた人に煮炊きの薪にされてしまっていた。それでも世田谷に着いたとき、やっとわが家に帰ってきたという気がしたものだ。二十三年には弟が生まれ、戦後の食糧難の中で家族七人の生活がはじまった。

父は青年時代の夢を引きずっていたのか、大資本の企業につとめることをひどく嫌い、YMCA時代の友人を頼って、その世話で職を転々としていたようだ。最後は福島県商工信用組合につとめ、単身赴任をしていた。

昭和四十七年、母が、郡山《こおりやま》に父を訪ねていくという前日、父は亡くなった。事故に近い突然死で、まだ六十二歳であった。父は信用組合の本店の最上階を宿舎にしていたが、建物の屋上に、百二十鉢もの草花を育てていた。母は、松に欅《けやき》や樫《かし》、百日紅《さるすべり》といった堂々とした樹木が好きであるが、父はやさしく可憐《かれん》な花を好んだ。勿忘草《わすれなぐさ》、百合、撫子《なでしこ》、モントフリージア……。細い茎の先で白いカスミ草の花が五月の風に揺れていた。私は、クリスチャンであった父の一面を見たような気がした。父は、いつの日かイタリアのアッシジに行きたいといっていた。聖フランシスコの町である。それをなぜ叶《かな》えてあげられなかったのか。

母は戦後この方、五人の子どもに着せて、食べさせてという家事と育児に追われていた。そして、わが家にはいつも貧乏神がはりついていた。

あるとき、母は私にいったものだ。

――とにかく、地上の銀行に預金のある人、電気が切れたときはヒューズを直せる人と結婚し

なさい

そういう生活の中で両親は、教育だけはと全員を大学にまでやってくれた。じっさい子どもが五人もいると、いつでも誰かが入学し、卒業し、誰かが受験に落ちて浪人しているというありさまである。だから、母は自分の趣味や習い事などいっさい出来なかった。子どもが独立し、父が亡くなり、母は姉夫婦や私と暮らすようになってから、ようやく外国への旅にも出かけられるようになった。

あるとき、どこの国にでも好きなところに連れていく、というと、

――社会主義の国を一度は見ておきたい

と答えた。七十七の喜寿を迎えた年であった。そこでブルガリアからユーゴスラビアへ、バスで旅するツアーに二人で参加した。ベルリンの壁崩壊の前である。秋の日が照り輝く紅葉の山の斜面に牛や羊の群れが散らばっていた。舗装されていない村の道には馬車が鈴を鳴らして往き交っている。その荷台にはおじいさんやおばあさんが孫たちとギッシリと乗り込み、手を振ってくれるのであった。高松の村のようだ、と母はいたく喜んだ。

しかし、こんなこともあった。首都ソフィアのデパートで、ケースの中の小さな人形を母が指さしてこれが欲しいといった。大柄の女性の店員はニコリともせず、時計を指さした。一時五分前だ。さらに、大声で何かをまくしたてた。

――あと五分間は昼休みの権利がある

といったのだと、ソフィア大学で川端康成《かわばたやすなり》の『雪国』を修士論文にしたという通訳の女性、ルシカが、顔を赤らめてそっと伝えてくれた。

——社会主義の制度はどこか人間をダメにしてしまうのかねえ

と母は、かつて若き日、理想としたその夢を破られたのか、ガッカリして悲しそうであった。

そんな暮らしの中で、母は老いていった。そして米寿を過ぎるころから、高松村の話をことあるごとに話すようになった。かつての養女時代のことを哀しみと怒りをこめて話されると、こちらは辛い。背中に冷や汗が流れ、耳をふさぎ、逃げ出すこともあった。

しかし、村の暮らしや人々の思い出話は面白かった。疎開をしたとき、私は母の養女時代と同じ六歳であったが、幼い私にも、高松村のすがたは鮮明に刻みつけられた。中学、高校生になっても、学校の休みにはよく田舎に泊まりに行った。ミツ叔母が何くれとなくやさしくしてくれたのが忘れられない。矢場川の土手を歩いたり、裏の川岸にゴザを敷いて寝転んで本を読んだりした。栗の木の梢《こずえ》で風が鳴るのを聞いていた。私にとっても高松村は原風景となったのだ。

カミナリの落ちた日に生まれた女の子に、百年の時が流れた。いま、百歳になった母は老人ホームで手厚い介護を受けて暮らしている。わが家から歩いていくと、まだあちらこちらに畑が残り、高松の家のような屋敷林を構えている家もあって、そこでドングリを拾っていく。

テーブルの上に載せて見せると、ハッと目を輝かす。山茶花《さざんか》の薄いピンクの花弁一片にも、あ
あ、山茶花だといって喜ぶ。お茶の白い花や緑の葉を見せると、
——お茶っ葉摘みに小母やんが来てね
と思い出をまた語りだすのだ。
お気に入りのナプキンを広げてみせる。濃い緑色の地にまっ白の兎《うさぎ》が一匹うずくまっている。
小さいブタが二匹、ネズミやニワトリもいる。子どものころ、身の回りにいた動物が、この一枚
の紙のナプキンに全部いるのだ。母がテーブルを指でたたく。
——ウサギを一匹飼っていてね、友だちが恋しくなってくると、後ろ足で箱を蹴るの……
カタカタ、カタカタ……。夜中、その音が聞こえてくると、哀れでならなかった。ヤスおばあ
さんは、どこかでメスの友だちを見つけてやらねばならねえナ、といったという。
そんな話を聞いて帰ってくる。

ときには行くなり、私に抱きついて泣く。
——わたしにはおっ母さんがいなかった……
しぼり出すように、呻《うめ》くようにいう。
泣かないで、というと、
——ちょっと、このまま、泣かせてください

といって私の胸をぬらす。

気分を変えようと、車椅子を押してテラスに出る。

——え？　矢場川に連れてってくれるの？

私は声もなく、母の頭を抱きしめている。

母の耳はもう、矢場川の清冽《せいれつ》な流れの音しか聞いていない。母の目は、街道《カイド》の入り口に立って眺めたときの、柿若葉に包まれた茅葺《かやぶ》き屋根《やね》の、あの寺崎の家しか見えていない。

その手はイナゴを捕まえ、その足は下駄をはいて学校に行く一本の道の上を歩いているのだ。

百年前の女の子の魂はいま、生涯、片時も忘れることが出来なかった故郷、高松村に戻ってしまったのである。

あとがき

昨年、久しぶりに高松村に行った。

街道《カイドウ》の入り口に立って、懐かしい寺崎の家を眺めた。母屋は二階屋に建て替わっているが、裏の竹林や屋敷林はそのままである。村の他の家々も、同じ雰囲気を残している。しかし、ひとたび村を出ると、広いみくりや田んぼには何本もの幅の広い道路が縦横に造られ、車が走り抜けていた。小学校への道も一直線になっている。

筑波小学校は、いまは鉄筋コンクリートだが、同じ場所にゆったりと建っていた。放課後で、女の子たちが四つん這いになって雑巾《ぞうきん》がけをしている。教室から職員室、校長室まで当番制で掃除をしているのだ。どの子どももあどけなく、かわいい。

はつらつとした松本静枝校長先生が温かく迎えて下さり、部厚い学籍簿を出してこられた。そこには寺崎進の長女テイが、大正十一年三月に六年間の学業を修了した旨の記載があり、さらに「修身」を筆頭に「国語」「算術」「日本歴史」「地理」から「体操」「裁縫」と「操行」にいたる成績が、一年生から六年生まで書かれていた。その全学年、全科目に黒々と「甲」の文字があった。〝全甲〟なのだ。まるで昨日書いたばかりのような墨の色である。私は粛然として、いままで出会ったことのないこの貴い一頁を見つめていた。けなげに生きていた寺崎テイがそこにいるようであった。この証書に筆で一字一字ていねいに書かれた先生はどんな方であったろう……。私は、学校をなによりの居場所とした母を、慈み、教育して下さった先生方に感謝した。そして九十年も経った現在まで、このような形で学籍簿を守り伝えてきた代々の教師たちの熱情と、「学校」の存在というものに深く打たれた。

小学校を辞して近くの飯田《いいだ》家を訪ねた。白壁の塀に立派な門構えで、屋敷だけでも八百坪はあろうか。かつて小曾根村一番の豪農であり、〃山の腰〃の屋号で呼ばれるこの家に、テイはおつかいに来て大きな犬に吠えられた。泣いていると、この家のおっかさまが出てきて抱きしめてくれた。そのやさしさの記憶を母はよく涙をためて語っていた。私は現当主の飯田邦彦氏にぜひともそのお礼を申し上げたくて伺ったのである。絵画、彫刻、芸術論の分野で異才の輝きを放った飯田善国はこの邦彦氏の叔父である。善国ははるか遠くに、日光白根、妙義、赤城山を望むこの小曾根村をアルカディア、理想郷といっている。若い頃、近くの矢場川を描いた油絵が足利美術館や飯田家にあった。竹林と川柳の木が両岸に生い茂る風景画の中に、百歳の母がいま一度見たい、と切に夢見る矢場川が流れていた。

明治四十二年生まれの作家や写真家が多かったのか、昨年は〃生誕百年〃という記事をよく目にした。太宰治、中島敦、大岡昇平、埴谷雄高、松本清張、飯沢匡、土門拳、戸井田道三……といった人たちである。かつて私は平凡社で谷川健一が創刊した雑誌「太陽」の編集者であった。松本清張とは〃邪馬台国〃の取材で九州の各地にお供をした。夜は何本もの連載原稿を宿で書きながら、昼には少年のような純真な目で遺跡を見て、古代の謎を熱っぽく語っていた。土門拳とは一年間にわたって東大寺の撮影をした。写真の〃鬼〃といわれていたが、その写真には仏像を撮っていても、仏の広大無辺な慈悲が充ちていた。『能芸論』の戸井田道三とは恐山のイタコから庄内の黒川能、沖縄久高島の神女などの取材に御一緒した。本書を書きながら、母と同年に生まれ、いまは彼岸で安らいでいるこの先生方のことを私はしきりに念じていた。

今年はまた『遠野物語』発刊から百年という。佐々木喜善の語る民話を柳田國男がまとめた民俗学の原典ともいうべきこの本は、心の奥深くにある宝物である。遠野にもたびたび出かけた。中野重治のお伴をしたとき、遠野郷の山々は一面のススキが銀色の穂波となって輝き、あたかも数千の猪が走り抜けていくようであった。峯から峯へ渡る風の音は山姥の歌声にも聞こえた。その音色が、この〝高松村物語〟にも鳴りひびいていればと願う。

この一冊の執筆には多くの方々から御教示を頂いた。

まず、館林から足利にかけての、郷土史家の第一人者である山田秀穂氏に厚くお礼を申し上げる。高松の隣、瑞穂野町の方で、本書のヤスおばあさんの実家と同じ在《ざい》であるのも御縁であった。深い学識でさまざまなことをお話し下さった。何よりも、生まれたこの郷土を真から愛しておられることに感動を覚えた。また、筑波公民館の山崎博章館長、足利市立美術館次長の大森哲也氏、足利市役所文化課主任亀山泰昭氏にも深く感謝する。

新渡戸文化学園・学園長の森本晴生氏にもさまざま教えて頂いた。新渡戸稲造・森本厚吉の「心の教育」という建学精神がこの学園でますます発展していくことを、願ってやまない。

小林豊さんはこの本の装画のために、昨年、寒風吹く高松村へと出向かれ、生き生きとした画を描いて下さった。百年前の女の子の声が聞こえてくるようである。

また、格調高い装丁をする木幡朋介さんと組んで、いままで何十冊も本を作ってきたが、私自身の本をお願いすることになるとは、と感無量である。

この本が世に出ることが出来たのは、講談社販売部の鶴見直子さんのおかげである。鶴見さんと私は、出版関連業界の女性たちの集まり、「エポック」という会に入っている。この小さな会の会報に書く私の文章を鶴見さんがいつもほめて下さり、いつか本にまとめられたら、といってくれたことがある。十年も前のその一言が今回、私の背中を押してくれたのだ。担当編集者の長岡香織さんと出会えたことも幸せであった。万般にわたる細やかな心配りと怜悧な判断に、編集者はかくありたきものよとつくづく思った。最後に、まず私の原稿を読み、整え、多くの助言と静かな励ましをして下さった笠松敦子さん。すべての方に、心から、母テイと共に感謝いたします。

二〇一〇年六月

船曳由美

【参考文献】

『近代　足利市史　第一巻通史編　原始～近代（二）』一九七七年三月、『同　第二巻通史編　近代（三）～現代』一九七八年一月、足利市史編さん委員会編集／足利市発行
『足利市文化財総合調査　昭和五十四年度年報Ⅰ』～『同　昭和五十九年度年報Ⅵ』一九八〇年一二月～一九八六年三月、足利市文化財総合調査団編／同調査団・足利市教育委員会発行
『日本の民俗9　栃木』尾島利雄著、一九七二年三月、第一法規出版
『日本の民俗10　群馬』都丸十九一著、一九七二年一月、第一法規出版
『日本の民俗11　埼玉』倉林正次著、一九七二年一月、第一法規出版
『新訂　足利浪漫紀行』日下部高明・菊地卓著、二〇〇六年五月、随想舎
『八千草会会員名簿』二〇〇七年一二月、栃木県立足利女子高等学校八千草会発行
『少女の友　創刊100周年記念号　明治・大正・昭和ベストセレクション』遠藤寛子・内田静枝監修、二〇〇九年三月、実業之日本社
『工手学校』中公新書ラクレ　茅原健著、二〇〇七年六月、中央公論新社
『東京文化学園五十年史』東京文化学園五十年史編集委員会編集、一九七七年一〇月、東京文化学園五十年史刊行会発行
『日本YWCA100年史』日本YWCA100年史編纂委員会編集、二〇〇五年一一月、財団法人日本キリスト教女子青年会発行
『基督者学生運動史』中原賢次著、一九六二年二月、日本YMCA同盟出版部
『妖精の距離』飯田善国著、一九九七年一二月、小沢書店

船曳由美（ふなびき　ゆみ）
一九三八年東京生まれ。
六二年東京大学文学部社会学科卒業。平凡社に入社。雑誌「太陽」に創刊時よりかかわり全国各地の民俗、祭礼、伝統行事を取材、後に単行本とする。『黒川能』（真壁仁 文、薗部澄 写真）『東大寺』（土門拳 写真）『神々の島 沖縄久高島のまつり』（谷川健一 文、比嘉康雄 写真）など。八五年平凡社を退社。八六年集英社に入社。九九年定年退職後フリー編集者。ダンテ『神曲』（寿岳文章 訳）M・プルースト『失われた時を求めて』（鈴木道彦 訳）J・ジョイス『ユリシーズ』（高松雄一・永川玲二・丸谷才一 訳）『若い藝術家の肖像』（丸谷才一 訳）などを担当。また、アジアの文化・宗教に光を当てた「アジアをゆく」全七冊（大村次郷 写真、辛島昇、那谷敏郎、立川武蔵、荒俣宏他 文）や、集英社新書『日本の古代語を探る』（西郷信綱 著）『新人生論ノート』（木田元 著）『ブッダは、なぜ子を捨てたか』（山折哲雄 著）など深い思索が凝縮した書籍にかかわる。現在、刊行中の『完訳ファーブル昆虫記』（奥本大三郎 訳）に携わる。

一〇〇年前《ねんまえ》の女《おんな》の子《こ》
二〇一〇年六月十四日　第一刷発行
著者　船曳由美《ふなびきゆみ》
発行者　鈴木哲
発行所　株式会社　講談社　（〒一一二―八〇〇一）
東京都文京区音羽二―一二―二一
電話　編集部　〇三（五三九五）三五三五
販売部　〇三（五三九五）三六二五
業務部　〇三（五三九五）三六一五
印刷所　株式会社精興社
製本所　島田製本株式会社
本文データ制作　講談社プリプレス管理部

N.D.C.913　286p　20cm　ISBN978-4-06-216233-3

JASRAC　出1006576-001